무정에세이

무정에세이

보이는 것과 보이지 않는 것들

부희령 지음

사월의책

무정에세이

1판 1쇄 발행 2019년 10월 10일

지은이 부희령
펴낸이 안희곤
펴낸곳 사월의책

편집 박동수
디자인 김현진

등록번호 2009년 8월 20일 제396-2009-126호
주소 경기도 고양시 일산동구 무궁화로 7-45 451호
전화 031)912-9491 | **팩스** 031)913-9491
이메일 aprilbooks@aprilbooks.net
홈페이지 www.aprilbooks.net
블로그 blog.naver.com/aprilbooks

ISBN 978-89-97186-89-1 03810

무정한 세상을
건너가는 법

2015년 4월에 나는 네팔의 포카라에 머물고 있었다. 엿새 동안의 산행을 마친 뒤 귀국하는 날까지 사나흘쯤 시간이 남아 빈둥거리는 중이었다. 포카라 날씨는 꽤 더웠다. 에어컨이 있고 노트북도 쓸 수 있는 카페를 찾아냈는데, 뜻밖에도 그곳 책장에 우리말 책들이 꽂혀 있었다. 책장에서 하루키의 『1Q84』를 뽑아 들었고, 한국 가기 전까지 독파하리라 마음먹었다. 한참 소설을 읽고 있는데, 페이스북 메시지가 들어왔다. 한 번도 만나본 적이 없을뿐더러 교류도 거의 없던 페이스북 친구가 보낸 메시지였다. 내용은 그분이 논설위원으로 있는 국민일보에 칼럼을 써달라는 제안이었다. 운 좋게 '작가'라고 불리고는 있으나, 어디에서도 지면을 얻기 힘든 실패한 작가인 나로서는 기쁘고 놀라운 사건이었다. 혹시 누군가가 장난으로 보낸 메시지가 아닐까 불안해질 만큼. 나는 바로 그 자리에서 그렇게 하겠다고 답장을 보냈다. 일주일 뒤에 첫 원고를 보내기로 했고, 정식으로 청탁 메일을 받았다. 그리고 오랜만에 설레는 마음으로 어떤 글을 쓸지 고민에 잠겼다. 덕분에 하루키는 끝까지 읽지 못했다.

귀국 예정일에 비행기를 타지 못했다. 바로 그날, 4월 25일에 네팔에서 모멘트 규모 7.8, 메르칼리 진도 IX의 지진이 일어났다. 타멜 거리에 있는 호텔에서 짐을 챙겨 나가려는 순간 태어나서 처음으로 땅이 흔들리는 경험을 했다. 내가 타야 할 비행기는 아수라장이 된 카트만두로 오지 않았고, 그날 밤 공항 주차장에서 노숙해야 했다. 국민일보에 실린 나의 첫 칼럼은 지진에 대한 것이었다. 이후로 2년 동안 매주 칼럼을 연재했고, 아마도 그것이 계기가 되었으리라 짐작하는데, 2016년부터 지금까지 한국일보에 칼럼을 쓰고 있다. 이 책은 두 신문에 연재했던 칼럼과 페이스북에 올렸던 글들을 모아서 엮은 것이다.

무엇인가를 쓰려고 책상 앞에 앉을 때마다 도대체 누가 나 같은 사람의 이야기에 귀 기울일지 걱정이 앞서곤 한다. 앞에서 자조적으로 '실패한' 작가라는 표현을 썼지만, 그 의미는 복잡하다. 솔직히 한 인간으로서 내가 실패자라고 생각한 적은 없다. 훌륭한 성취를 이룬 것도 없고, 부유하거나 학식이 깊은 것도 아니지만, 이 정도면 그럭저럭 잘 살아왔다고 자부한다. 하지만 늘 곱씹는 것은, 환영받지 못하는, 재능 없는, 성실함이 부족한, 의지가 박약한, 게다가 운도 따르지 않는 작가라는 자괴감이다. 그저 '무명'이라는 것에만 초점을 맞춘다면, 시대와 불화한, 혹은 너무 앞서간 예술가라는 자긍심이라도 지닐 수 있을지 모른다. 소설을 쓰노라면 그런 정신승리에 빠져들 여지가 있다. 나에게 소설은 철저하게 자폐적 공간이기도 하니까. 에세이는 그렇지 않다. 세상을 향해 걸어 나가야 한다.

　　무엇을 써야 할지 궁리를 시작하는 순간부터 나는 세상을 향한 횡단보도 앞에 서 있는 사람이 된다. 눈앞에 펼쳐진 4차선 도로 위로 온갖 사건과 장면들이 질주한다. 이따금 흐름이 엉키기도 하고 충돌이 일어나기도 한다. 나는 어쩔 수 없이 고작 나에 불과해서, 서 있는 위치에서 가까운 곳이 잘 보이기도 하고, 희로애락 오욕칠정이 요동칠 때마다 보이는 광경이 달라지기도 한다. 그래도 내 이야기만 하고 싶지 않아서 조금 더 멀리, 더 세밀히 보려 애쓴다. 하지만 그러면 뭐하나, 모두 그저 말뿐일지도 모른다는 의심도 고개를 든다. 세상은 변덕스럽고 쌀쌀맞은 말들로 가득 차 있다.

이렇게 해야 한다, 저렇게 해야 한다는 말들이 너무 많다. TV와 영화, 신문과 책에서, 온갖 사회적 연결망과 친분, 혈연으로 엮인 관계들이, 법과 제도와 관습이, 하지 말아야 할 일과 해야 할 일을 1분 1초 단위로 알려준다. 이웃을 사랑하고 이웃의 고통에 공감하면서, 곤경에 처한 이들을 도와야 한다고 설교한다. 그러다가도 네 몸 하나는 네 힘으로 먹여 살려야 하니, 이웃과 적당한 거리를 두라고 강조한다. 때로는 적극적으로 의심해야 한다고 속삭인다. 그렇게 하지 않으면 불법행위를 방조하는 것이며 양심에 따라 살지 않는 것이라고도 윽박지른다. 속보이는 친절과 속을 감추는 냉담을 온-냉 냉-온 적당히 조절하라고 넌지시 옆구리를 찌른다. 사랑이라면 이렇게 해야 하고 사랑이라면 저렇게 하지 말아야 한다고 가르친다. 귀를 막고 눈을 가리고 싶을 지경에 나도 한 마디를 덧붙여야 하나. 이제나저제나 신호등이 바뀌기만 기다리며 멍하니 서 있던 나는 중얼거린다. 참으로 무정한 세상이구나.

그래도 신호등이 빨간색에서 초록색으로 바뀌는 순간이 오고 마침내 길이 열린다. 너무 빛나는 말들은 버려야 하는 길이다. 불타오르는 열의도 밀려드는 호의도 이야기하지 않는 길이다. 나를 굳이 설명하려 애쓰지 않는 길이다. 그렇게 무정한 마음을 붙들고 참으로 유정해서 무정한 세상을 건너간다. 점점 더 사소하고 시시해지다가 슬그머니 삭제될지도 모르지만, 그렇게 나는 4차선 도로의 폭만큼 세상을 향해 다가간다. 우연히 눈에 띌 당신의 무정한 그늘 속으로 비집고 들어갈 작정이다. 그렇게 당신의 무정함에 잠시 머물 것이다.

"허공 끝이 있다 한들 이내 소원 다하리까, 유정들도 무정들도 일체종지 이루어지이다."_이산선사 발원문

2019. 9

차례

머리말 _005

1부 길 위에서

그날 밤, 당진 _015

동소문로의 붉은 달리아 _018

박 사장이 팔아야 했던 것 _021

귤이 배달된 저녁 _026

분홍색 보온주전자 _030

행복한 타일공 _034

세상의 중심 _037

폭력의 공범 _041

기다리던 버스가 온다 _045

단풍잎 여자들 _049

담배를 피우는 시간 _052

햄버거를 먹는 사정 _056

무외시 _059

사랑 발굴단 _063

보고 싶다 _067

골목 달빛 _071

달에서 온 계피향 _074

취한 말들의 시간 _077

꿈을 잡으려는 꿈 _080

가장 편안한 스웨터 _083

2부 여행의 이유

어떤 무해한 삶 _089

벽 _092

레이크사이드의 걷기 _096

포카라는 번다 중 _100

불청객은 누구인가 _105

슈뢰딩거의 고양이 _109

연인들의 안녕 _112

정릉로와 보국문로 사이 _115

나를 찾아서 _118

별보배고둥 _122

정체불명의 사람1 _125

영리한 말 한스 _129
우연의 목적 _133
멀리, 더 멀리 _138

3부 기억에 대하여

모든 곰은 자신이 주인이다 _143
우리 집에 살던 백구 _147
오리 웃다 _150
하얀 새 검은 고양이 _152
장소의 기억 _155
삭제할까요? _158
분실 _161
물건들 _163
이태원 평행우주 _167
앗, 나의 실수! _171
귀가 _175
들려도 들리지 않는 _177
빗방울이 부딪친다 _181
여름방학이 끝나가고 있다 _185

4부 세상에 없는 집

'아라비아의 로렌스'를 보러가다 _191
폭설 _195
귀농 실패기 _199
미원의 잣나무 숲 _202
내 마음의 호수 _205
월식 _208
달에게 주문을 걸다 _212
응답하라 _215
TV와 아파트 _217
낯선 이들의 집 _220
새벽 다섯 시 _223
101호는 어디인가 _226
맛없는 딸기를 사는 법 _229
세상에서 가장 맛있는 음식 _232
시장의 기원 _235
우체국 가는 길 _239
당신의 플란넬 셔츠 _242

5부 우리들의 안녕

1987 _247

특별한 졸업 선물 _252

안전지대 _254

혐오 바이러스 _257

광장에서 _259

영혼의 침몰 _263

가상시나리오 '3분' _268

〈김군〉을 보았다 _272

그보다는 긴 문장으로 _277

슬프고 잔혹한 역사 _281

상처받는 능력 _285

나는 주인공 _290

너 없는 평화 _293

괴물이 창궐하는 세상에서

사랑은 _297

6부 가깝고 먼 시간

사소한 저항의 기록 _303

그래서 사랑한다 _307

어머니의 눈물 _310

병원 복도에서 _313

낙화유수 _317

한여름 밤의 꿈 _321

존재의 중심 _324

하얀 깃털 _328

축복 _331

엄마가 되는 일 _335

그의 어머니 _338

차가운 바닥을 닦는 일 _342

한 뼘 위의 세상 _345

두 명의 나 _349

느리게, 더 느리게 _352

운 나쁜 사람 _355

문학이라는 코끼리 _358

나를 사랑하고 싶어서 _362

1부
길 위에서

그날 밤,
당진

당신과 우연히 마주친 것은 어느 여름날 밤이었습니다. 열한 시가 넘은 시각이었던 거 같아요. '당진'이라는 도시에 있는 허름한 분식집에서였습니다. 밖에는 비가 주룩주룩 내리고 있었어요. 분식집 안에는 똑같은 남색 점퍼를 걸친 사람들이 홀로 혹은 무리를 지어 서너 개의 탁자 앞에 앉아 있었고요. 저녁 근무가 끝났거나 야간 근무를 시작하기 전인 사람들이었겠지요. 나와 일행이 자리를 잡고 앉아 라면과 김밥 등등을 주문하고 나자, 어디선가 살짝 격앙된 목소리가 들려왔어요. 돈까스 하나 더 시키면 안 돼? 이모, 나 치즈 돈까스 먹고 싶어. 나는 소리가 들려오는 왼쪽 방향으로 45도쯤 고개를 돌렸어요. 그러자 옅은 갈색의 긴 파마머리를 분홍색 수건으로 묶어 올린, 짧은 분홍색 반바지를 입은 젊은 여성이 눈에 들어왔어요. 이십대 후반쯤 되었을까? 바로 당신이었지요. 돈까스는 무슨? 그냥 김밥 먹어. 당신 옆에 앉아 있던 중년 여성이 퉁명스럽게 말했어요. 나 치즈 돈까스 먹고 싶어…. 당신은 어리광부리듯 말꼬리를 길게 늘였어요. 그러자 중년 여성과 마주 앉아 있어 건장한 등만 보이던 남성이 당신에게 뭐라고 핀잔을 주었어요.

그때 우리 일행 중 한 사람이 여기는 공장이 많은 곳이라 가족을 서울에 두고 혼자 내려와 지내는 남자들이 많을 거라고 중얼거렸어요. 그래서 밤늦게까지 영업을 하는 식당이 많고 유흥업도 발달했을 거라고 덧붙였지요. 그 시각에 사람으로 꽉 찬 분식집을 둘러보며 떠오른 생각이었을 거예요. 우리 일행은 밤새 낚시를 할 작정으로 오후 늦게 당진에 내려왔다가 비가 오는 바람에 자리를 걷고 집으로 돌아가는 길이었어요. 솔직히 그 무렵 나는 고민이 많았어요. 더 이상 감당하지 못할 빚 때문이었습니다. 두 식구가 살고 있는 작은 아파트로 이미 많은 대출을 받아 다달이 적지 않은 이자를 내고 있었어요. 그러니까 집을 팔아야 할 지경에 이르렀던 거죠. 나는 낚시 같은 건 할 줄 모르지만 아무 생각 없이 물가에 앉아 잠시라도 돈 걱정에서 놓여나고 싶어 일행을 따라 나섰던 것이고요.

내가 무심코 다시 바라보았을 때, 당신은 나를 보고 미소를 지었어요. 나는 당황했지만, 반사적으로 뒤를 돌아보았어요. 그래요. 당신은 내 뒷자리에 앉아 있던 남자를 바라보고 있었던 거예요. 당신은 자리에서 일어나 나에게 다가왔어요. 그리고 바로 내 뒷자리에 앉았어요. 자기야, 나 기억 안 나? 우리 지난번에 노래방에서 만났잖아…. 앉으면서 당신이 그렇게 말했던 것 같아요. 남자가 뭐라고 대답했는지 들리지 않았어요. 때마침 우리 일행이 주문한 음식들이 나왔어요. 배가 몹시 고팠던 나는 뒷자리에 앉아 있는 당신의 존재를 잊고 허겁지겁 음식을 먹었어요. 음식을 다 먹고 그 자리를 떠나려 일어섰을 때, 당신 모습이 다시 눈에 들어왔어요. 당신 탁자 위에는 갈색소스가 뿌려진 돈까스 접시가 놓여 있었어요.

　　　어두운 고속도로를 달려 집으로 돌아가는 길에 당신을 잠시 떠올렸습니다. 주문을 받던 분식집 아주머니의 지친 눈빛과 열두 시가 넘은 시각에 번쩍이고 있던 공장의 불빛도요. 물론 나는 당신을 모르고 당신도 나를 모릅니다. 우리는 어쩌다가 비 오는 여름밤 당진의 분식집에서 마주쳤을 뿐이지요. 이제껏 어떻게 살아왔는지 앞으로 어떻게 살아가야 할지 서로 짐작도 할 수 없어요. 그런데 내가 당신 생각을 했다니, 말도 안 되는 거죠. 나는 그저 눈앞을 가로막는 어둠을 막막하게 바라보고 있었을 뿐입니다. 그리고 마침내 집을 팔겠다는 결심을 했습니다. 그건 당연한 일이었어요. 당신과 나는 무엇이든 팔아야 먹고살 수 있는 시간 속에서 떠밀려가는 존재들이었으니까요. (2017)

동소문로의
붉은 달리아

이제는 쉽게 세상이 아름다워지지 않는다. 술 몇 잔을 마시면 머릿속에서 형광등이 반짝 켜지고 눈앞이 환해지는 시간이 오지 않는다. 그런 세상이 아니고, 그런 내가 아니다. 별로 어울리지 않는 조합인 오징어 튀김에 막걸리 서너 잔을 마시고, 멸치 육수에 말은 국수까지 먹고, 너무 배가 불러 버스 정류장 두세 곳을 그냥 지나쳐 걷는다. 취한 것도 아니고 취하지 않은 것도 아니어서 어설퍼진 마음이 슬그머니 트집을 잡기 시작한다. 이제 세상은 제대로 캄캄하지도 않구나. 빈틈없이 구석구석 배경을 채우는 어둠은 이제 사라졌구나. 얼룩덜룩한 조명과 얼룩덜룩한 소리들. 가짜 어둠과 가짜 빛. 그 사이를 취할 새도 없이, 피할 새도 없이, 나는 걷는다.

가로등 아래 먼지를 잔뜩 뒤집어쓴 달리아가 나타난다.

두리번거리며 휘청휘청 걸어가고 있는 나의 무릎 옆에 쑥 솟아
오른다. 빛바랜 고무장갑 같은 붉은색이다. 달리아는 원래 미제
드롭스 사탕처럼 쨍하게 빛나는 것 아니었나. 요즘은 꽃들조차
선명하지 않구나. 나는 주위를 둘러본다. 왼쪽으로는 도로 위에
줄지어 서 있는 버스와 자동차들, 그 옆으로는 건너가라, 건너가
지 말아라, 지시를 내리는 신호등이 있다. 오른쪽에는 엘리트 학
생복, BYC, 배달전문 피자가게 간판들. 그리고 연극공연을 알리
는 포스터가 붙어 있는 담벼락이 있다. 나는 포스터를 오래 들여
다본다. '어디에도 닿지 않는 다리'라는 한 줄 홍보 문구가 눈에
띈다. 한 글자 한 글자 다시 읽어 본다. 머릿속에 문득 벤치에 앉
아도 땅에 닿지 않아 달랑달랑 흔들리던 다리가 떠오른다. 책걸
상이라 부르던 그 의자에 앉아도 바닥에 닿지 않던, 짧고 가늘었
던 아이의 다리.

　　동소문로 주위에 아파트들이 들어서기 전, 따개비 같은
집들이 산비탈을 뒤덮고 있던 시절이 있었다. 시멘트 담벼락에
주먹을 긁으며 골목을 걸어 올라가던 아이의 뒷모습을 기억한
다. 일부러 살갗을 갈아서 흐르는 핏방울을 핥아먹던 아이. 유난
히 작고 말라서 머리통만 커 보이던 아이. 스무 살 무렵 나는 부
잣집 아이들에게 대학에 들어가는 법을 가르쳐 비밀스럽게 돈
을 벌었고, 그 돈으로 등록금을 내고, 리바이스 청바지를 사 입
고, 아주 가끔 친구들의 외상 술값을 갚아주었다. 그리고 일주일

에 한 번, 아직 콘크리트로 덮여 있던 성북천 위 가건물에서 초등졸업 학력 검정고시를 준비하는 동네아이들에게 음악과 도덕을 가르쳤다. 이따금 과외비를 받아서 지갑이 두둑한 날에는 아이들과 시장에 가서 떡볶이를 사 먹었다. 떡볶이 그릇과 어묵 꼬치들을 치우며, 국물 속에 있는 무까지 싹 먹어치우는 애들이 다 있네, 라고 혀를 쯧쯧 차는 포장마차 주인의 얼굴을 한 번 더 쳐다보기도 했다.

아이는 이제 사십대를 바라보는 어른이 되어, 떡볶이나 어묵탕 속 무 같은 건 쳐다보지도 않게 되었을 거다. 짜장면이나 탕수육, 냉면이나 만두 같은 것쯤은 배불리 먹을 수 있게 되었을 거다. 벤치에 앉아도, 전동차나 버스 좌석에 앉아도, 바닥에 닿는 길고 튼튼한 다리를 갖게 되었을 거다. 덜 취한 김에 섣불리 가짜 어둠이니 진짜 빛이니 투덜댈 것 없다. 그 아이가 행복하게 세상에 존재한다면, 비로소 세상은 아름답다.

달리아는 그다지 섬세하거나 아름답지 않다. 겹겹이 두툼한 꽃잎은 개수를 세어볼 엄두가 나지 않는다. 붉은색 노란색 주황색 보라색으로 여럿이 어울려 피어 환히 주위를 밝힌다. 그러나 퇴락한 거리 한 귀퉁이에 홀로 솟아오른 달리아는 먼지를 뒤집어 쓴 채 무연히 시들어갈 뿐이다. 어디에든 가 닿으리라고, 다알리아, 다알리아, 지나가는 사람들 무릎 높이로 흔들리며. (2017)

박 사장이
팔아야 했던 것

이게 있잖아요, 박 사장의 손가락이 탁자를 살짝 어루만진다. 낡은 건물이나 가구 같은 걸 해체할 때 나오는 오래된 목재로 만든 거예요. 긴 시간 건조되어서 단단하고 색과 결이 자연스러워요. 탁자 위로 떨어지는 햇살도 달라 보이잖아요? 세월이 자기 색과 결을 찾아준 나무들이지요. 여기 탁자들은 일부러 이런 나무들로 만들었어요.

처음에 카페를 열 때는 단순하게 생각했어요. 혼자 있어도 좋은 시간과 공간을 마련하는 것. 편안한 분위기와 맛있는 커피로 정중하게 손님을 맞는 거지요. 돈과 재미는 저절로 따라올 거라고 여겼고요. 그런데 그게 그렇게 단순하지 않더라고요. 개업 첫날 왔던 손님들이 기억나요. 칭찬을 많이 들었거든요. 빈티지한 공간이 마음에 든다며, 커피 맛도 좋고, 자주 오겠다고 했어요. '우리 동네에 이런 가게가 생겨서 얼마나 고마운지 몰라요. 원래 여기 있던 프랜차이즈 피자 가게도 그랬지만, 저 건너편 구질구질한 가게들이 동네 분위기를 망치고 있거든요. 우리끼리 하는 얘기지만.' 저는 최대한 예의 바르게 대답했어요. 모두들 먹고살려고 하는 일이잖아요, 건너편 가게들이야말로 진짜 빈티지하지요. 저는 '우리끼리'라는 말의 울타리 밖으로 슬그머니 빠져 나가보려 했던 건데요, 손님들은 제가 위트 있다며 오히려 좋아했어요.

우리 집 커피가 맛있다고 소문이 났지요. 어떤 손님이 그러더군요. 이태리에서 공부할 때 마셨던 커피 맛과 똑같다고. 사장님이 이태리에서 바리스타 자격증을 따가지고 온 게 아니냐고. 저는 긍정도 부정도 하지 않았어요. 정말로 궁금해서 물어본 게 아닐 테니까요. 적당히 권위를 드러내는 미소를 지으려 애쓰며 되물었어요. '이태리에 유학을 갔다 오셨어요? 무슨 공부를 하셨는데요?' 저도 딱히 궁금한 것은 아니었지만, 장사하는 사람으로서 손님이 원하는 것을 주고 싶었던 거죠.

그렇지만 정말이지, 저쪽 벽에 걸려 있는 낡은 자동차 번호판을 보고 '미국에서 살다가 오셨나 봐요? 미시건에 사셨죠?'라고 물어보는 손님에게는 뭐라고 대답해야 할지 모르겠더라고요. 그런 걸 벽에 걸어놓았던 게 실수였어요. 점점 욕심이 생겼거든요. 예쁘고 좋아 보이는 물건은 모두 가게에 갖다 놓고 싶어졌어요. 그렇게 하면 예쁘고 좋은 사람들이 몰려 올 것이라고 기대했고요. 하지만 잘못 판단한 것이었어요. 무엇인가를 파는 곳에는 무엇인가를 사려는 사람들만 오기 마련이에요. 그리고 사람들이 돈을 내고 사는 것은 대개는 자기에게 없는 것들이죠. 충분히 있는 것들을 굳이 돈을 내고 사려 하지는 않더라고요.

메뉴판을 뒤적이다가 사장님이 즐겨 드시는 걸로 달라던 손님이 있었어요. 제가 뭐라고 대답했는지 아세요? 라면이나 김밥은 여기서 팔지 않습니다. 하하하. 농담이에요. 저는 그렇게 어리석지 않아요. 우리 카페의 자랑인 트리플 콘파나를 추천했어요. 에스프레소 위에 휘핑크림 세 덩이를 띄운 거예요. 한 번 맛보실래요?

커피를 가지고 돌아온 박 사장이 말한다. 윗입술에 차갑고 부드러운 크림을 묻히면서 뜨거운 에스프레소를 마셔 보세요. 커피의 짙고 거친 맛이 혀에 아직 남아 있을 때 얼른 입술에 묻은 부드러운 크림을 핥아먹는 겁니다. 앗, 안돼요. 숟가락을 들고 휘젓지 마세요. 하얀 크림이 검은 커피 속으로 서서히 녹아들어가는 맛을 즐겨 보세요.

카페는 왜 팔려고 내놓았냐고요? 언제부턴가 거울 노릇을 하는 게 지루해졌어요. 고작 커피 한 잔 마시면서 성급하게 자신을 증명하려는 사람들은 재미없잖아요. 그럼 뭘 하고 싶으냐고요? 마당에 복숭아나무가 있는 집을 빌려서, 그 밑에 가마

솥을 걸고 국밥을 끓여 팔고 싶어요. 뚝배기에 퍼 담아주는 거죠. 허기진 배를 채워주는 일이라면 얼마든지 할 수 있을 거 같아요. 물론 쉽게 이루어질 일은 아니에요. 마당까지 있는 집은 임대료가 얼마나 비싸겠어요. 우리 모두 무엇이든 팔아야 먹고 살 수 있겠지만요. (2016)

굴이
배달된 저녁

새벽 네 시에서 아침 열 시 사이에 반드시 잠을 자야만 하는 나의 습관을 변명하고 있었다. 나는 그 시간에 잠을 못 자면 하루 내내 무슨 일도 제대로 할 수 없어. 그래서 평생 출퇴근하는 직장에 다니지 못했고, 그래서 평생 넉넉하지 못하게 살았고, 그래서 쉰이 넘어서도 내 집이라는 게 없지만, 지금 내 삶에 큰 불만은 없어. 게으름의 대가를 치르고 있다고 생각해.

동네 이웃이기도 하고 친구의 친구로 만나기도 한 이들이 우연히 모여 저녁을 먹는 자리에서 나온 이야기였다. 한때 식당을 운영한 적이 있는 친구가 솜씨를 발휘했다. 바닷가에 사는 친척이 보내준 싱싱한 해물이 주재료였다. 오징어를 맵게 볶고, 낙지와 배추와 버섯을 넣어 맑은 탕을 끓였다. 우리는 몇 달 전까지 작은 카페였던 공간에 앉아 있었다. 장사가 안 되어 문을 닫았지만 이른바 권리금이라는 것을 회수하지 못해 이러지도 저러지도 못하고 있는 전직 카페 주인은 팔리지 않아 남은 백포 도주 한 병을 땄다.

매일 출퇴근하면서 열심히 살아도 자기 집을 갖지 못하는 사람들이 분명히 있잖아요. 나보다 한참 젊지만 이십대 중반부터 십 년 이상 직장을 다닌 친구가 말했다. 나는 부모님이 진 빚을 갚아야 했고, 그 빚을 갚기 위해 투 잡, 쓰리 잡을 갖고 일했어요. 지방에 있는 작은 아파트 한 채를 어머니에게 사드렸고요. 맞벌이를 하면서도 서울에 내 집을 마련하지는 못했어요. 누구 말대로 알뜰하지 않은 탓인가요? 카페에서 커피 마시고 마음에 드는 신발을 사고 이따금 여행을 다니기도 해서?

친구가 말을 마치자마자 휴대폰 벨이 울렸다. 지금 집에 아무도 없어요. 그냥 대문 앞에 놓고 가주세요. 택배기사의 전화였다. 제주도로 여행 간 친구가 귤 한 상자를 사서 보냈다고 했다. 그나저나 우리 집까지 귤 한 상자 들고 올라오느라 힘 좀 쓰셨겠네. 전화를 끊고 친구가 말했다. 친구의 집은 꽤 길고 가파른 계단 끝 막다른 곳에 자리 잡고 있었다. 택배기사가 귤 상자를 얕은 담장 안으로 던져 넣었다고 넣은 모양이라고 하자, 귤이 깨졌으면 어떡하느냐고 다들 걱정을 했다.

그 자리에 있는 사람들 모두 자기 집이 없었다. 몇몇은 과하게 비싼 월세를 내면서 살고 있었고, 나머지는 전세살이였

다. 전직 카페 주인은 우리가 앉아 있는 공간의 임대료를 여전히
매달 내고 있는 처지였다. 재산을 늘리려면 반드시 집이나 땅을
소유해야 하고, 부동산 임대료나 시세 차익을 챙겨야 한다는 게
무너질 수 없는 원칙이 되어버린 나라에서, 1970년대쯤에서 튀
어나온 것처럼 '내 집 마련의 꿈'을 꾸고 있는 사람들이라니.

　　오징어 볶음은 간이 딱 맞았고, 푸른 배춧잎이 듬뿍 들어
간 탕국은 시원하고 달았다. 모두들 감탄하며 먹고 있는데 또 다
른 친구의 휴대폰 벨이 울렸다. 귤이라고요? 마을버스 종점에서
좀 더 올라가셔야 하는데, 그 골목으로 차는 못 들어가요. 전화
를 끊고 친구가 한숨을 쉬었다. 그 친구의 집은 산동네의 꼭대기
꼭트머리에 자리 잡고 있었다. 저 택배기사 운 더럽게 없네. 너
희 집 올라갔다가 또 우리 집에 올라와야 하다니. 사람들이 웃었
다. 목소리에 힘이 하나도 없더라. 친구가 덧붙였다. 다음에 이
사할 때는 반드시 집 앞까지 차가 들어가고 주차도 할 수 있는
곳으로 가야겠어. 사람들이 또 웃었다. 허허롭게, 그냥.

　　돈이야 있다가도 없는 것, 게으르면 그저 남보다 적게 쓰
면서 살면 되는 것, 어쩌다가 가게가 잘 안 되어도 툭툭 털고 다
른 장사 시작하는 것, 단지 그 정도의 체념만 감당하면서 살아가
는 사람들인 척하면서 우리는 오징어 볶음을 집어 먹고 맑은 국
물을 마셨다. 그 많은 아름다운 꿈들을 놓쳐 버리고 오직 하나,
누적된 피로처럼 남은 내 집 마련의 꿈을 이룰 산만한 정보를 나

누었다. 아, 매워, 눈물을 흘리며 전직 카페 주인은 아껴두었던 포도주를 한 병 더 냉장고에서 꺼내왔다. 새로 채워진 차가운 술잔 앞에서 겨우 늦잠 따위를 변명해야 하는 얕은 죄책감과, 잠시 한눈팔면 더없이 혹독해지는 삶과, 먼 곳에서 날아온 호의가 건당 800원으로 문 앞에 부려지는 사태 속에서, 나는 아무래도 설명이 안 되는 무엇인가를 설명해 보려 애썼다. (2017)

분홍색 보온주전자
—계동길에서

너무 많은 말과 너무 많은 얼굴에 휘둘리다 보면 머무를 자리 없이 허우적거리게 된다. 원하지 않는 곳으로, 빠져나올 수 없는 진창 속으로 떠내려갈 것만 같다. 다가오는 호의도 힘들고 보여줘야 할 호의도 힘들고 떠나보내야 할 호의도 힘들다. 호의가 적당히 적립되었다 싶으면 튀어나오고야 마는 뾰족한 발톱들도 두렵다. 그럼에도 외로우니까 친구를 만들고 함께 구경을 하고 밥을 먹고 술을 마시고 말싸움을 한다. 그럼에도 어떤 외로운 날에는 그것조차 견디기 어렵다. 바람이 열어주는 길을 따라 홀로 걸어 다니고 싶을 뿐이다.

목적 없이 미술관에 들어가 전시실 3부터 거슬러 돌아보는 것. 스쳐 지나간 모르는 사람들의 얼굴을 괜히 한 번 떠올려 보는 것. 들어가 볼 일 없던 골목으로 얼결에 들어가는 것. 예상

치 못한 공간으로 빠져 나오는 것. 저런 물건들을 갖다 놓고 장
사가 되려나 싶은 가게들을 기웃거려 보는 것. 주인과 눈길이 마
주친 타이밍이 교묘해서 어색한 말 몇 마디를 나누게 되는 것.
그리하여 나에게는 결코 일어날 리 없으리라 생각했던, 주인이
직접 만들었다는 칠보공예 은 목걸이를 사는 '일'을 저지르는 것.

　　　　은 목걸이 하나를 사서 손에 들고 횡단보도 앞에 서 있었
다. 길 건너 있는 버스 정류장에서 집으로 가는 버스를 탈 작정
이었다. 갑자기 이마에 차가운 물방울 하나가 떨어졌다. 어디선
가 바람이 불어왔지만 하늘은 감쪽같이 파랗고 맑았다. 빗방울
일 리는 없었다. 에어컨에서 떨어진 물인가 의심해 보았으나 그
럴 계절도 아니었고, 주위에 높은 건물도 없었다. 나는 괜히 하
늘을 한 번 더 올려다보았다. 그리고 뒤를 돌아보았다. 특별히
이상해 보이는 풍경은 눈에 띄지 않았다. 고개를 돌려 다시 건너
편 신호등을 바라보다가 습관처럼, 죽고 싶다는 생각을 했다. 그
러자 뒤에서 격분한 말소리가 들려왔다.

　　_ 네가 어떻게 죽겠다는 소리를 할 수 있어?

　　뒤를 돌아보는 순간 그가 다시 소리쳤다.

　　_ 어떻게 나한테 그런 말을 하냐고? 네가!!

남루한 옷차림에 헝클어진 머리카락이 허연 초로의 남자가 통화하는 중이었다. 나의 시선을 의식한 것일까, 분을 가라앉히려는 듯 목소리가 반 음정 낮아졌다. 나는 너무 오래 쳐다볼 수 없어 고개를 돌렸다. 그러나 호기심 때문에 여전히 귀를 잔뜩 기울이고 있었다. 초록색 불이 들어오고 사람들이 길을 건너기 시작했다. 나는 일부러 걸음을 늦추어 남자가 나를 앞질러 가게 했다.

_ 그러니까 잔소리 말고 빨리 나와. 빨리 나오라고!

또박또박 힘 있게 말한 뒤 그는 통화를 마쳤다. 뒤에서 바라보니 등에 묵직한 배낭을 하나 메고 있었다. 두툼한 국방색 점퍼를 걸치고 특이하게도 어지러운 페이즐리 무늬의 몸뻬를 입고 있었다. 더 기묘한 것은 손에 낡은 보온주전자를 들고 있는 것이었다. 분홍색 격자무늬 바탕에 꽃무늬가 찍혀 있는, 일제 전자제품이 막 쏟아져 들어오던 1980년대에 갓난아기에게 분유를 타 먹일 물을 담아두는 용도로 엄마들 사이에서 유행하던, 거의 골동품에 가까운 전기 보온주전자였다.

분홍색 보온주전자를 들고 몸뻬를 입은 남자는 낙원상가 방향 오른쪽 길로 접어들었고, 나는 왼쪽에 있는 버스 정류장으로 방향을 틀었다. 하늘은 여전히 청명한데 물방울이 투두둑,

이번에는 세 방울쯤 한꺼번에 이마에 떨어졌다. 소나기가 쏟아지려는 게 분명했다. 나는 가방 속에 칠보 은 목걸이 상자를 집어넣고, 우산을 꺼내들었다. 그러면서 죽고 싶다, 는 생각을 한 번쯤 더 했다. 맑은 날 우산까지 챙겨들고 다니는 주제에. (2018)

행복한
타일공

평일인데도 차가 막히네. 고속도로 위로 흩뿌려지는 가을 햇살을 바라보며, 운전대를 잡은 내가 혼잣말처럼 중얼거린다. 조수석에 앉아 있던 친구도 혼잣말처럼 대답한다. 벌초하러 가는 차들이 아닐까. 누군가의 휴대폰 벨소리가 울린다. 친구의 것이다. 아, 거기요? 냉장고 놓을 자리라서 그냥 도배하기로 했어요. 타일을 붙일 필요는 없을 것 같고요…. 통화가 길어진다. 아까부터 벌써 몇 번째인지 모른다. 갑작스레 길을 떠나는 바람에 인테리어 사업을 하는 친구가 공사현장 마무리를 제대로 하지 못한 탓이다.

타일 기술자는 일당이 삼십만 원이야. 통화를 마친 친구가 뒷좌석에 앉아 있는 일행을 돌아보며 말한다. 게다가 기술자 구하기도 힘들어. 모두 깜짝 놀라 한 마디씩 한다. 와, 대단한데?

그 정도라면 우리 모두 지금이라도 하던 일 다 그만두고 타일 기술을 배우는 게 낫지 않겠어? 일 마치면 집에 가서 아무 고민 없이 발 닦고 자면 되는 거잖아. 인간관계 복잡할 것도 없고, 눈치볼 것도 없고. 각자 자신의 처지를 생각하면서 한 마디씩 덧붙인다.

정말 지금 우리 현장에서 일하는 타일공 아저씨는 아무 걱정도 없는 것 같아. 친구가 말을 잇는다. 날마다 오후 네다섯 시쯤 되면 집에 있는 아내와 통화를 해. 그것도 남들 다 들으라는 듯이 스피커폰으로 말이야. 저녁으로 무얼 먹고 싶은지 주문하는 거야. '오늘은 알탕 먹고 싶어.' 그럼 아저씨의 아내는 귀찮다는 듯이, '아이 참 난데없이 무슨 알탕이야.' 하지. 아저씨가 '거기 ××네 가게에 가서 말하면 다 알아서 줄 테니, 고춧가루 팍팍 넣고, 무 좀 썰어 넣고, 시원하게 끓여 놔.' 큰 소리를 치는 거야. 아저씨의 아내는 또 언제 귀찮아했냐는 듯이 '알았어요, 일찍 들어와요.' 이런다고. 귀를 기울이고 있던 차 안에 있던 사람들 모두 잠시 조용해진다. 타일공이 된 자신을 상상해 보고 있는 것 같다. 땀에 젖은 몸으로 집에 돌아가, 뜨겁게 샤워를 한 뒤, 먹고 싶었던 음식이 정성스레 차려진 상 앞에 앉는 순간을.

그런데 타일 기술 배우려면 학원에 다녀야 하나? 예상보다 길었던 정적을 무너뜨리며 구체적 현실이 비집고 들어온다. 학원보다 기술자 밑에서 배워야 진짜지. 타일도 나르고 시멘트

포대도 나르고 돌가루랑 접착제도 엔간히 들이마셔야 할 걸. 모두들 한 마디씩 보탠다. 일당 삼십 되려면 삼 년 고생해야 할지도 몰라. 게다가 골병들 거 생각하면…. 그럼에도 나는 타일공의 행복을 옹호하려 애쓴다. 멋지지 않냐, 하루 종일 몸을 부려 일하고 나면 손으로 만질 수도 있고 눈으로 확인할 수도 있는 증거가 남고 말이야. 내가 나서서 떠들지 않아도, 나는 입 꾹 다물고 있어도, 누구나 알 수 있는 성취인 거잖아. 그러니 밥상 앞에 앉는 순간이 행복한 거고. 조수석에 앉아 있던 친구가 새삼 얼굴을 돌려 나를 바라보며 대답한다. 그런 사람들은 그런 생각 안 해.

그렇구나. 나는 문득 깨닫는다. 스피커폰이라도 틀어놓고 온 세상 사람들에게 알리고 싶은 자랑스러운 행복이 내 것이 된다고 해도, 증거니 성취니 따지고 드는 나는 행복하지 않을지도 모른다는 것을. 볕 좋은 가을날, 고속도로 위를 달리며 얼굴도 모르는 누군가의 행복이 나에게 오기를 바라는 선망 그 자체가 행복을 누릴 수 있는 능력이 부실한 탓임을. (2016)

세상의
중심

　평소에는 전철역에서 마을버스를 타지만, 그날은 천변을 따라 십오 분쯤 걸어서 집으로 가는 길로 접어들었다. 해가 진 직후라 어두운 푸른 하늘에 붉은 기운이 남아 있었고, 가로등이 하나 둘 켜지는 길에는 기분 좋은 쓸쓸함이 감돌았다. 운동복을 입고 달리는 사람들, 저녁을 먹고 산책을 하는 사람들, 자전거를 타고 달리는 사람들이 길 위를 오고 가고 있었다. 그러다가 한 소년을 보았다. 중학교 2학년쯤 되었을까? 작고 마른 몸에 후드티를 걸치고 있었다. 쌀쌀해진 날씨 탓인가, 좀 추워 보였다. 그 애가 유독 눈에 띈 건 아마도 천변에 세워 놓은 자전거에 몸을 기댄 채 담배를 입에 물고 있었기 때문일 것이다. 낭떠러지 앞에 홀로 서 있는 사람처럼 절박하게 고립되어 보였다. 그렇게 어린 사람이.

나는 청소년흡연이 그들의 발육상태나 도덕성, 학교성적에 미치는 영향에 대해서, 혹은 학부모와 교사들의 정신건강에 미치는 영향에 대해서 말하고자 하는 게 아니다. 그 문제에 대해서는 아무 의견도 갖고 싶지 않다. 그저 바람 부는 길 한가운데서, 이제 곧 사라질 그림자처럼 위태롭게 서 있는 소년의 모습이 아름다워 보였고, 아프기도 했다는 말을 하고 싶다. 그렇게 어린 사람이, 그렇게 어린 사람이라서, 아직 세상을 다 살아버린 사람이 아니라서, 그에게 다가올 시간의 질감이 너무 거칠지는 않기를 바랐는지도 모른다. 왜소한 몸에 어울리지 않게 조급하게 빨아들인 담배 연기를 길게 뿜어내던 소년의 모습이 집으로 가는 내내 잊히지 않았고, 이후로도 그 자리를 지나칠 때마다 떠오르곤 한다. 그 아이의 뇌리에서는 이미 흔적조차 없을 일이겠지만.

잊었나 하면 떠오르는 장면들이 있다. 관객이 거의 없는 극장 안에서, 왜 그러는지 모르지만 통로를 기어 다니고 있던 사람. 눈 오는 겨울밤, 시골 읍내의 문구점 앞에 놓인 구식 오락기계로 게임에 열중하고 있던 초등학생의 뒷모습. 종로 한복판에 있는 어느 학원 앞에서 가방도 없이, 책과 공책과 필통 같은 것들을 들고 어쩔 줄 모르며 서 있던 여학생. 모두 사소한 일, 부질없는 일, 아무 의미도 없는 일이다. 깜짝 놀랄 일도 아니고, 역사에 길이 남을 일은 물론 아니다. 나 또한 왜 기억하고 있는

지 알 수 없는 일들이다. 그러나 그 순간이 나에게는 세상의 진짜 중심처럼 느껴진다. 흔히 떠들썩하게 사람들의 이목을 끄는 중심이 오히려 공허한 것과 달리, 그런 장면들 속에는 강렬하게 끌어당기는 힘이 있다. 나도 모르게 다가가 손을 내밀게 만든다. 중심이란 그런 것이다. (2015)

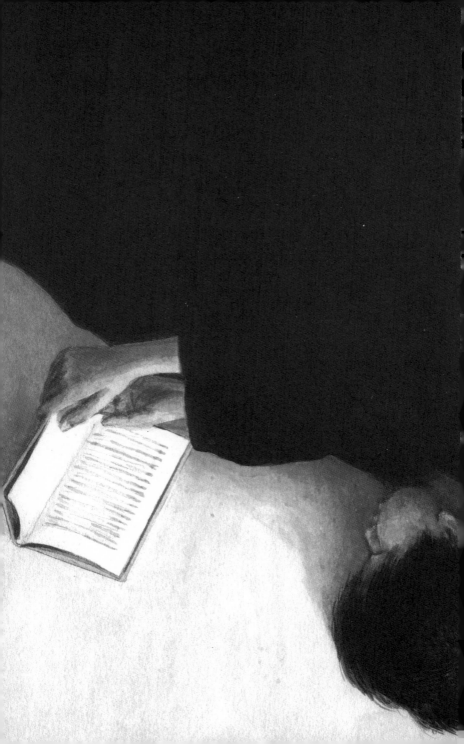

아들은 전교생이 서른일곱 명인 분교에서 초등학생 시절을 보냈다. 아들이 유치원에 들어가기 전, 우리 가족은 다소 낭만적인 꿈을 가지고 시골로 이사했다. 귀농을 결심할 때는 아들에게도 질 높은 삶을 제공할 수 있으리라 상상했다. 학교 친구들을 경쟁상대로만 보게 되는 도시 아이들과 달리, 자연 속에서 자유롭게 뛰놀며 몸으로 부딪히는 우정을 경험할 것이라 기대했다. 상상과 기대는 쉽게 무너졌다.

아들은 공부에 대한 부담이 거의 없는 학교생활을 했다. 같은 학년의 학생 수가 다섯 명이었으므로, 아무리 공부를 못해도 5등 안에는 들었다. 학생 수가 적어서 두 학년이 같은 교실에서 공부했으니, 수업의 질이 좋을 수는 없었을 것이다. 그래도 1, 2학년까지 큰 문제는 없었다.

3학년이 되어 4학년 형들과 함께 수업을 받게 되었다. 그 무렵부터 아들은 아침마다 학교에 가기 싫다고 짜증을 냈고, 어느 날부터인가는 배가 아프다거나 머리가 아프다고 울었다. 나는 학교 가기 싫어서 꾀병을 부리나 싶어 살살 달래서 학교에 보내곤 했다. 거의 한 학기 동안 그런 일이 지속되었다. 어느 날, 읍내에 나갔다가 차를 몰고 돌아오는 길에 도로를 걸어가고 있는 아들 친구를 만났다. 걸어가기에는 집이 꽤 멀다는 것을 알고 있었기에 차에 태웠다. 그런데 운전석 옆 조수석에 앉아있던 그 애가 뜻밖의 말을 했다.

＿ 4학년 형들이 우리를 만날 때려요. 배를 주먹으로 막 때리고 발로 차고, 원산폭격 시키고, 게임기랑 돈도 갖고 오라고 했어요.

기억을 더듬어 보니, 아들도 형들이 괴롭혀서 학교에 가기 싫다는 말을 한 적이 있었다. 나는 대수롭지 않게 들었다. 형들이 심부름을 시키거나 하기 싫은 축구를 하라고 강요해서 짜증이 나는가 보다, 라고 짐작했다. 그래서 형들과 사이좋게 지내야 한다고 타이르곤 했다. 그 애 이야기를 들으면서 아들 말을 흘려들은 나를 얼마나 자책했는지 모른다.

폭력과 협박의 주범으로 지목된 4학년 아이는 조부모와 함께 살고 있었다. 부모가 갈라서는 바람에 서울에서 돌봐줄 사람이 없어 어린 여동생과 함께 시골로 보내졌다. 놀라운 일도 아니었다. 시골에는 그런 식으로 졸지에 손자손녀를 돌보는 처지가 된 할머니 할아버지들이 종종 있다. 할머니는 좋은 분이었으나 할아버지는 그 애를 심하게 체벌한다는 소문이 있었다. 문제의 그 아이에게 폭력을 휘두르는 사람은 친할아버지만이 아니었다. 분교로 발령이 나는 교사들 가운데는 본교에서 문제를 일으켜 오지의 분교로 보내진 사람들이 가끔 있었다. 그때 아들의 담임이 그런 사람이었다. 특히 그 애는 담임에게 따귀를 맞고 발로 차이기도 했다고 아들에게 들었다. 언젠가 내가 할머니에게 슬쩍 귀띔해주었지만, 우리 애가 워낙 말을 안 들으니 어쩔 수 없다는 반응이 돌아왔다.

아들 친구에게 그 애의 폭력과 폭언에 대한 이야기를 들은 뒤, 나는 그 애를 따로 불러냈다. 그리고 다시는 그런 짓을 하지 말라고 나무랐다. 내 아들과 친구들을 때리면 내가 가만히 있지 않겠다고 했다. 분노에 차서 그런 말들을 내뱉는 동안, 그 애는 불안한 듯 내 눈치를 살피면서도 세상과 완전히 분리된 사람처럼 무감각하고 불투명한 태도를 취하고 있었다. 이후로 내내 마음이 편치 않았다. 나는 담임교사나 그 애 할아버지를 찾아가 어린 아이를 각목으로 때리거나 발로 차면 안 된다는 말을 하지 못했으니까. 그러면 아직 혼자 설 수 없는 정신과 몸이 돌이킬 수 없게 망가질 수 있다는 말도 하지 못했으니까.

나는 비겁하고 냉담했다. 막연히 무엇인가가 두렵기도

했다. 그것은 도대체 무엇이었을까. 약자에게 가해지는 폭력의 공범이 되는 일보다 더 두려웠던 그것은. 공동체와 가부장제라는 구조의 힘이었을까. 혼자 정의로운 척 나대봤자 나 또한 약자임을 의식하게 될 뿐이라는 체념의 과정이었을까. (2017)

기다리던
버스가 온다

버스가 비탈길을 올라간다. 좁고 구불구불한 도로 양쪽에 주차된 자동차들 사이를 뚫고 곡예를 하듯 달린다. 이중 주차된 택배 트럭 옆을 아슬아슬하게 스쳐 지나간다. 기사가 혼잣말로 투덜거린다. 차를 이렇게 세워 놓으면 어떻게 하라는 거야. 마을버스처럼 산동네를 한 바퀴 돌고 난 뒤, 버스는 곧 제대로 된 이차선 도로로 들어선다. 내리막길이다. 다음 정류장은 W아파트 후문입니다. 안내방송이 흘러나온다. W아파트 후문의, 아무도 없는 버스 정류장에 그가 홀로 앉아 있다. 온 세상을 바삭바삭하게 구워버릴 것 같은 폭염에도 아랑곳하지 않고, 여느 때처럼 깃이 달린 흰색 반팔 셔츠에 베이지색 긴바지를 입은 차림이다. 바지 속에 셔츠 자락을 단정하게 집어넣은 것까지 변함이 없다. 버스가 다가오자 그는 고개를 들더니 뭐라고 혼잣말을 한다. 그는 버스에 올라탈 것인가.

　　그를 처음 본 것은 지금 살고 있는 동네로 이사 온 지난 봄의 어느 날이었다. 그는 깔끔한 흰색 셔츠에 베이지색 점퍼를 걸치고 있었다. 버스에 올라타자 잠시 주위를 둘러보더니 비어 있는 내 뒷자리에 앉았다. 나는 그의 둥근 얼굴과 낮은 코, 초점이 맞지 않는 흐릿한 눈빛과 둔한 몸놀림을 지켜보며 뚜렷한 이유 없이 불안해하고 있었다. 버스가 출발하고 얼마 안 있어, 그가 내 어깨를 툭 치면서 어눌한 말투로 "안녕하세요," 라고 말했다. 어깨를 가볍게 건드린 것에 불과했지만 나는 뒤돌아보지도 않고 자리에서 벌떡 일어났다. 그리고 다음 정류장에서 버스가 멈추자 허둥지둥 내렸다. 그 뒤로 버스를 탈 때마다 나는 그를 만났다. 그러면서 같은 노선을 이용하는 다른 많은 승객들처럼 그에게 익숙해졌다. 그는 버스에 타고 있거나, 아니면 버스 정류장에 홀로 앉아 있었다. 대체로 조용한 편이지만 이따금 세상을 향해 주문을 외우듯 길게 중얼거렸고, 허공과 말다툼하듯 고함을 질렀다. 그는 늘 어리둥절한 표정이며, 행복하지도 불행하지도 않은 것처럼 보였다.

　　그가 버스에 올라탄다. 오늘은 기사 바로 뒷자리를 선택한다. 흰 머리가 듬성듬성 섞인 숱이 적은 그의 머리 바로 위에

직사각형 TV모니터가 걸려 있다. 모니터에서는 자취생 소울 푸드 톱 3가 소개되고 있다. 3위는 고추참치볶음밥, 2위는 김치볶음밥, 1위는 간장계란밥이다. 뉴스를 알려주는 자막에는 고속도로 상행선이 11시부터 정체이며, 한국 남자양궁이 단체전에서 금메달을 땄으며, 학교폭력 벌점 16점이 넘으면 퇴학이나 전학으로 규정이 강화되었다는 소식이 차례로 뜬다. 나는 문득 궁금하다. 그는 자취를 하는 사람일까. 늘 다림질이 잘 된 셔츠를 입고 있는 걸 보면 누군가 보살펴주는 사람이 있는 것 같다. 그는 고속버스를 타 본 적이 있을까. 리우에서 올림픽이 열리고 있다는 것은 알까. 학교 폭력의 가해자나 피해자가 되어본 경험이 있을까.

전철역에 이르자 많은 사람들이 버스에서 내린다. 그는 여전히 기사 뒷자리를 지키고 있다. 버스는 어느 대학 후문을 거쳐 또 다른 전철역 두 군데를 돌아서 다시 W아파트 후문에 이를 것이고, 다시 내가 사는 산동네로 올라올 것이다. 우리 동네를 지나는 오직 하나뿐인 노선인 그 초록색 버스는 내 방 창문 바로 옆 비탈길로 매일 8분마다 한 대씩 지나간다. 모습을 나타내기 전 버스의 요란한 엔진소음이 들릴 때마다 혹시 버스에 그가 타고 있지 않을까 이따금 궁금하다. 하지만 그럴 리는 없다. 그가 내리거나 타는 정류장은 오직 W아파트 후문뿐이며, 그는 언제나 한 방향으로 움직이기 때문이다. 그와 나는 거의 매일 같은 버스를 이용하지만, 순환하는 버스 노선의 절반, 내가 속한 어떤 세상은 그에게 없는 것과 마찬가지다. 그가 버스를 타고 내가 사는 동네로 올라올 확률은 내가 먼저 그에게 "안녕하세요," 라고 말을 걸 확률과 비슷할 것이다. (2016)

단풍잎
여자들

전동차가 환승역에 멈춰 서니, 통로에 서 있던 사람들이 우르르 빠져나간다. 그러자 마주보이는 건너편 좌석에 학생처럼 보이는 앳된 여자 하나가 책을 읽고 있는 게 눈에 들어온다. 책을 읽고 있는 사람에게는 괜히 관심이 간다. 고개를 이리저리 비틀기까지 하면서 표지에 쓰인 제목을 굳이 읽어 본다. '처음 만나는 문화 인류학.' 대학의 중간고사 기간이 시작되었나보다. 공부 열심히 하는 여학생의 앞날이 내가 지나온 세월 같지 않기를 바라면서, 오래전 내가 학생이었을 때 인류학 시간에 교재로 읽었던 책의 내용을 떠올린다.

『문화의 수수께끼』. 마빈 해리스가 쓴 그 책에서는 남성들이 세상에서 주도적 역할을 하게 된 원인이 전쟁일 것이라고 추정한다. 원시사회에서 생계를 위한 노동과 육아는 거의 여성들 못이었으며, 남성들은 자신들이 생산하는 식량의 양보다 훨씬 더 많은 양을 먹어치우는 비효율적 존재였다. 그러나 인구조절과 식량문제 해결을 위해 정기적으로 전쟁이 일어났을 것이고, 그래서 여성보다 전투 능력이 뛰어난 남성들이 주도권을 잡았을 것이라고 추측한다. 아마도 인구조절을 위한 장치였던 영아살해의 풍습에서도 남성이 더 많이 살아남았을 것이라고 설명한다.

전철역에서 나와 도서관을 향해 걷는다. 햇빛은 쨍한데 바람이 차다. 길 양쪽에 늘어선 은행나무, 플라타너스, 그리고 또 이름을 알 수 없는 나무의 잎사귀들이 온힘을 다해 마지막 빛을 뿜어내고 있다. 내 앞에 무리지어 가고 있는 할머니들을 앞지르면서 그분들이 나누고 있는 이야기를 엿듣는다. 올해 단풍은 작년보다 빛깔이 못해. 작년에는 정말 예뻤어. 샛노랗고 다홍빛이었지.

웬일인지 평일 오전임에도 도서관 입구에는 교복을 입은 학생들이 와글와글 모여 있다. 얼굴은 뽀얗고 입술은 앵두 같은 여학생들이다. 저것 봐, 쟤가 또 너 쳐다봤어. 쟤 맞지? 저 멀리 길모퉁이에 무리지어 서 있는 시커먼 남학생들을 힐끔거리며 자기네들끼리 수군댄다. 나도 걸음을 멈추고 뒤돌아보면서 여학생들이 지목한 남학생이 누구인지 가늠해본다. 잘 모르겠다. 다 똑같이 생겼는데 어떻게 누가 누군지 알아볼까. 물론 한

때 나에게도 있었다. 좋아하는 사람을 알아보는 능력. 까르르 웃음을 터뜨리는 여학생들 머리 위로 노랑 다홍 나뭇잎들이 우수수 떨어진다.

그 장면을 보면서 나는 고개를 끄덕인다. 할머니들 말씀이 틀렸다. 올해 단풍도 까르르 웃음을 터뜨릴 정도로 예쁘다.

(2016)

담배를
피우는 시간

　　학교에 다니던 스무 살 무렵의 어느 날. 첫 수업을 마치고 다른 강의실을 향해 서둘러 가고 있었다. 통로 끝에서 출입문을 열고 건물과 건물 사이의 구름다리로 들어서면서, 그해 겨울 처음으로 내리는 눈을 보았다. 첫눈이라는 게 흔히 그렇듯, 먼지처럼 흩날리다가 땅에 닿으면 사라지는 눈이었다. 삼십 년이라는 긴 세월 동안 기억에 남을 만한 풍경은 아니었다. 다만 그 미약한 눈발 속에 허술해 보이는 사람 하나가 서 있었던 게 특별했다. 짧은 머리카락을 꼭 여미어 참새 꽁지처럼 묶은 내 또래의 여학생. 붉게 언 뺨 위로 머리카락 몇 가닥이 흘러내리고 있었고, 주위에는 희끄무레한 연기가 맴돌고 있었다. 도서관 앞 벤치에서 담배를 피우던 여학생이 복학생에게 따귀를 맞았다는 이야기가 전설처럼 떠돌던 시절이었다.

천천히 스쳐지나가면서 그녀를 훔쳐보았다. 잔뜩 웅크린 어깨와 난간 바깥쪽을 향해 뻗어 있는 팔목과 가냘픈 손가락들이 눈에 들어왔다. 엄지와 검지로 잡고 있던 짤막한 담배를 가져와 절박하게 연기를 빨아들였다가 토해내는 몸짓도. 나는 몇 발자국 더 걷다가 뒤돌아보았다. 농축된 진지함이 담긴 그녀의 눈망울과 마주쳤고 나는 압도당했다. 성긴 눈송이 사이로 사라지는 뿌연 연기가 신비해 보이기까지 했다. 담배를 피워보고 싶다는 마음이 처음 들었던 순간이다.

아니, 그게 처음은 아니었다. 심심하다는 말을 입에 달고 살던 어린 시절, 친구와 내가 담벼락 사이의 좁은 공간으로 숨어 들어간 적이 있었다. 우리 손에는 담배 한 개비와 팔각 성냥 한 통이 들려 있었다. 심장이 두근두근했다. 원래 담배는 남아메리카의 샤먼들이 신탁을 받으려 사용하던 것이라고 하지 않던가. 사나운 짐승과 마법을 막아내기 위한 것이라고도 하지 않던가. 물론 불꽃과 연기를 뿜어내는 물건에 아무나 손을 댈 수 있었을 리 없다. 그런 물건이 어린아이들의 호기심에 바쳐지는 제물이 될 수 있을 만큼 흔해졌다는 것은 이미 고유의 신성을 잃었다는 증거다. 신성이 독성으로 변했다는 의미일 수도 있다. 아무려나 친구와 나의 흡연 시도 또한 그 시작은 창대했으나 결과는 참담했다. 우리는 며칠 전 막걸리에 설탕을 타서 몰래 마셨던 모험이 몇 배 짜릿했다는 결론을 내린다.

자주 들락거리던 온라인 영화 관련 게시판이 있었다. 언젠가 그곳에 길거리에서 누군가가 턴 담뱃재가 날아와 손등을 델 뻔했다는 내용의 글이 올라왔다. 그러자 길거리 흡연이 얼마나 뻔뻔한 짓인지, 얼마나 심각한 범죄로 발전할 수 있는지 성토하는 댓글들이 줄줄이 달렸다. '일본에서는 길거리에서 흡연을 하던 사람의 담배 불똥이 튀어 뒤에 오던 어린아이가 실명한 사례가 있습니다. 길거리 흡연은 잠재적 살인행위예요.' 나는 무심코 댓글을 달았다. '그러면 교통사고의 위험을 안고 있는 모든 자동차 운전자들도 잠재적 살인자이지요.'

그 이후 댓글들이 나를 향해 집중포화를 퍼붓기 시작했다. 이렇게 저렇게 변명했다. 나는 흡연자가 아니고, 흡연은 백해무익이지만, 그렇다고 모든 흡연자를 잠재적 범죄자라고까지 할 수 있느냐. 사람이 어떻게 다른 사람에게 전혀 피해를 안 입히고 살 수 있느냐. 보기에 따라 맥락에 닿지 않는 애매한 말들이었다. 댓글들은 본 적도 없고 이름도 모르는 나를 비난하며 조리돌림 했다.

나는 정작 하고 싶었던 말은 끝내 하지 못했다. 한적한 길모퉁이를 돌아서다가 불안정하기도 하고 공허하기도 한 눈빛으로 담배를 들고 서 있는 사람들과 마주칠 때의 느낌, 설명하기 힘든 그 느낌을 이야기하고 싶었다. 나쁜 사람이 될지 좋은 사람이 될지 굳이 결정하지 않아도 되는 서성임이 주는 안도감에 대

해서도. 나 아닌 누군가를 숨 가쁘게 나쁜 사람으로 몰아가기 전
잠깐 멈춰 서서 주머니를 뒤적여 보는 유예의 시간이 아쉽다는
말도. (2017)

햄버거를
먹는 사정

영화를 보러 갔다. 평일 낮이어서 관객이 별로 없었고 내 옆 좌석도 비어 있었다. 비어 있는 좌석이 바로 통로 옆이라서 더 편하기도 하고 시야도 더 잘 확보할 수 있을 것 같았다. 영화가 시작되어도 누군가가 오지 않는다면 그 자리로 옮겨 앉을 작정을 하고 있었다. 불이 꺼지고, 영화 시작 전에 나오는 광고가 거의 끝나갈 즈음 어둠 속에서 누군가가 헐레벌떡 계단을 올라와 옆 자리에 앉았다. 앉자마자 가방을 뒤적이더니 무엇인가를 꺼내 먹기 시작했다. 냄새로는 햄버거 같았다. 식당에서 맡는 햄버거 냄새는 고소하기도 하고 식욕을 자극하기도 하지만, 극장에서 맡는 냄새는 왠지 불쾌했다. 탐내던 자리에 뒤늦게 주인이 나타나 심사가 꼬인 것이었을까. 뭐라고 주의를 줄까 망설이면서 옆 사람을 돌아보았다. 긴 머리카락을 늘어뜨린 젊은 여성이 커다란 가방을 무릎 위에 올려놓은 채 황급히 햄버거 빵을 한 입 베어 먹고 있었다.

내가 이십대 초반의 학생이었을 때 일이다. 애국가가 흘러나오면 극장 좌석에서 일어나야 했던 시절이었다. 아침 일찍 시작하는 첫 수업을 빼먹고 혼자 영화를 보러 갔다. 왜 그랬는지 기억나지 않지만 우울과 궁색이 극에 달하던 시절이었던 것만은 기억한다. 조조 영화였고, 피 튀기는 호러영화였다. 객석에 앉아 있는 사람의 숫자는 눈으로 대충 셀 수 있을 정도로 적었다. 나는 맨 앞줄 가운데에 앉아 있었다. 가방 속에는 점심 도시락이 들어 있었고, 아침을 굶어서 배가 고팠다. 내가 앉아 있는 자리의 반경 2미터 안은 모두 비어 있었으므로, 나는 도시락을 꺼냈고, 영화를 보면서 천연덕스럽게 그걸 다 먹었다. 극장 안에 도시락 반찬 냄새가 가득 찼을 것이다.

내 옆에 앉아 햄버거를 먹고 있던 그녀에게 결국 나는 나지막한 핀잔 한 마디도 할 수 없었다. 까마득한 옛날, 극장에서 도시락을 꺼내 먹던 사람 옆에 앉은 우연 때문이었을 것이다. 과거의 경험을 떠올리며 그녀를 굳이 내 자리에 갖다 놓지 않았더라면, 아무 말 없이 넘어갈 수 있었을까. 얼마나 배가 고팠으면 혼자 영화를 보러 와서 햄버거를 꺼내 먹겠느냐며, 그까짓 냄새쯤이야 참으면 그만이라며, 이해할 수 있었을까. 나라는 사람이란 결국 그 정도다. 내가 경험하지 않은 일까지 이해할 능력은 없다. 앞으로도 확신할 수 없지만 세 번에 한 번쯤은 굳이 어둠 속에서 뭔가 먹어야 할 누군가의 사정을 헤아려볼 것 같기는 하다. (2016)

무외시

갈림길에서 걸음을 멈추었다. 어느 쪽으로 갈까 잠시 망설인다. 한쪽은 산으로 이어지는 호젓한 오솔길이고 다른 쪽은 자동차가 오고가는 이차선 도로 옆 도보다. 사람들이 많이 다니는 길을 걷는 것은 산책의 맛이 제대로 나지 않아 꺼려지고, 호젓함을 누리며 걸을 수 있는 길에서는 이따금 나타나는 한두 사람의 그림자에 긴장하고 겁을 먹게 된다. 깜깜한 밤도 아니고 어둑어둑한 저녁 무렵도 아니고 훤한 대낮임에도.

주황색 등산점퍼를 입은 아주머니 한 사람이 오솔길로 접어든다. 나도 그 뒤를 따른다. 내가 세상에서 가장 안전하다고 생각하는 사람은 나이 지긋한 여성들이다. 좌석버스에 올라타서 빈자리가 있나 둘러볼 때, 기차역이나 병원 대기실 같은 곳에서 낯선 사람의 옆자리에 앉아야 할 때, 가장 먼저 찾는 사람은 할머니다. 누구에게든 어떤 방식으로든 위해를 가할 확률이 가장 적은 사람들이라고 믿기 때문이다. 물론 '할머니와 봉고차'라는 주제로 변주를 거듭하는 도시괴담들이 있다. '친구의 친구가 겪은 일이래…'라든가, 혹은 익명의 인터넷 게시판에서 '실제로 있었던 일입니다…'로 시작되는 이야기들. 버스 안에서 할머니와 시비 끝에 함께 버스에서 내린 여학생이 봉고차에 끌려갈 뻔했다거나, 할머니의 무거운 짐을 들어준 감사 표시로 건네받은 건강음료를 마셨다가 정신을 잃고 봉고차로 끌려갔다는 이야기들. 나도 경계심이 지나친 사람이기는 하지만, 대단한 반전이랍시고 할머니까지 등장시켜 이 세상 누구도 결코 믿어서는 안 된다는 믿음을 전파하고자 하는 괴담들은 의미도 없고 재미도 없다.

불교에서는 자신이 소유한 재물, 지혜나 지식, 혹은 재능을 다른 이들에게 베푸는 것을 보시(布施)라 부른다. 보시는 결국 공덕을 쌓고 복을 짓는 일이니 자신을 위한 일이기도 하다. 그러면 재산도 없고 지혜나 지식도 없고 내세울 재능도 없는 사람은 복을 지을 수 없는 걸까? 무외시(無畏施)가 있다. 글자 그대로 해석하면, 두려움을 주지 않는다는 의미다. 다른 이들을 불안하게 하거나 겁을 주지 않고, 마음을 편안하게 해주는 베풂이다. 감정은 전염되기 쉬워서 화가 난 사람 옆에 있으면 누구나 불안하고 초조해진다. 두려움을 느끼기도 한다. 즐거운 사람 옆에 있으면 반드시 즐거워진다고 말할 수는 없겠지만, 흔히들 설명하기를, 얼굴 표정을 밝게 하고 다른 사람에게 따뜻한 말 한 마디, 미소 한 번이라도 건네는 것을 무외시를 실천하는 길이라고 한다. 하지만 지금 내 앞에서 걸어가고 있는 저 아주머니는 고개 한 번 돌리지 않고 말 한 마디 건네지 않은 채, 그냥 내 앞에서 걸어가는 것만으로 자기도 모르게 무외시를 행하고 있다. 이제까지 내 옆자리에 앉아주었던 모든 할머니들처럼. 존재 자체가 보시다.

가장 복을 많이 지을 수 있는 보시는 내가 누구에게 무엇을 베풀었다는 것을 의식하지 못한 채 베푸는 것이라고 한다. 뒤집어 생각해 보면 그것은 내가 누군가에게 무엇을 받았다는 것을 알지 못한 채 받는 일이다. 보답 받을 마음이 없으니 보답할 부담이 없고, 베푼 사람이 없으니 받은 사람이 없는 베풂. 온 세상을 향해 이루어지는 보시다.

저만치 예닐곱 살쯤 되어 보이는 사내아이 하나가 큰 소리로 노래를 부르면서 폴짝폴짝 뛰어온다. 젊은 여자 둘이 이야기를 나누면서 아이의 뒤를 따라온다. "엄마 생일이라고 저렇게 계속 노래를 부르는 거야?" 왼쪽에 있는 여자가 묻자, 사내아이의 엄마가 분명해 보이는 오른쪽 여자가 웃음 섞인 목소리로 대답한다. "쟤는 나밖에 몰라. 쟤네 아빠는 쟤밖에 모르고."

얼마 전에 대학을 졸업한 아들을 둔 엄마인 내가 그들을 지나치며 혼자 웃는다. 이유는 모른다. 그냥 웃음이 나온다. 나도 언젠가는 존재만으로 편안함을 주는 할머니가 될 거라서? 마침내 겨울이 가고, 보답하지 않아도 되는 다정한 선물, 봄이 오고 있으니까? (2017)

사랑 발굴단

　　누가 볼까봐 문 닫아 걸고 먹는다는 가을 아욱국을 끓이려고 아욱을 손질하는 중이었다. 줄기와 잎사귀 사이에 연한 보랏빛 작은 꽃봉오리가 숨어 있는 것이 눈에 띄었고, 그 순간 '아름다움은 발견하는 것'이라는 어디선가 읽은 구절이 머릿속을 스치고 지나갔다. 시골에서 텃밭을 일구면서 처음으로 열무나 아욱, 배추나 쑥갓의 웃자란 줄기 끝에 작고 소박하고 희미한 꽃들이 피는 것을 보았다. 장미나 백합 같은 꽃들 옆에 갖다 놓으면 설마 꽃인 줄도 모를 꽃들. 줄기와 잎사귀들이 일찌감치 뽑히고 꺾이는 바람에 봉오리가 맺히고 꽃잎이 열릴 기회도 없이 사라지는 꽃들. 게으름 덕분에 그 꽃들을 발견하고, 비로소 그 꽃들을 사랑하게 되었던 기억이 있다.

　　'사랑 발굴단'을 자처하는 사람이 있었다. 너무 어릿광대 같은 호칭이잖아요. 이따금 그렇게 그를 놀리곤 했지만, 그가 조곤조곤 진지하게 하는 말에는 솔깃한 면이 있었다.

추한 것을, 무례한 것을, 염치없는 것을 매력으로 삼는 일들이 너무 많아졌거든요. 매력은 작은 차이에서 비롯되는 것이잖아요. 그래서 대놓고 욕을 퍼붓고, 눈앞에서 혐오를 드러내고, 뻔뻔스럽게 욕심을 부리는 것으로 차이를 만들려고 애써요. 그러다 보니 잘 드러나지 않는 곱고 순한 것들이 자꾸 사라져요. 자극적인 매력 하나가 나타날 때마다 보이지 않는 매력 하나가 사라지고, 반짝이는 예쁨 하나를 얻을 때마다 묻혀 있는 예쁨 하나를 잃어요. 매력은 발굴하는 사람의 몫이어야 하거든요. 강요하고 발산하는 매력은 오염되고 말아요. 대가를 요구하고 대가를 지불해야 해요. 아니, 그런 대가가 아니고요, 모두 망가져 버리는 거 말이에요.

한참 귀를 기울이다가 나는 문득 납득했다. 사랑을 찾아내는 일은 보이지 않는 매력을 찾아내는 일이로구나. 그때 마침 우리는 퇴락해가는 건물 앞을 지나가고 있었다. 예전에는 사람들로 북적이는 중심가였지만, 서울이 광기에 가까운 속도로 팽창하여 여러 개의 중심으로 분열하고 난 뒤 오랫동안 한적하게 남아있던 동네였다. 방치된 건물과 도로들은 시간의 힘에 의해 모서리가 닳고 표면이 허름해져, 이 세상에서 단 하나뿐일 것 같은 모습으로 변해 있었다.

저 집, 예쁘지 않아요? 인간의 아기들은 태어날 때 이름도 형태도 제대로 갖추지 못한 채 밑그림 위에 슬쩍 얹혀 있는 하품 같은 운명으로 세상에 나와요. 사물들도 다르지 않아요. 새로 지은 건물, 새로 닦은 도로, 그것들로 이루어진 거리는 온전한 자기 자신이 아니에요. 반듯반듯하고 번쩍번쩍할 때는 아직 제대로가 아니에요. 죽음이, 종말이, 끝이 그 모든 것들을 이끌고 나아가 온전한 자기 자신에 다다를 때, 그래서 끝이 보이는 시점에 서게 될 때 비로소 자기 자신이 되지요. 은행나무 이파리들이 한 빛으로 노랗게 물들기 시작해야 본질이 드러나게 되는 것처럼. 그런데 저기 보이는 집에서 내가 살 수 있을까요? 집을 하나 얻는 것은 신드바드가 하늘을 나는 양탄자를 얻는 것과 마찬가지거든요. 운 좋게 서너 평짜리 양탄자 위에 올라탈 수 있으면, 세상을 향해 모험이라도 떠나게요. 사랑을 발굴하러.

물론 아름다움은 발견하는 것이다. 수줍고 여린 꽃들을 알아보게 된 뒤부터 나는 일부러 텃밭 한 귀퉁이에 열무나 배추 몇 포기, 쑥갓 한두 줄기를 남겨 놓곤 했다. 어느 날 기척 없이 피어난 꽃이 바람에 흔들리면 조심스레 아끼며 바라보고 싶어서. '사랑 발굴단'은 그저 우스갯소리에 지나지 않는 이야기일까. 허름함과 한적함조차 매력으로 반짝이게 만드는 시대라 해도, 그래서 매력이 너무 흔하게 넘쳐흐르는 곳이라 해도, 사랑을 발굴하려는 이의 자리 하나쯤은 남겨 두어야 할 것 같다. 어느 날 그

가 숨어있는 우리의 무심한 사랑을 발견할지도 모르는 일이니까. (2016)

보고 싶다

    무엇인가를 만지려고 손을 뻗은 게 얼마나 오래 전 일인지 모르겠다. 어쩌면 어제나 그제 같은 가까운 과거의 일일지도 모르지만, 까마득히 먼 옛날의 일 같기도 하다. 기억은 믿을 수 없다. 이제 네가 믿을 수 있는 것은 사진뿐인지도 모르겠다.

    네 눈은 달밤에 이리저리 떠다니는 비눗방울 같다. 둥글고 매끄러운 눈동자가 어둠 속에서 돌아다닌다. 늘 무엇인가를 찾아 두리번거린다. 네가 찾는 것은 네 눈길을 사로잡을 무엇이다. 너는 오랫동안 의식하지 못한 채 눈에 지배당하고 있었다. 무엇인가를 향해 네 눈길을 거두지 못했을 때, 마치 어쩔 수 없는 일처럼 네 눈길이 그 무엇에 붙박였을 때, 너는 그것이 마음에서부터 비롯된 일인 줄 알았다. 그러나 이제 그것은 네 눈의 의지고 네 눈의 일임을 안다. 굳이 마음까지 움직이지 않아도 되는 일임을.

그 일은 언제부터 시작된 것일까? 학교 수업을 마치고 시장 골목을 지나갈 때면 형광펜처럼 빛나며 네 눈길을 잡아끌던 주황색 냉 주스 통에서부터? 생일날마다 네 앞에 놓여 있던 하얀 버터크림 케이크와 그 위에 꽂혀 있던 분홍 설탕 장미에서부터? 설탕 장미는 실망스러운 맛이었다. 마셔보지 않았지만 불량한 냉 주스의 맛 역시 그러했을 것이다. 너는 문득 어머니의 얼굴을 떠올린다. 웃으면 고양이 수염처럼 주름이 잡히던 눈가와 여러 시간 방치해 두어 슬그머니 말라버린 밀가루 반죽 같던 뺨과 수수한 입매를. 만지면 따뜻하게 감싸주는 것 같던 질감을. 어느 날 학부모 참관 수업에 참석하기 위해 학교에 나타난 어머니의 얼굴은 낯설었다. 하얀 버터크림 같은 뺨과 분홍 설탕 장미 같은 입술은, 손을 뻗어 만져서는 안 될 것처럼 달라 보였다. 그처럼 손을 대면 금세 녹아내릴 것 같은 얼굴에 아름다움이라는 이름표를 붙이기도 한다는 사실을 너는 알게 되었다.

그럼 시작은 아름다움이었나? 하지만 아름다운 것들은 먹고 싶고, 입고 싶고, 만지고 싶고, 그래서 갖고 싶게 만들었다. 너에게 즐거움을 주고 너를 새롭게 하고 너를 중요한 존재로 만들어주겠다고 속삭였다. 너를 움직이게 하고, 네 마음을 요동치게 했다. 아름다움을 찾아 자주 거리로 나가 쇼윈도를 들여다보았다. 그러면서 너는 새로운 사실을 깨달았다. 아름다움은 합의

되는 것이고, 첨가물이 필요한 것이며, 심지어 유통기한도 있다는 것을. 아름다움은 점점 영리해지고 점점 재빨라졌다. 아무리 애를 써도 너는 늘 한 발자국 뒤쳐져 있었다. 어느 날 백화점의 풍요로운 미로 사이를 걷고 있던 네 뒤에서 누군가 중얼거리는 소리가 들렸다. "여기는 정말 천국이구나, 천국. 돈만 있으면 천국."

그 순간 너는 아름다움의 비밀을 풀었다. 천국에는 왜 '만지지 마시오' '눈으로만 보시오' 같은 푯말들이 군데군데 붙어있는지도 이해할 수 있었다. 아름다움은 손에 닿지 않아야 완성되는 것이었다. 너는 천국을 손에 닿지 않는 곳에 두기로 했다. 손으로 만지고 혀로 맛보고 귀로 듣고 코로 냄새 맡고 싶어 요동치는 마음을 싼값으로 달래는 법을 배워갔다. 네 손과 혀와 귀와 코가 하던 많은 일들을 네 눈이 맡아하기 시작했다. 이제 너는 먹거나 입거나 만지지 않고, 그저 보기만 한다. 이제 너는 기억하려 하지 않고, 사진을 찍는다. 이제 너는 문밖으로 나갈 필요도 없다. 스마트폰을 들여다본다. 돈을 내고 살 필요도 거의 없다. 텔레비전 화면 속 송로버섯을 곁들인 안심스테이크를 보면 네 입맛이 돈다. 인터넷 쇼핑몰에 들어가 검정 리넨 드레스를 검색하고 호텔 예약 사이트에서 유명 휴양지의 날짜별 숙박료와 객실을 훑어보는 것으로 여름휴가는 만족스럽다.

아무것도 가질 수 없어서 갖고 싶어 하지 않게 된 너는 그 대신 끊임없이 무엇인가를 보고 싶어 한다. 무엇이든 만지고 싶어 손을 뻗은 게 얼마나 오래전 일인지 알 수 없다. 눈을 감고 있으면 외로워진다. 보고 싶다. 자꾸 보고 싶다. 이런 네가 미워질 만큼. (2016)

골목 달빛

68년 만에 지구에 가장 가까이 다가온 달이 어두운 골목길을 내려다보고 있다. 길을 걷던 사람이 걸음을 멈추고 하늘을 올려다본다. '슈퍼문'이라며 여기저기서 떠들썩하더니, 그렇게 커 보이지도 않네. 그는 복잡한 표정으로 중얼거린다. 소원을 빌어야 하는데, 마음속에 있는 수많은 욕망들 가운데 어느 것을 선택해야 할지 망설인다.

그러자 그를 굽어보고 있던 달은 고개를 젓는다. 아니, 아니야. 이미 상황은 종료되었어. 달빛을 마주하는 순간 곧장 마음속에 떠오른 바람이어야만 진짜 소원이라 할 수 있지. 이것으로 할까, 저것으로 할까 고민한다면 소원이라고 할 수 없어. 그러는 동안 무엇이든 이룰 수 있을 것 같던 믿음은 사라지고 마니까.

소원이라는 것은 무엇일까. 행복해지고자 하는 집요한 욕망이라기보다는 행복해질 수 있다는 간절한 믿음에 가까울 것이다. 돈 좀 벌게 해주세요, 내 자식 시험 잘 보게 해주세요, 사랑하는 사람의 마음을 얻게 해주세요, 헤아릴 수 없이 많은 욕망들이 소원이라는 이름으로 달을 향해 되뇌어지고 있을 것이다. 그러나 아무리 아름답고 총명한 달빛이라 해도 끊임없이 서로 충돌하고 앞 다투어 요구하는 욕망들을 모두 실현해주는 방식으로 그 많은 소원을 이루어줄 길은 없을 것이다. 내가 행복해지면 당신이 그만큼 불행해지는 그런 행복을 도대체 행복이라 할 수 있을까. 그런 소원이라면 어떤 간절함을 가질 수 있을까. 달빛이 넌지시 되물을 것 같다.

내일 아침에 마실 우유를 사러 동네 편의점으로 향하고 있던 사람이 걸음을 멈추고 하늘을 올려다본다. 18년 뒤에야 다시 볼 수 있다는 특별한 달을 마주하는 순간 어느 집 창문에서 나지막한 노랫소리가 흘러나온다. '잡힐 듯 말듯 멀어져 가는 무지개와 같은 길…' 소원을 떠올리려 애쓰던 그는 어쩌면 행복이란 저잣거리를 떠돌아다니는 소문에 지나지 않을지도 모른다는 생각에 잠긴다. 이제껏 자신이 바라고 원했던 많은 것들과는 상관없이, 눈앞에는 늘 이처럼 오직 한 사람만 걸어갈 수 있는 골목길 하나가 남아 있곤 했으므로. 저 높은 곳에 떠 있는 달은 어둠 속에 홀로 서 있는 사람에게 속삭인다. 욕망은 이루어지지 않

을 때까지만 간절할 것이라고. 소원은 보이지 않던 단 하나의 길이 열리면서 응답받을 것이라고. (2016)

달에서 온
계피향

　'주위에 사이코패스나 변태성욕자가 있는지 주의해서
살펴보자.'와 '저런 조형물은 놀이동산에 있는 공포의 집 속에
들여놓으면 어울리겠군.'이라는 중얼거림 사이에 계피향이 슬쩍
끼어들었다. 불안과 조롱 사이에 흘러들어온 생기발랄한 냄새
덕분에 쓸데없는 생각과 휘청거리는 걸음을 동시에 멈출 수 있
었다. 주위를 둘러보았다. 내가 걷고 있는 세종로라는 길과 도무
지 어울리지 않는 달이 하늘에 떠 있었다. 달은 휘황찬란하지도
않고 넓거나 복잡하거나 장엄하거나 역사적이지 않기 때문에
내가 서 있는 길 위에 홀연히 나타날 이유가 없었으나, 그럼에도
계피향을 쏟아내고 있는 것은 달이었다.

　　달 속에 계수나무가 있거나 토끼가 떡방아를 찧고 있다
는 이야기를 믿은 적은 한 번도 없다. 그런 지루한 이야기를 지

어내다니 저토록 단아한 달을 모욕하는 것인가, 라는 생각을 한 적은 있다. 아버지가 파산한 이후에 어디에선가 천체망원경 하나를 들고 집에 돌아온 적이 있었다. 파산한 이후에 아버지는 종적을 감추기도 했고, 교도소에 들어가기도 했고, 용산역 앞 다방 전화번호를 자기 사무실 전화번호라고 주장하기도 했다. 그 많은 복잡하고 번거로운 일들 가운데 단 하나 빛나는 업적은 빚쟁이를 찾아가 천체망원경 하나를 들고 온 것이다.

고등학생이던 나는 밤마다 지붕 위로 올라가 천체망원경으로 하늘을 보았다. 흔히 '슬라브'라 부르던 평평한 시멘트 지붕 아래 살고 있던 덕분이었다. 아버지가 들고 온 망원경은 렌즈 배율이 그다지 높지 않았던 것 같다. 내가 보고자 했던 토성의 고리 같은 것은 보이지 않았다. 다만 깊고 푸른 밤의 무자비한 여왕, 달은 아주 뚜렷하게 보였다. 렌즈 배율이 그다지 높지 않은 망원경을 들여다보다가 달은 도자기 피부를 지닌 차갑고 단아한 여왕이 아님을 알게 되었다. 달 표면은 벌어진 모공 같은 분화구와 패인 자국들로 울퉁불퉁했다. 세월이 흘러 천체망원경이나 슬라브 지붕 옥상 같은 것들이 모두 사라진 뒤, 나는 계수나무와 토끼, 떡방아의 존재를 믿기로 했다. 그러나 덧붙이자면, 계피는 계수나무와 아무 상관이 없다.

계피와 계수나무는 그저 첫 글자가 같을 뿐이다. 그저 첫 글자가 같다고 해서 혹은 마주친 첫 눈길이 같다고 해서 사랑에 빠지면 안 된다. 물론 사랑의 자리는 되고 안 되는 것을 깊이 따지지 않는 것이지만. 아무 말이나 계속 하자면 세상이 아름다운 것은 내 뜻대로 되지 않기 때문이다. 내 뜻대로 움직여 주는 애인처럼 나쁜 애인은 없다. (2018)

취한 말들의
시간

"선배, 술 좀 마시지 마요. 그건 그냥 견디는 거잖아요."

휴대폰 액정화면에 늘어서 있는 글자들을 보는 순간, 흐릿하게 무뎌진 머릿속에서 형광등 하나가 반짝 켜지는 것 같았다. 네가 마지막으로 보낸 문자메시지였다.

"인생이라는 놈은 나를 산과 계곡으로 떠돌아다니며 늙어가게 하고 마침내 저승으로 이끄네⋯." 트럭 짐칸에 올라탄 아이들이 목청껏 부르는 노래로 시작되는 영화가 있다. 〈취한 말들을 위한 시간〉. 아버지가 이란과 이라크의 국경에서 지뢰를 밟아 목숨을 잃자, 열두 살 쿠르드족 소년은 가장이 된다. 누나는 노새 한 마리에 팔려가고, 소년은 왜소증에 걸려 더 이상 자라지 않는 형의 목숨을 고작 몇 달쯤 연장하기 위해, 어린 누이동생에게 연필과 공책을 마련해주기 위해, 아버지의 동업자였던 밀수꾼들과 합류한다. 국경을 넘어가 노새를 팔아 돈을 마련한 다음, 형을 데리고 병원에 가기로 결심한다.

출발하기 직전 밀수꾼들은 노새에게 보드카를 먹인다. 혹독한 추위 속에서 짐을 잔뜩 진 노새를 움직이게 하려면 취하게 하는 방법밖에 없으므로. 소년은 아기처럼 몸집이 작은 형을 품에 안고, 취한 노새를 끌고, 험한 산길을 오른다. 소년의 앞길을 가로막는 것은 무릎까지 푹푹 빠지는 눈길이나 국경수비대만은 아니다. 무장을 한 산적들에게 쫓겨 밀수꾼들이 뿔뿔이 흩어져 버리자, 소년도 안간힘을 쓰며 달아난다. 그러나 술에 취한 노새는 얼마 걷지도 못한 채 쓰러져 버린다. 스크린을 가득 메운 막막한 하얀 빛 속에서 소년은 울부짖는다. 더 좋은 운동화를 갖고 싶어서도 아니고, 더 좋은 대학에 가고 싶어서도 아니고, 자아실현이 이루어질 빛나는 미래를 위해서도 아니다. 술에 취한 노새가 얼어 죽을까봐, 산적들의 눈에 띄어 총에 맞게 될까봐, 어차피 오래 살지 못할 운명인 형에게 딱 한 번 수술이라도 받게 해주고 싶어서. 소년은 노새에게 그만 일어나라고 소리친다. 일어나라고, 일어나라고.

너는 끝내 지난 밤 술자리에 모습을 나타내지 않았다. 비가 오고 바람이 불어 술 마시기 좋은 날이었다. 우리는 번갈아 너를 향해 통화 버튼을 누르거나 글자들을 찍어 보내며, 네 안부를 묻고 근황을 확인했다. 초대와 설득, 회유와 협박을 거듭했다. 어느새 너는 가장 인기 있는 존재로 떠올랐고, 그 자리에 있던 사람들이 술을 마시는 핑계가 되었다. 우리는 너를 기다리며 술잔을 기울였고, 안주를 집어 먹었고, 술기운에 들떠 취한 말들을 주고받았다. 하고 싶지만 하지 못한 말들이 있는 것처럼, 보고 싶지만 볼 수 없는 사람들이 있는 것처럼 술을 마셨다. 우리가 너보다 잘났다는 말을 듣지 못해서, 너에게 무시를 당해서, 자존심이 땅에 떨어져서, 기껏해야 더 비싼 자동차를 사지 못해서, 설마 제 뜻대로 살 수 없어서 술을 마셨을 리는 없다. 네가 오지 않은 그 시간 동안.

우리는 어딘가에 숨어 있는, 아니 숨어 있을지도 모를, 없는지도 모르겠으나 그래도 반드시 있어야 할, 사랑이나 우정을, 혹은 그것을 대신할 무엇인가를 찾으려 애썼다. 취한 말들은 하면 할수록 닳아버렸다. 진심을 말하고자 술을 마셨지만, 술을 마시자 진심은 사라져버렸다. 누군가 억울하다 해도 내 것을 내던지며 싸울 것도 아니면서, 누군가 배고프다 해도 내 것을 내주며 도울 것도 아니면서, 우리는 잠시 의기투합하여 생을 긍정해 보려 했고, 센티멘털리즘이 뿌려진 달달한 위로를 맛보려 했다. 네 말대로 우리는 그냥 그렇게 견디고 있었다. 취해서 눈밭에 쓰러진 노새처럼, 뭘 견뎌야 하는지도 왜 견뎌야 하는지도 모르는 채. (2016)

오랜만에 친구들과 모여서 저녁을 먹고 동네 산책에 나선다. 앞장서서 걷던 친구가 걸음을 멈춘다. 70년대의 문방구 같은 분위기지만, 반짝이는 알전구들로 네 모서리를 빙 둘러 장식한 쇼윈도가 있는 가게 앞이다. 유리창 뒤에는 금색과 분홍색, 은색과 하늘색으로 알록달록한 빈티지 장난감과 팬시 소품들이 와글와글 뒤섞인 채 사람들의 눈길을 잡아당기고 있다.

저게 뭐지? 친구가 쇼윈도 아래쪽에 주렁주렁 매달려 있는 것들을 가리킨다. 동그란 틀 속에 거미줄 모양 그물이 있고, 틀 아래로 색색의 깃털 몇 가닥이 길게 드리워져 있다. 저게 뭐였지? 나는 기억을 더듬어 본다. 아메리카 인디언들이 부적처럼 사용했다는 공예품이야. 그물을 쳐서 물고기를 잡듯 잠에서 꿈을 걸러내는 거지. 머리맡에 걸어놓고 자면 꿈속에서 본, 세상에 없는 아름다운 장면이나 신기한 이야기들을 잠에서 깨어나도 잊어버리지 않고 간직할 수 있다고 해.

내 설명을 듣고 있던 친구의 얼굴이 환해진다. 이곳저곳에서 눈에 자주 띄던 물건이라 궁금했단다. 의미를 알고 보니 하나 갖고 싶단다. 그러면서 가게로 막 들어가려 한다. 나는 왠지 내키지 않아 친구의 팔을 잡고 만류한다. 진짜 아메리카 인디언들이 만든 것이어야 효험이 있지 않을까. 저건 아마도 공장에서 대량으로 찍어낸 것일 텐데 무슨 영험함이 있겠어. 떠오르는 대로 아무 말이나 주워섬긴다. 그때 뒤늦게 다가온 또 다른 친구가 중얼거린다. 드림캐처 말이야? 우리나라에도 비슷한 거 있잖아. 우리 고향에서는 귀신 쫓는다고 장대 끝에 체를 걸어 놓곤 했어. 장대가 서 있는 걸 보고 사람으로 착각하게 하는 거지. 뒤늦게 참견을 시작한 친구에게 내가 묻는다. 장대가 몸이고 체가 얼굴이라는 거야? 그렇지. 귀신이 체에 나 있는 구멍들이 모두 얼굴에 달린 눈인 줄 알고 놀란 나머지 도대체 몇 개인가 하나하나 세어 보다가 날이 새서 달아난다는 거야.

그 말을 듣는 순간, 드림캐처의 진짜 의미가 떠오른다. 내가 엉터리 설명을 했다는 사실을 깨닫고 부끄러워진다. 그러니까 드림캐처는 꿈을 잡아 놓으려는 게 아니라 악몽이 들어오지 못하게 막아주는 거였다. 기억은 왜 그럴듯한 거짓말을 꾸며냈을까? 내 변명에도 아랑곳없이 엉터리 설명을 먼저 들어버린 친구는 그래도 꿈을 잡을 수도 있지 않겠느냐고 중얼거리면서, 미련을 버리지 못한 채 쇼윈도 앞에서 머뭇거린다. 나쁜 꿈을 막는 것보다 꿈속에서 본 세상을 놓치지 않는 게 더 중요한 사람도 있는 거니까. 나는 어떤 쪽일까 가늠해 보며 유리창 너머로 꿈을 잡는 그물을 들여다본다.

어디서 바람이 불어온 걸까. 동그란 틀에 매달린 어린 새의 꽁지 같은 노란 깃털이 거짓말처럼 흔들린다. (2016)

가장 편안한
스웨터

이사했다면서요? 전세금 1억 넘었어?

다짜고짜 선배가 묻는다. 만날 때마다 무슨 의례처럼 시작되는 대화다. 많아야 1년에 서너 번 얼굴 보는 선배라 그렇게 가깝다고는 할 수 없지만, 내가 느끼는 심정적 거리로는 그렇게 멀다고도 할 수 없다. 선배가 나에게 존댓말을 썼다가 반말을 했다가 하는 것도 비슷한 이유일지 모른다.

그럼요. 1억 넘은 지가 언젠데요. 짐짓 어이없다는 듯한 반응에 선배는 미소를 지으며 대답한다. 그렇구나. 나도 2억 넘은 지 오래 되었어요. 왠지 조마조마해 하며 앉아 있던 사람들이 다함께 웃음을 터뜨리면, 이른바 '도토리 키 재기'식 우스갯소리가 마무리된다.

해 넘어 가기 전에 얼굴 보고 점심이나 한 끼 먹자고 모인 자리였다. 소설가 셋, 시인 하나였다. 해외 레지던스 프로그램에 참가했다가 돌아온 지 며칠 안 되는 또 다른 선배가 얼큰한 국물이 먹고 싶다고 했다. 협곡 같은 잿빛 건물들 사이, 체감온도 5, 6도는 쉽게 낮춘다는 빌딩풍을 맞으며 스마트폰을 꺼내들었다. 해물탕 맛집, 동태찌개 맛집을 열심히 검색한 것도 헛되이, 우리는 우연히 눈에 띈 조촐한 식당에 들어왔다. 대구탕 중간 크기를 주문했고 음식이 나오기를 기다리면서 물색없는 이야기를 주고받았다.

식탁 위 가스버너가 켜지고, 푸른 쑥갓을 척척 얹은 대구탕 냄비가 끓기 시작했다. 둘러앉아 있던 사람들이 일제히 두툼한 겉옷을 벗었다. 나의 맞은편에는 이제 2억이 넘는 전셋집에 살고 있는 선배가 앉아 있었다. 살이 전혀 붙지 않은 마른 몸, 흰머리도 많고 주름도 많은 선배는 그럼에도 여전히 청년처럼 보였다. 입고 있는 청록색 스웨터 때문인가. 나는 유심히 선배를 살펴보았다. 털실로 짠 옷을 오래 입으면 그렇듯 스웨터에는 눈에 띌 정도로 보풀이 일어나 있었다. 이상하게도 마음이 따뜻하고 환해진다. 선배의 옷에만 새겨진 특별한 무늬를 내가 훔쳐보고 있는 것 같다. 선배는 아마도 자기 옷에 보풀이 일었는지 밥풀이 묻었는지 아무런 관심도 없을 것이다. 하지만 나는 남의 눈을 의식하면서 옷차림을 점검하는 사람이다. TV홈쇼핑 채널에서 '어느 모임에나 자신 있게 입고 나갈 수 있는 백퍼센트 캐시

미어 니트'를 발견하면, 그걸 사지 못해 마음이 들끓는 사람이다. 한편으로 그런 내가 지겨워지고 있는 사람이기도 하다.

대구탕은 시원했고, 너무 짜지도 맵지도 않았다. 심지어 MSG 맛도 느껴지지 않았다. 손님이라고는 우리 네 사람밖에 없었다. 휑한 벽에 소주 광고포스터와 메뉴판과 달력이 붙어 있는, 하나도 특별할 게 없는 식당이었다. 밖에서 줄 서서 차례를 기다리는 이들이 없어, 우리는 국물을 덜고 생선살을 발라 먹으며 1년 동안 살아낸 이야기를 한갓지게 나눌 수 있었다. 아들이 취직한 것을 자랑했고, 외국에서 보고 듣고 경험한 신기함을 전했다. 가난에 대한 소설가들의 푸념이 길게 이어지자, 어떻게 시인 앞에서 소설가들이 가난을 이야기하느냐는 반격이 들어왔다. 살짝 쓸쓸한 웃음 끝에 청록색 스웨터를 입은 선배가 혼잣말처럼 말했다. 그래도 나는 소설가로 살아서 좋았어.

자리에서 일어났을 때, 소설가보다 더하면 더했지 덜 가난하지 않은 시인이 밥값을 내겠다고 했다. 손사래 치며 만류하는 소설가들을 향해 시인이 말했다. 아, 진짜, 너무들 하네. 나 상탄 것 몰라요?

집에 돌아오면서 선배가 했던 말을 떠올렸다. 긴 글을 써야 해요. 장편을 써야 소설가지. 나는 고개를 저었다. 아, 고리타분한 잔소리. 하지만 나도 언젠가는 낡아서 가장 편안해진 스웨터를 입고, 그래도 소설가로 살아서 좋았어, 라고 청년 같은 목소리로 말할 수 있는 날이 오면 좋기는 할 것이다. (2019)

2부
여행의 이유

어떤
무해한 삶

그는 비행기를 조종할 줄 몰랐고, 등산 경험도 전혀 없었다. 그럼에도 영국에서 티베트까지 비행기로 날아가 에베레스트 정상에 오를 계획을 세웠다. 비행기로 오를 수 있는 가장 높은 산비탈에서 동체 착륙을 시도한 뒤 그 다음부터 산에 오를 작정이었다. 우선 날개를 천으로 만든 가벼운 소형 비행기를 구입해서 조종법을 배웠다. 그리고 최고봉이 해발 1,000미터 남짓한 웨일스의 산악지대에서 5주 동안 나름대로 등반 훈련을 했다. 1933년 5월, 실제로 그는 자신의 비행기를 몰고 영국을 떠나 카이로, 테헤란을 경유하여 인도까지 날아간다. 그러나 네팔 정부가 자국 상공을 비행하는 것을 허락하지 않았다. 그는 우여곡절 끝에 인도에서 비행기를 처분했고, 셰르파족 3명을 고용해서 500킬로미터에 이르는 티베트 고원을 걸어서 가로질렀다.

1934년 4월에 마침내 그는 에베레스트의 기슭에 이르렀고, 홀로 산에 오르기 시작했다. 빙하 등반 경험이 없었으므로 여러 날 동안 길을 잃고 헤맸다. 복장도, 장비도, 식량도 터무니없이 부실했고, 희박한 산소만큼 고산병에 대한 개념도 희박했다. 그가 남긴 일기에 의하면 그는 5월 중순 무렵 해발 6,400미터 지점에 이르게 된다. 그곳에서 그보다 1년 전에 에베레스트 등정을 시도했던 영국 원정대가 숨겨 두고 간 식량과 장비를 찾아냈고 그것을 무단으로 사용했다. 기력을 회복한 그가 간신히 해발 6,920미터 지점까지 올랐을 때, 눈앞에 수직의 거대한 빙벽이 나타난다.

거대한 수직의 빙벽이라고?

나는 잠시 책을 덮고 상상해본다. 고개를 한껏 젖혀 올려다봐도 끝을 헤아릴 수 없는 견고한 얼음 요새를. 사람을 단숨에 무력하게 만드는 서슬 푸른 냉기를. 그러나 여전히 나는 알 수 없다. 아이젠이나 피켈 같은 현대식 장비도 없이, 당시 셰르파족들이 '영국 공기'라고 부르던 산소통도 없이, 탈진한 상태로 추위와 싸우면서 이제 막 정상이 보이기 시작하는 지점에 이르게 된 사람이 맞닥뜨린 거대한 좌절이 어떤 것일지. 눈 폭풍처럼 몰아쳤을 고립감은 또 어떤 것일지.

이 무모한 등반을 시도한 이는 모리스 윌슨이라는 이름의 실존 인물이었다. 그는 인류의 고통을 금욕과 신앙으로 치유할 수 있다는 자신의 믿음을 세상에 널리 알리기 위해 에베레스트 등정을 시도했다. 아직 아무도 그 산의 정상에 오르지 못했던 시절의 일이다. 홀로 등반을 시작한 지 한 달 반쯤 지났을 무렵인 5월 28일, 그는 '오늘이 마지막 시도가 될 것이고 이번에는 성공할 것 같은 예감이 든다.'라고 일기에 썼다. 그로부터 1년 뒤 에릭 십턴이 이끄는 영국 원정대가 에베레스트 북동쪽 능선 노스콜 부근 눈밭에서 그의 얼어붙은 시신을 발견했다.

나는 문득 궁금해진다. 홀로 빙하 속을 헤매다가 해발 7천 미터 높이에서 죽음을 맞이한 이 사람은 도대체 누구일까. 어리석고 비현실적인 자, 구제불능의 몽상가 혹은 이상주의자, 망상에 가까운 근본주의적 신앙에 빠진 광신도? 어쨌든 그는 세상에 널리 유익하지 않았으나 해롭지도 않았다. 무해했을 뿐 아니라 흔히 우리가 '어리석음'이나 '광기'라고 부르는 어떤 욕망이 안온한 일상을 유지하고 성공적으로 사회에 적응하고자 하는 현실적 욕망보다 더 대단한 결단력과 의지, 인내심을 발휘할 수 있음을 증명한 사람이기도 하다. 만약 그가 누군가에게 해로웠다면 그것은 아마도 자기 자신에 대해서였을 것이다.

안전한 이불 속에 웅크린 채 다만 책을 뒤적이면서 이불 밖 세상을 몽상이나 망상처럼 감지하고 있는 나는 모리스 윌슨이 마주친 구체적 현실인 수직의 빙벽을 떠올리며 이상하고도 슬픈 느낌에 잠긴다. 그러니까 지금 나는 널리 유익하지는 않으나 무해한 이야기를 하고 있는 중이다. (2018)

이른 아침에 출발해서 차들이 다니는 도로를 따라 걷다
가 해질 무렵, 혹은 오후에 도착하는 마을에서 하룻밤을 지내는
거야. 네팔에는 관광객이나 여행자들이 워낙 많아서 어디를 가
도 숙소를 구하지 못하는 경우는 거의 없지. 어느 마을에든 식당
을 겸하는 게스트하우스나 산장이 하나쯤은 있으니까. 그런데
해가 지고 느지막이 도착한 어느 마을에서 잠자리를 구할 수 없
던 적이 있었어…. 어느 해 홀로 네팔 여행을 했던 친구가 들려
준 이야기다. 한때 가까웠으나 오랫동안 소식이 끊겨 지금은 어
디에서 무엇을 하며 지내는지 알 수 없는 친구. 모습은 흐릿해졌
으나 이야기 하나로 마음속에 남아 있는 친구.

겁이 덜컥 났어. 집이 몇 채 옹기종기 모여 있는 작은 마
을에 이르렀는데 아무리 봐도 숙소처럼 보이는 곳이 없는 거야.

지나가는 사람도 눈에 띄지 않고. 어느 집 문을 두드리니 사람이 나왔어. 손짓발짓 간신히 소통을 했는데 게스트하우스도 식당도 없다는 얘기 같더라고. 돈을 보여주면서 재워달라고 부탁했더니 자기 집 뒤편으로 나를 데리고 가더군. 버려진 축사 같은 곳을 가리키는데 얼기설기 엮어 만든 벽 위에 간신히 지붕이 얹혀 있는 곳이었어.

어쩔 수 없이 들어가 흙바닥에 침낭을 깔고 누웠지. 배는 고프고 잠이 오지 않았어. 어둠 속에서 부스럭거리는 소리가 들리고 어디선가 썩은 내가 나는데 별별 상상이 다 떠올랐어. 불안해서 위급할 때만 쓰는 손전등을 켜고 주위를 둘러보니 한쪽 구석에 거적 같은 것으로 둘둘 말려 있는 무엇인가가 보였어. 죽은 짐승이나 죽은 사람이 아닐까 싶었어. 쥐들이 왔다 갔다 하면서 거적 속에 있는 정체불명의 그것을 갉아먹고 있는 것 같았지. 나는 최대한 침낭 속으로 머리를 집어넣고 손전등을 켠 채 배낭 위에 올려두었어. 그리고 자는 둥 마는 둥 밤을 보냈지. 새벽에 겨우 눈을 붙였어. 아침 느지막이 일어나 살펴보니 거적 밑에는 죽은 짐승이 아니라 나뭇단이 차곡차곡 쌓여 있었어.

왜 버스나 기차를 타지 않고 계속 걸었던 거야? 내가 묻자 친구가 대답했다. 네팔에는 기차가 없어. 버스도 자주 다니지 않아. 그리고 그때 나는 걷는 것 말고는 달리 할 일도 없었어.

다음날도 버스가 다니는 비포장도로를 따라 다음 마을

을 목적지로 삼아 걸었어. 오전 내내 오르막길을 걷다가 오후 무렵 야트막한 고개의 정상 부근에 이르렀어. 바위에 걸터앉아 점심으로 싸온 주먹밥을 먹고 있는데 도로 저 아래에 제법 큰 호수가 펼쳐져 있는 게 보였어. 잠을 설친 터라 피곤해서 물가에서 잠시 쉬고 싶더라고. 길을 벗어나 풀숲을 헤치고 내려가다 보니 호수까지 거리가 눈짐작보다 훨씬 멀더군. 길을 잃을까 걱정이 되어 되짚어 돌아가려는데, 호수 건너편에 저 멀리 게스트하우스처럼 보이는 건물이 보였어. 오늘은 그냥 저기 머물면 되겠구나 싶어서, 마음을 놓고 호수로 내려갔어. 배낭을 내려놓고, 신발을 벗고 물속에 발을 담그고 앉았지. 그러다가 깜빡 졸았나 싶어.

햇살이 비스듬해질 무렵 다시 배낭을 메고 호수 저편에 있는 건물을 향해 걸어갔어. 호수를 빙 돌아서 가야 했으므로, 그 거리 역시 눈으로 볼 때보다 멀더군. 그러나 발걸음은 가벼웠어. 저녁놀이 하늘 가까이 솟은 산봉우리들을 붉게 물들일 때 게스트하우스 근처에 이르렀어. 사실은 건물로 다가가면서부터 이미 나는 불안해하고 있었어. 마침내 건물 전체가 눈에 들어왔을 때 나는 걸음을 멈췄어. 거기 게스트하우스 같은 건 없었어. 건물처럼 보였던 것은 돌로 쌓은 멀쩡한 벽의 한 면이었어. 벽 뒤쪽은 그냥 허공이었어. 짓다가 만 건물이었던 거지. 어처구니가 없는 것은 벽에는 창문까지 달려 있다는 거였어. 어떻게 그럴 수가 있지? 나는 한동안 그 자리에 멍하니 서 있었어. 이건 마치

내 인생 같구나. 내 인생이 어떤 것인지 보여주기 위해 누군가가 일부러 세워 놓은 벽이 아닐까.

어쨌든 나는 애초의 그 도로로 돌아가야 했어. 그런데 길이 아닌 산속의 풀숲을 헤치고 왔기 때문에 어디로 가야할지 가늠할 수 없더군. 무조건 비탈을 따라 위로 올라갔지. 깊은 골짜기라 일찌감치 어두워지기 시작했어. 손전등을 찾았지만 불이 켜지지 않았어. 전날 밤에 배터리가 다 닳아버린 거지. 등줄기가 서늘해지더군. 아직 희미하게나마 주위가 보이기는 했어. 나는 도로가 있을 것이라고 생각되는 방향으로 정신없이 걸었어. 한참을 헤맨 뒤 겨우 도로를 찾았지만, 이미 어두워져서 버스가 다닐 시간은 아니었지. 그래도 얼마나 기뻤는지 몰라. 도로를 따라 걷다 보면 늘 사람 사는 마을이 나타나곤 했으니까. 그런데 얼마쯤 걷다 보니, 버스 한 대가 길에 서 있었어. 주위에는 사람들이 모여 앉아있었고. 고장 난 버스였지. 모여 있는 사람들 중에는 내가 지나왔던 도시에서 만난 한국인 관광객들도 있었어. 그날 밤 나는 버스 승객들과 밤을 보냈고, 다음날 새벽에 버스를 타고 그곳을 떠났어.

가끔 그 벽을 상상한다. 내 눈으로는 한 번도 본 적이 없지만 멀리서 보면 온전한 건물처럼 보인다는 그 벽과, 멀리서 보면 온전한 삶처럼 보이던 누군가의 삶을. (2016)

레이크사이드의
걷기

혼자 밥을 먹고 혼자 가루비누를 사러갔다가 혼자 와인을 구경하고 자동차와 스쿠터, 비둘기와 소, 사람들이 뒤섞인 혼잡한 거리를 걸어서 숙소로 돌아온다. 밥을 먹고 깨끗한 옷을 입어야 하는 외로움에 대해, 쉽게 사랑을 잃어버리는 누추함에 대해 생각한다.

놀랍게도 카트만두의 국내선 공항 안에는 비둘기들이 날아다니고 있었다. 허름한 건물 천장의 모서리에 앉아 있던 비둘기가 날개를 퍼덕이며 공간을 가로질러 건너편 난간에 앉았다. 건물 안에서 비둘기가 날아다니는 광경을 처음 본 나는 휴대폰을 꺼내 들어 사진을 찍었다. 호들갑스런 나의 동작에 옆에 앉아 있던 꼬마와 꼬마의 어머니가 고개를 돌려 나를 바라보았다. 조금 전까지 아이는 과자상자 안에 들어 있던 해체된 장난감을 꺼내들고 완성체로 조립하는 일에 몰두하고 있었다. 나는 아이가 빠져있던 열중의 순간에 쓸데없이 균열을 내어버렸다. 그것이 겸연쩍어 아이를 향해 또 쓸데없이 미소를 지었다. 아이는 무표정한 얼굴로 나를 외면했다. 나는 아주 먼 곳에 와 있는 사람이다. 나의 쓸데없음을 해명할 필요가 있었을까. 나는 왜 미소를 지으며 신뢰를 구걸했을까. 왜 내가 끼어들 수 없는 곳으로 한 발이라도 들이밀어 보려고 애를 썼을까.

갑자기 비가 쏟아지기 시작한다. 우산이 없다. 여행 기념품들을 파는 가게의 처마 밑에서 잠시 비를 피한다. 유리창 안에 진열되어 있는 물건들을 들여다본다. 카슈미르에서 왔다는 질 좋은 스카프들이 빨강과 보라, 아이보리와 연두 같은 강렬한 색채들로 달콤하게 빛나고 있다. 너무 오래 들여다보고 있었나보다. 주인이 밖으로 나와 미소를 지으며 말을 건다. 나도 그에게 미소를 지어 보이고 그 자리를 떠난다. 보도블록이 깔린 인도가 끝난 지점에 어느새 거대한 물웅덩이가 생겼다. 이미 신발은 젖었고 바지에도 흙탕물이 튀었건만, 물웅덩이 속으로 철벅철벅 걸어 들어갈 용기는 없다. 웅덩이 주위에 보이는 돌들을 징검다리 삼아 건너간다. 아직 이곳은 건기다. 본격적으로 비가 내리는 우기가 오려면 아직 서너 달 남아 있다. 원래 건기에도 이따금 비가 내리는 건가. 그런데 며칠 간격으로 비가 내려야 우기가 돌아왔다고 말하는 건가. 잠시 생각에 잠겨있는 동안 빗줄기가 가

늘어진다.

왜 이 낯선 곳까지 왔을까. 아니 어떻게 여기까지 올 수 있었을까. 나는 거대한 쇳덩이가 그렇게 오랫동안 하늘에 떠 있을 수 있다는 것을, 그렇게 멀리 날아갈 수 있다는 것을 도저히 믿을 수 없는 사람이다. 비행기를 타야 할 때마다 거대한 쇳덩이를 뜨게 하는 유체역학의 원리 '베르누이 정리'를 떠올리며, 믿어보려 노력한다. 아무 소용 없다. 비행기가 뜨고 내리는 순간 가파른 감정의 낙차가 엄습한다. 공중에 떠 있는 동안에도 긴장과 불안에 시달린다.

카트만두 국내선 공항 활주로에서 포카라까지 타고 갈 비행기를 보고 조금 놀랐다. 장난감처럼 작았다. 승객은 서른 명 남짓이었다. 한 시간쯤 지속되는 비행 동안 기체는 자주 흔들렸으나, 창밖으로 보이는 하얀 설산들이 두려움을 씻어 주었다. 박제된 영성처럼 보이는 산들의 당당한 모습은 죽음을 두려워할 필요가 없음을 증언하는 것 같았다. 그때 나는 깨달았다. 알지 못하는 머나먼 곳으로 가고 싶다는 바람이 결국 모든 공포를 이겨내기 마련이라는 것을.

숙소 앞에 이르자 비가 그친다. 숙소 대문 앞에는 늘 그렇듯 동네 아이들이 모여서 쇠창살 저쪽을 기웃거리고 있다. 대문이 열려 있는 사이로 지나가는 나를 보면서, 아이들이 킬킬거리면서 알아들을 수 없는 말로 수군거린다. 나는 아이들을 돌아본다. 미소를 짓고 싶지만 억지로 참는다. 이번에는 성공했다. 나는 아주 먼 곳, 포카라의 레이크사이드에 와 있고, 여기는 아직 비가 내리면 안 되는 계절이다. (2015)

포카라는
번다 중

포카라에 대단한 게 있는 건 아니다. '페와'라는 이름의 호수가 있고, 비행기 표를 예약하거나 취소할 수 있는 여행사와 미처 준비하지 못한 트레킹 장비를 구할 수 있는 등산용품점, 카슈미르 산 모직 스카프를 살 수 있는 기념품 가게, 와이파이가 그럭저럭 터지는 카페들이 있다. 어느 골목에는 돼지고기를 넣은 김치찌개를 파는 음식점이 숨어 있고, 제법 널찍한 도로변에는 호텔과 게스트하우스들이 즐비하다. 그 많은 숙소 가운데 한 곳에 나와 일행은 짐을 맡기고 왔다. 우리가 포카라에 반드시 돌아가야 하는 이유였다.

산 위에서 이틀 밤을 자고 내려오는 길이었다. 전날 저녁에 산 아래에서 올라온 사람들로부터 '번다'(Bandh)가 시작될 거라는 소문을 들었다. 번다가 뭔데? 네팔의 마오이스트들이 벌이는 파업이다. 파업을 왜 하는데? 잘 모른다. '파업'이라는 단어와 함께 내 머릿속에는 자동적으로 최루탄을 쏘는 경찰들과 마스크를 쓰고 각목을 든 용역들의 모습이 떠올랐다. 분위기 험악하겠구나. 어쨌든 버스나 택시는 다니지 않는다. 가게와 식당도 문을 닫을 거다. 그럼 산 아래 마을로 다시 내려가느니, 아예 포카라까지 산의 능선을 타고 가는 것은 어떨까? 일행 중 하나가 제안했으나 길을 확실히 아는 사람도 없었고 지도도 없었다. 스마트폰은 배터리가 다 떨어져가는 상태였다. 산행은 포기했다. 어차피 소문에 불과한 것이니 번다는 시작되지 않을지도 모른다는 희미한 기대를 품기도 했다.

　　오전 여덟 시쯤 산장에서 출발해서 산 아래로 내려오니 열한 시가 채 안 된 시각이었다. 이틀 전 포카라에서 버스를 타고 한 시간 반 가량 달려서 도착했던 바로 그 마을로 다시 내려온 것이다. 버스 정류장 근처의 가게는 열려 있었으나 가게 주인은 번다가 시작되었다고 알려주었다. 과연 햇빛이 쏟아지는 뽀얀 흙길에는 바퀴 달린 것은 그림자도 보이지 않았다. 완전무장한 전투경찰이나 각목을 든 용역들도 보이지 않았다. 달아나는 닭의 뒤를 쫓아 이리 뛰고 저리 뛰는 어린 소년 하나가 있을 뿐이었다. 멍하니 그 애를 바라보고 있는데, 길 건너편 식당 문이 벌컥 열리더니 여자 하나가 뛰쳐나와 소년을 향해 길고 거친 잔소리를 쏟아냈다. 여자는 분홍과 초록이 뒤섞인 화려한 무늬의 머릿수건을 두르고 있었다.

가게 주인은 포카라까지 걸어서 서너 시간쯤 걸릴 거라고 했다. 그 정도면 해볼 만하다 싶었다. 걷는 것 외에 달리 방법도 없었다. 버스가 다니는 비포장도로를 따라 쭉 걸으면 되는 것이니 길을 잃을 염려도 없었다. 쉬엄쉬엄 가자. 일행은 배낭을 메고 신발 끈을 조였다.

4월 중순의 햇살은 예상보다 따가웠다. 버스에서 내다볼 때는 낯설고 신기했던 풍경이 걷다 보니 그저 단조롭게만 보였다. 서로를 격려하며 나란히 걷기 시작했지만, 출발한 지 두 시간쯤 지나자 일행은 각자 걷는 속도에 따라 점점이 흩어졌다. 구멍가게에 멈춰서 음료수를 마시며 한숨 돌리면서 서로의 상태를 확인했다. 모두들 지쳐보였다. 눈치가 보여 누군가가 맡아주었던 짐을 돌려받았다. 쉬는 시간이 길어지면 다시 걷기 힘들 것 같아 먼저 출발했다. 무거워진 배낭 때문에 몸이 땅속으로 꺼질 것 같았다. 실제로는 그리 무겁지 않은 짐이었다. 이제 한 시간만 더 걸으면 된다고 혼잣말을 되뇌며, 오직 그 사실에만 의지하여, 남아 있는 힘을 쥐어짜냈다.

아무리 걸어도 포카라는 나타나지 않았다. 포카라의 지표인 호수의 기미도 보이지 않았다. 그렇게 한참을 걸었다. 떼를 지어 뒤따라오면서 돌멩이를 던지는 동네 꼬마들뿐이던 길 위에 배낭을 멘 여행자 행색의 사람들이 하나 둘 나타나기 시작했다. 오고가는 오토바이들 숫자도 늘어난 것 같았다. 오르막이 지속되던 길이 내리막길로 바뀌었다. 그러자 희망이 솟아났다. 저기 보이는 모퉁이만 돌면 포카라 시내가 펼쳐질 것만 같았다. 하지만 구불구불한 비포장도로가 끝없이 이어질 뿐이었다. 모퉁이를 돌아설 때마다 희망은 조금씩 무너져갔다. 포카라는 이 세상 어디에도 없을지 모른다는 의심이 들기 시작했다.

　일행은 이미 뿔뿔이 흩어져 누가 어디에 있는지 서로 관심도 없었다. 언덕을 한 번 넘을 때마다, 모퉁이를 한 번 돌 때마다, 포카라가 나타나기만 바랄 뿐이었다. 그러나 눈앞에 펼쳐지는 풍경은 변하지 않았다. 포카라는 없었다. 있어야 마땅했지만 없었다. 그 사실을 확인할 때마다 체력은 급속도로 떨어졌다.

　꿈인지 현실인지 알 수 없는 몽롱한 상태로 걷고 있는데, 어디선가 트럭 한 대가 나타나 눈앞에 멈춰 섰다. 짐칸에 서 있던 누군가가 내 이름을 불렀다. 나는 주춤주춤 걸어가 내밀어진 손을 잡았다. 나를 위로 끌어올려 준 것은 뒤에서 오고 있으리라 여겨졌던 일행이었다. 지나가는 쓰레기 운반 트럭을 세웠다고 했다. 악취가 코를 찔렀다. 둘러보니 주위에 검정 비닐자루들이 가득 쌓여 있었다.

　짐칸의 녹슨 쇠 난간을 붙들고 아무 생각 없이 덜컹거림에 몸을 맡기다 보니, 어느새 트럭이 시내로 들어서고 있었다. 알전구들로 화려하게 장식된 레스토랑 간판이 눈에 들어왔다.

호숫가를 따라 늘어선 하얀 파라솔 아래 사람들이 앉아 있었다. 환히 켜진 붉은 등이 미소 짓는 얼굴들을 비추고 있었다. 포카라가 세상에 존재하기 시작한 순간이었다. (2015)

불청객은
누구인가

평생의 업과 죄를 씻을 수 있다는 묵티나트 사원으로 향하는 마지막 길목은 기나긴 돌계단이다. 히말라야, 해발 3,700미터. 산소 부족으로 밤새 두통, 구토, 설사에 시달린 관광객에게는 경사가 급하든 완만하든, 계단이 다섯 개든 천 개든 큰 상관없다. 모든 계단은 그저 기나긴 계단일 뿐이다. 힘겹게 계단을 오르다 보면, 가마나 말을 타고 올라가는 이들에게 추월을 당한다. 잠시 숨을 돌리려고 주저앉는다. 희박한 산소는 정념 또한 희석시킨다. 영혼의 정화는 이미 시작된 것인가.

성스러운 사원은 흰 벽돌담에 검은 지붕을 얹은 소박한 건물이다. 건물 앞에는 작은 사각형 욕조 두 개가 있고, 건물 뒤로 영혼의 샤워장이 반원형으로 펼쳐져 있다. 수퇘지 머리 형상인 108개의 샤워 꼭지에서 성수가 끊임없이 흘러나온다. 물은 정신이 번쩍 들 만큼 차갑다. 이곳에 오려고 평생 푼푼이 돈을 모으고 푼푼이 죄를 쌓은 사람들이 욕조 주변에서 주섬주섬 옷을 벗는다. 욕조에 잠시 몸을 담그고, 벽을 따라 달리며 108개의 물줄기를 맞는다. 관광객은 신발과 양말만 벗고 물줄기를 향해 손을 내민다. 손이든 머리든 물이 몸에 닿기만 하면 죄와 업이 사라진다니, 요행수를 노리는 것이다.

경건한 분위기가 갑자기 소란스러워진다. 검은 라이더 재킷을 걸치고, 쇠사슬을 목에 걸고, 가죽 부츠를 신은 백인남자들이 나타난다. 그들은 큰 소리로 떠들며 거침없이 옷을 벗고 술통처럼 출렁이는 허연 몸을 드러낸다. 첨벙첨벙 욕조 안에 몸을 담갔다가 성수가 쏟아지는 샤워장을 활보한다. 평생의 업과 죄가 단 오 분 만에 씻겨나가는 것을 믿어 의심치 않는 듯 온통 축제 분위기다.

죄와 업을 씻고 육신의 천국 혹은 영혼의 천국을 기원한 뒤, 사람들은 묵티나트를 떠난다. 산을 내려가는 방법은 여러 가지다. 버스나 지프를 타는 사람, 모터바이크를 타는 사람들도 있다. 그들이 흙먼지를 일으키며 절벽 위의 좁은 길을 위태롭게 달려내려 갈 때, 관광객은 누구도 방해하지 않으며 안전하게 산을 내려가는 방법을 선택한다. 그렇게 이틀이나 사흘쯤 터벅터벅 걷다 보면, 흐르는 강물 옆에서 느닷없이 뜨거운 물이 솟아나는 곳에 이른다. 따뜻한 물이라는 뜻의 '따또파니'라는 이름을 지닌 노천온천이다. 이곳에서는 맥주나 애플파이 같은 세속의 맛을 누릴 수 있다. 사람들은 속세의 즐거움을 만끽하며 땀과 흙먼지로 더러워진 몸을 씻는다. 제법 큰 사각형 욕조 두 군데에 남자와 여자가 뒤섞여 수영복 차림으로, 혹은 반바지에 티셔츠 차림으로 느긋하게 몸을 담그고 있다. 산 위에서 죄와 업을 씻은 뒤 할리데이비슨을 타고 속세로 내려온 허연 몸의 남자들도 해맑아진 영혼의 미소를 지으며 서로에게 물을 튕긴다.

음료수를 마시며 웃고 떠들던 사람들이 갑자기 조용해진다. 허리께에 주황색 천을 두르고 흰 수염을 늘어뜨린 노인 하나가 길고 구부러진 지팡이를 짚고 나타난다. 구걸하며 떠돌아다니는 수행자의 행색이다. 영혼만 남은 듯 수척한 그의 갈색 몸에는 흙과 먼지가 더께로 앉아 있다.

그가 정수리에 높이 똬리를 틀어 얹은 잿빛 머리카락을 풀기 시작하자, 욕조 안에 있던 사람들이 술렁이기 시작한다. 가이드이거나 짐꾼이 분명한 현지인 하나가 일어나 그에게 다가가, 귀에 대고 뭐라고 속삭인다. 그는 잠시 멈칫하지만 아무 소리도 못들은 것처럼 다시 굼뜬 동작으로 한 가닥 한 가닥 머리를 푼다. 대걸레 뭉치처럼 거칠고 묵직해 보이는 머리타래가 뒤꿈치까지 축 늘어진다. 그의 한쪽 발이 물에 닿는 순간, 사람들이 앞 다투어 욕조를 떠난다. 관광객도 아쉬워하며 따뜻한 물에서 몸을 일으킨다. 사방은 금세 고요해지고, 텅 빈 욕조에 노인만이

덩그러니 남는다. 저 높은 곳에서 얼음처럼 차가운 물세례를 받아 깨끗해진 영혼들은 모두 어디로 사라진 것일까. 옴마니밧메훔. 저 멀리 히말라야의 빙하 녹은 물이 굽이쳐 흘러가는 소리가 들려온다. (2016)

슈뢰딩거의
고양이

2015년 4월 25일에 나는 네팔 카트만두에 있었다. 여행자의 거리라고도 불리는 타멜 거리의 게스트하우스 4층의 한 객실에서 스마트폰을 들여다보는 중이었다. 귀국하는 날이라, 오전 내내 짐을 싸고 샤워까지 모두 마친 뒤였다. 비행기가 출발하는 시각은 늦은 저녁이었다. 그래서 그곳에 며칠 더 머물기로 한 친구들에게 짐을 맡기고 쇼핑을 하거나 시내 구경을 할 작정이었다. 나는 친구들에게 지금 어디에 있는지 '카톡'으로 물어보고 대답을 기다리고 있었다. 마침 대답이 온 것 같아서 확인하려는 찰나 갑자기 주위 공간이 요동치기 시작했다. 누군가가 커다란 손으로 종이를 구기듯 객실 전체를 난폭하게 구겨서 내동댕이치는 느낌이었다. 본능적으로 눈앞에 있는 탁자 밑으로 몸을 숨겼다. 그리고 생각해 보았다. 테러인가? 그런 것 같지는 않았다.

폭발음이나 유리창이 깨지는 소리 같은 게 들리지 않았으니까. 그럼 지진인가? 건물이 진동을 멈췄을 때 짐을 챙겨 방 밖으로 나오다가 잠깐 문 앞에 멈춰 서서 뒤돌아보았다. 영화 속에서처럼 이미 죽은 나의 몸이 바닥에 쓰러져 있는 것은 아닌가, 혹시 내가 유령이 된 것은 아닌가, 의심스러웠다. 숙소 밖으로 나오자 거리에 쏟아져 나온 사람들을 볼 수 있었다. 넋이 나가서, 겁에 질려서, 혹은 울부짖으며 우왕좌왕하는 사람들.

양자역학의 불확정성을 설명하기 위해 고안된 '슈뢰딩거의 고양이'라는 상상실험이 있다. 밀폐된 상자 안에 고양이를 넣는다. 그 상자 안에는 한 시간 동안 붕괴되면서 알파 입자를 방출할 확률이 50퍼센트인 우라늄도 들어있다. 상자는 알파 입자가 방출되면 고양이가 죽도록 만들어져 있다. 1시간 뒤에 고양이는 살아 있을까, 죽었을까. 물리학자들은 상자를 열어서 관찰자가 고양이를 볼 때까지 고양이는 살아 있는 것도 아니고 죽어 있는 것도 아니라고 대답한다. 상자를 열어서 고양이의 생사를 확인한다는 의미가 아니다. 상자를 열고 관찰자와 대면하는 순간 고양이의 생사가 결정된다는 의미다. 이러한 상상실험은 관찰자의 시선이 고양이가 살거나 죽는 조건 가운데 하나임을 설명하기 위한 것이다. 양자역학이 다루는 초미시의 차원에서 진리인 이론을 사람이 살고 있는 일상의 차원에 적용할 때 일어나는 모순을 설명하는 것이기도 하다.

물리학과는 거리가 먼 전혀 엉뚱한 생각이지만, 지진을 경험하는 순간 나는 '슈뢰딩거의 고양이'가 된 느낌이었다. 거리에 나가 눈앞에 다른 사람들이 나타나자 비로소 내가 죽지 않고 살아 있다는 확신이 들었다. 나는 살아 있었다. 하지만 거리로 뛰쳐나갔을 때 그곳에 아무도 없었다면 나는 정말로 살아 있다고 느낄 수 있었을까? 이성복 시인의 시구를 빌리자면, "당신이 맞은편 골목에서 문득 나를 알아볼 때까지 나는 정처 없"지 않았을까. 그저 존재할 가능성에 불과한 나를 정말로 존재하게 만드는 조건은 무엇일까. 눈에 보이거나 보이지 않거나 나와 함께 이 세상에 존재하는 다른 사람들이 아닐까. 세상은 나를 존재하게 하는 그들과 그들을 존재하게 하는 나로 이루어져 있는 게 아닐까. (2015)

연인들의
안녕

엿새에 걸친 히말라야 트레킹이 막바지에 이른 날이었
다. 나는 긴 산행으로 지쳐 있었고, 해는 이미 뉘엿뉘엿 지고 있
는데, 아직 목적지에 도착하지 못해서 초조해 하며 서둘러 걷고
있었다. 어느 마을을 지나치다가 돌로 쌓은 담벼락을 사이에 두
고 소곤소곤 이야기를 나누는 중년의 남녀를 보았다. 주위에는
염소와 닭, 소들이 와글와글 뒤섞인 채 우왕좌왕 움직이고 있었
다. 두 사람은 부부인 듯도 하고 아닌 듯도 했다. 왠지 남의 눈에
띌까봐 조심하는 느낌이 들었기 때문이다. 그런데 어찌 보면 초
라하기 그지없는 행색인 두 사람의 눈빛이 너무 반짝였고, 나지
막한 속삭임을 나누는 목소리는 너무 부드러워서 나는 잠시 걸
음을 멈출 수밖에 없었다. 거의 탈진 상태였던 나는, 그들이 나
누는 비밀스런 다정함에서 설명할 수 없는 위로 비슷한 느낌을

받았다. 사랑은 정말 힘이 세구나, 라는 감상적인 결론에 이르기까지 했다. 그리고 평생 결코 만날 수 없었을지도 모를 그들과 내가 어떤 인연으로 이곳에서 이 비밀스런 순간에 마주치게 된 것일까, 라는 의문을 품었다.

귀국하는 날 정오 무렵에 네팔에 지진이 있었다. 진도 8.7 규모의 큰 지진이었다. 건물이 무너지고 전봇대가 쓰러지는 장면을 목격했다. 울부짖으며 거리로 뛰쳐나오는 사람들도 있었다. 원래대로라면 나는 그날 밤 열 한 시에 한국행 비행기를 타야 했다. 비행기는 오지 않았다. 본진만큼 규모가 큰 여진이 거의 30분마다 계속되고 있었으므로, 결항된 비행기가 많았다. 나처럼 비행기를 타지 못했거나 가능한 한 빨리 카트만두를 벗어나려는 외국인 관광객들이 문을 닫아 걸은 공항 건물 주위를 겹겹이 둘러싼 채 북적이고 있었다. 비행기가 늦더라도 올 것인지, 온다면 언제 올 것인지 알 수 없어서 나는 공항을 떠날 수 없었다. 그렇지 않더라도 지진이 있을 때 가장 안전한 곳은 활주로라고 한다.

그날 밤 나는 활주로가 아니라 공항 주차장에서 노숙을 했다. 트레킹을 마친 직후라 침낭이나 담요 같은 것들이 있어서 다행이었다. 물이 담긴 종이컵을 옆에 두고 지켜보면서 밤을 샜다. 현기증이 날 때마다 컵을 바라보면 신기하게도 물이 출렁이고 있었다. 밤이 깊어지면서 비까지 흩뿌렸다. 차양이 쳐 있는 통로에 누워 있다가 땅이 심하게 흔들리면 침낭 밖으로 튀어나 갔다. 날이 밝아올 무렵, 땅이란 흔들리지 않는 굳건한 것이라는 믿음을 영원히 잃었다. 다음날 오후 늦게 마침내 한국으로 돌아 가는 비행기를 탈 수 있었다.

우여곡절 끝에 비행기가 이륙하자, 승객들이 일제히 박 수를 쳤다. 나 또한 안도의 한숨을 내쉬었다. 그렇지만 박수까지 치고 싶지는 않았다. 한껏 기쁘기만 한 것은 아니었다. 마음 한 구석이 불편했다. 돌담을 사이에 두고 다정한 눈빛으로 서로를 바라보던 두 사람의 모습이 떠올랐기 때문이다. 내 나라로 날아 가는 비행기 안에서 나는 그들이 무사하기만을 바랐다. 자기 자 리를 지켜야 하는 사람들, 그곳에 남아 살아가야 할 사람들을 생각하며 내가 할 수 있는 일은 고작 그런 기도 비슷한 바람뿐 이었다. (2015)

정릉로와
보국문로 사이

살아갈 시간이 딱 하루 남았다면, 오늘 나는 무엇을 해야 할까? 아침에 눈을 뜰 때 이따금 스스로 묻는다. 물론 정답은 찾을 수 없다. 한 번도 먹어 본 적 없는 귀한 음식을 먹으러 가야겠다거나 마지막으로 보고 싶은 사람을 찾아 가야겠다거나 하는 가능성들을 떠올려 보기는 한다. 하지만 살아갈 날이 하루만 남았음을 믿지 못하기 때문에 정답이 지녀야 할 절박함에 이르지 못한다. 이 경우 정답이란, 옳고 그름의 문제가 아니라 절박함의 문제다. 얼마나 절박한지, 얼마나 밀착되어 있는지에 따라 저절로 정답으로 설득된다. 그러므로 하품 하면서 저런 질문을 떠올리는 나라면 당분간 조금 더 곤란해져도 괜찮은 나다.

질문을 하지 않아도 되는 어느 날이 온다. 비행기 표와 숙박할 곳, 렌터카 따위가 예약되어 있는 날이다. 그저 배낭을 꾸리는 일만 남았다. 가벼울 것인가, 무거울 것인가. 짐은 간단해야 한다. 돌이켜 보면 나는 무겁고 번잡한 것들을 결국 싫어하게 되고 말았다. 사물, 관계, 감정, 그리고 정당함까지도. 배낭을 짊어지고 언덕을 내려가면서, 정당함에 대해 궁리한다. 그건 지나치게 무거운 배낭 같지 않은가. 짊어지고 걷다 보면, 온갖 생색과 억지와 교활함까지 주렁주렁 매달려 점점 더 무거워지기 마련.

　　내부순환도로를 떠받치고 있는 교각들 사이를 지나 횡단보도를 건넌다. 정릉로와 보국문로가 만나는 도로 한가운데 교묘하게 삼각형으로 만들어진 섬 같은 공터가 있다. 아직 크게 자라지 못한 왜소한 나무 몇 그루가 서 있고, 나무를 둘러싼 보호대 역할을 하는 둥근 벤치 서너 개도 놓여 있다. 벤치에는 주로 할머니 할아버지들이 앉아 있다. 공터 바로 앞에는 공항버스를 탈 수 있는 정류장이 있다. 정류장에 도착하여 전광판을 바라보니, 김포공항으로 가는 버스가 25분 뒤에 온다는 안내문자가 뜬다.

　　25분은 버스를 기다리기에는 긴 시간이다. 물론 살아갈 시간이 딱 25분 남았다면 너무 짧게 느껴질 것이다. 버스가 올 때까지 25분 동안 나는 무엇을 해야 할까? 눈을 들어 보국문로 건너편을 보니 ××25라는 편의점 간판이 보인다. '25'라니! 신탁을 받은 것 같다. 나는 공터에 모여 있는 사람들 사이를 가로

질러 걸어간다. 살아갈 날이 비교적 얼마 남지 않은 그들은 서로에게 과자와 사탕을 권하고, 술잔을 나누고, 말싸움을 하고, 연애를 하면서 놀고 있다. 그다지 특별한 일을 하고 있는 것 같지는 않다. 하지만 누구나 하는 평범하고 소소한 일들을 하고 있음에도 질펀하기까지 한 절박함이 엿보인다. 기대에 한참 미치지 못했을 삶에 대한 요구와 원망의 냄새 같은 것을 맡을 수 있다.

편의점에서 삼각 김밥 둘과 생수 한 병을 사 들고 버스 정류장으로 돌아온다. 정류장 벤치에 앉는다. 주의를 기울여 삼각 김밥의 포장을 벗겨낸다. 한 입 베어 물고 열심히 씹고 있는데 저쪽에서 지팡이를 짚고 걸어오던 남자가 정류장 벤치 내 옆에 바싹 다가앉는다. 아아, 이 할아버지가 이 아줌마에게 놀자고 하면 어쩌지? 아줌마는 지금 삼각 김밥 먹고 있는 중인데. 공항 버스를 기다리고 있는 중인데. 벌떡 일어나 이 자리를 떠날 수는 없는데. 게다가 대게딱지장 삼각 김밥은 차갑고 비리지만, 절박하게 맛있는데. 나머지 하나는 아직 뜯지도 않았는데.

공터에 설치된 간이 무대에서 쿵짝쿵짝 음악이 울려나오기 시작한다. 자동차와 버스들은 눈앞으로 휙휙 지나가는데 내가 탈 버스는 올 것 같지도 않다. 늘 그렇듯이, 오지 않을 것처럼 오겠지만. (2018)

나를 찾아서

　　태어나고 자란 나라를 처음으로 벗어난 때는 1989년 11월이었다. '나'를 찾겠다며, 혹은 '나'를 벗어나겠다며 명상수행이라는 아름다운 명분을 내걸고 떠났다. 한동안 머물렀던 인도의 아쉬람에는 깨달음을 얻겠다고 몰려든 여러 나라 사람들로 넘쳐 났다. 일본인도 가끔 눈에 띄었으나 대부분 유럽인이었다. 그들과 짧은 대화를 나누며 어울릴 기회가 종종 있었다. 그럴 때마다 낭패감을 느끼곤 했는데, 가장 큰 이유는 주된 소통의 도구인 영어에 능숙하지 못해서였다. 간단한 문장 하나도 머릿속에서 빙빙 돌기만 할 뿐, 어렵사리 입 밖으로 튀어나와도 나조차 무슨 말인지 이해하기 힘들었다. 코앞에 있는 사람의 말도 잘 알아듣지 못했다. 타인의 속마음을 꿰뚫어 볼 수는 없지만, 태도나 말투로 짐작하건대, 영어가 능숙한 서구인들은 나를 말수가 적거나 유머감각이 전혀 없거나 지적 능력이 좀 떨어지는 사람으로 간주하는 듯했다.

놀랍게도 나 또한 전혀 다른 사람이 된 것처럼 느껴졌다. 모국어로 말할 때 나는 재치 있고 그럴듯하게 말하는 재주로 다른 이의 호감을 사는 사람이었다. 정말로 호감을 샀는지는 알 수 없으나, 논리적이면서 지루하지 않게 언어를 구사할 수 있다는 자신감이 있었다. 그런데 말이 어눌해지고 생각을 제대로 표현하기 힘들게 되자, 그런 자신감은 와르르 무너졌다. 타인에게 부딪쳐 반사되는 나의 낯선 이미지는 혼란스러웠고 고통스럽기까지 했다. 괴로움의 또 다른 이유는 나를 어린아이처럼 취급하거나 아예 무시하는 그들이 이전까지 내 머릿속에서 나와 크게 다르지 않다고 여기던 사람들이었기 때문이다. 나는 그들의 관점에서 쓴 세계사를 배웠고, 그들이 출연하는 영화를 보았으며, 그들의 감정과 사유로 충만한 소설들을 탐독했다. 정체성의 어떤 층위에서 그들과 나를 동일시했다. 하지만 그들 눈에 비친 나는 왜소하고 낯선 외모에, 말을 더듬으며 눈치만 살피는, 매우 이질적인 존재였다.

인도에 머무르던 시간 내내, 나의 의식은 온통 밖으로 향해 있었다. 내면으로 들어가 명상에 정진하기는커녕 타인에게 반사되는 내 모습에 전전긍긍했다. '나'라는 껍질 혹은 이미지가 얼마나 바깥세상에 의존적인지, 얼마나 부서지기 쉬운 것인지 깨닫는 계기이기도 했다.

　'나'를 찾는다는 것이 허망하고 쉽지 않은 이유는, 나를 찾으려면 우선 내가 맺고 있는 관계망과 그것으로 직조된 사회에 대한 전체적 조망이 필요하기 때문이다. 어디까지 어느 방향으로 '나'를 확장할 것인지 경계에 대한 인지가 있어야 하고, 자기 욕망이 얼마나 안에서 솟아난 것인지 얼마나 밖에서 유입된 것인지 의식할 수 있어야 한다. 더욱이 그런 것들은 끊임없이 변한다. 자신에게 몰두하여 자기 욕망이나 능력의 절댓값을 요리조리 가늠하는 일은, 어쩌면 중요하지도 가능하지도 않은 일일지도 모른다.

　여기까지 쓰고 나니, '나'라는 존재는 정말로 늘 변화하는 관계망을 부유하는 변수에 불과한 것일까, 라는 의문이 슬그머니 솟아오른다. 북극에 사는 이누이트들은 화가 나면 마을 밖 저 멀리 사람이 살지 않는 땅을 향해 하염없이 걷는다고 한다. 그러다가 마음이 풀어지는 순간 걸음을 멈추고, 그 자리에 막대기 하나를 박아 놓고 돌아온단다. 이따금 사람들 관계에 부대끼고 사소한 욕망끼리 충돌하여 노여움이 치솟을 때면, 얼음으로 뒤덮인 순백의 세상을 상상한다. 어떤 불꽃으로도 녹지 않는 단단한 땅위를 걷는다. 어느덧 나도 투명한 빈칸으로 지워지기 시작한다. 이제 몸을 돌려 사람의 체온을 지닌 세상으로 돌아갈 것인가. 막대기처럼 그대로 서 있을 것인가. 모두 부질없는 상상이다. 사람이 살지 않는 텅 빈 시공간은 내 주위 어느 곳에도 없다. (2019)

별보배고둥

버스에 올라탄다. 빈자리를 찾아 비틀거리며 뒤로 또 뒤로 들어가다 보니, 손을 꼭 잡고 앉아 있는 노부부의 앞자리가 비어 있다. 그냥 지나칠까 망설이다가 그들과 마주보며 앉는다. 나와 눈이 마주친 아내가 당혹스러운 표정을 짓는다. 나는 어정쩡한 미소를 지어 보인다. 그녀는 남편 쪽으로 얼굴을 돌리고 뭐라고 작게 소곤거린다. 나는 무안함을 느끼며 창문 밖으로 시선을 돌린다. 내려야 할 정류장을 놓치지 않으려 신경을 곤두세운 채 바깥 풍경을 주시한다.

지금 나는 먼 나라에 와 있다. 비행기를 타고 열 서너 시간쯤 날아왔다. 운 좋게도, 오랫동안 낯선 곳에 머물 기회가 생긴 것이다. 저 멀리 지붕들 너머 눈 덮인 산봉우리가 보이는 것 말고는 이곳 자연은 그다지 낯설지 않다. 거리를 걷다가 버드나무를 보았고, 오동나무와 마주쳤다. 길가의 둔덕에서 민들레와 애기똥풀을 발견했다. 신선한 공기, 파란 하늘이 무엇보다 부럽지만, 돌이켜보면 몇 십 년 전 우리나라에서도 실컷 누릴 수 있는 것들이었다.

정수리로 쏟아지는 뜨거운 햇살을 느끼며, 커피숍 탁자에 앉아 사람 구경을 한다. 나는 아직 이곳 사람들과 관광객을 구별하지 못한다. 내 눈에는 그저 모두 유럽 사람들일 뿐이다. 그늘 밑 벤치에 앉아 있는 사람들도, 커피숍에 앉아 있는 사람들도, 무리를 지어 지나가는 사람들도 모두 소곤소곤 대화를 나누거나 유쾌하게 웃음을 터뜨린다. 알아들을 수 없는 언어에 귀를 기울이면서 대화의 내용을 상상해 보고, 웃음의 이유를 추측하려 하지만, 쉽지 않은 일이다. 그들 사이에 오고 가는 다정함이 부러워 나는 조금 위축된다. 사실은 이렇다. 나는 혼자이고, 그들은 좋은 기운을 나누고 있는 것뿐이다. 낯선 시선 앞에서 쉽게 사랑을 잃어버리는 나의 누추함을 잠시 지켜본다.

집으로 돌아온다. 아늑하고 볕이 잘 드는 이 집을 나는 인터넷 숙박 사이트를 통해 얻었다. 집안 곳곳에는 이름 모를 초록색 식물들이 자라고 있다. 세어 보니 화분은 모두 일곱 개다. 집주인은 서핑보드를 타고 환하게 웃고 있는 사진 속 얼굴로만 보았다. 그녀는 지금 이탈리아의 사르데냐 섬에 가 있어서, 동네 바의 아름다운 바텐더에게서 열쇠를 건네받아야 했다. 시차 때문에 일찍 깨어난 새벽마다 제법 큰 책장을 가득 채우고 있는 그녀의 책들을 유심히 들여다보곤 한다. 헤르만 헤세와 폴 오스터, 그리고 명상과 요가에 관한 책들. 나는 그녀가 냉장고에 붙여 놓은, '인생은 시간이 아니라 깊이의 문제다'라는 글귀를 떠올린다.

　　마침내 나는 책장 맨 위에 놓여 있는 그것을 발견한다. 유리처럼 매끄럽고, 물 위로 반쯤 떠오른 고래 등처럼 유선형인, 희고 단단한 조개껍질. 그것을 본 순간 짙은 그리움이 밀려온다. 그것은 어린 시절 아버지의 책장 위였거나, 거실의 피아노 위였거나, 어쩌면 어머니의 화장대 위였을 수도 있는 곳에 놓여 있었다. 크기도 비슷하고 모양도 똑같다. 열심히 검색해서 이름을 찾아낸다. 별보배고둥. 그중에서도 갈색 점박이 무늬가 박혀 있는 것은 타이거별보배고둥이란다. 귀에 갖다 대면 파도 소리가 들린다고, 언니들이 가르쳐 준 바로 그것.

　　나는 어쩌다가 머나먼 이곳에 와서 어린 시절의 기억 속에서 그대로 튀어나온 듯한 별보배고둥을 만나게 되었을까. 시작과 끝을 알 수 없고, 앞과 뒤가 꼬여있는 시간의 해일이 나를 덮치고 있는 중인가. 고둥을 집어 들어 귀에 대 본다. 그러고 있으면 지중해의 푸른 바다 위에서 파도를 타고 있을 집주인 아가씨의 웃음이, 그 인생의 깊이가 나에게 곧장 다가올 것만 같다. 굳게 닫혀 있던 문 하나가 저절로 열릴 것 같기도 하고. (2017)

정체불명의
사람1

슬로베니아 류블랴나 시의 중심가에는 관광객들이 넘쳐흐른다. 도시를 내려다보는 산 정상에 성이 있고, 주위에 강이 굽이쳐 흐르며, 푸른 물결이 넘실대는 강변에는 카페와 레스토랑이 즐비하다.

관광 안내책자에는 올드시티에 로마시대의 건물들이 남아 있다고 쓰여 있다. 나는 그런 건물의 코앞에 서 있어도 알아보지 못하겠지만. 빛바랜 흰색 파라솔들이 활짝 펼쳐져 있는 길을 걷노라면 어릴 때 본 주말의 명화 속을 걷고 있는 기분이다. 평일 낮에 파라솔 아래에서 커피를 마시거나 거리를 한가롭게 거니는 사람들은 거의 관광객들일 것이다. 대부분 서양 사람들이지만 나와 비슷한 외모를 지닌 동양 사람들도 적지 않다. 그 거리에서 나는 관광객13쯤 되는 사람이 되어 돌아다닌다. 그 정체성은 여러 가지 면에서 편리하다. 아니, 정체성이 있다는 면에서 마음이 편하다.

앞으로 내가 두어 달 머무를 숙소가 있는 동네는 중심가에서 버스를 타고 15분쯤 이동해야 한다. 그 동네에 들어서면 나는 정체불명의 사람1이 된다. 일시적 삶이 아니라 지속적 일상을 이어가는 사람들이 사는 공간에서, 나는 왜 이곳에 있는지 알 도리가 없는, 허락도 없이 그들 속으로 스며들어온, 남다른 외모를 지니고 있는 사람이다. 어떤 이들은 주목하고 어떤 이들은 무시한다. 버스에서 앉을 좌석을 찾아 두리번거리는 순간이나 동네 슈퍼의 한쪽 구석에 놓여 있는 쌀 한 봉지를 집어 드는 순간, 뭔가 어긋나 있는 불편함을 떨쳐내려 나는 잠시 비틀거린다.

나의 숙소는 건물 맨 꼭대기 층에 있다. 오며 가며 엘리베이터 안에서 건물 주민들과 마주치는 일이 잦다. 엘리베이터는 접이식 문을 직접 손으로 밀어서 열어야 하고, 서너 사람이 들어가면 꽉 차는 협소한 공간이다. 그곳에서 마주치는 아파트 주민들은 조용히 인사를 건넨다. 미소를 짓는 이도 있고 습관처럼 짧게 인사말을 중얼거리는 이도 있다. 처음에는 어색한 미소만 짓던 내가 어느덧 이 나라 말을 배워, 불쑥 먼저 인사를 건네본다. 그러면 할아버지나 할머니들은 갑자기 긴 이야기를 풀어놓기도 한다. 나는 다만 짧은 인사말 정도만 알기에, 그들의 이야기를 알아듣지 못한다. 어쩔 줄 모르며 미안하다는 말을 되뇔 뿐이다. 그래도 아랑곳하지 않고 엘리베이터에서 내릴 때까지 미소를 지으며 말을 이어가던 할아버지가 있었다. 우연히 다음 날 그 할아버지와 다시 마주쳤는데, 나에게 "또 보자"라는 인사 말을 가르쳐 주었다. 말이 안 통해도 말을 가르쳐 줄 수 있다니! 할아버지와 아파트 현관에서 인사를 나누고 헤어지면서, 나중에 내 나라로 돌아가 엘리베이터 안에서 외국인을 만나면 어떤 말로든 어색한 인사를 건네 보자고 마음먹었다.

관광객13의 정체성으로 강변의 카페에 앉아 올리버 색스의 『아내를 모자로 착각한 남자』를 펼쳐 든다. 몇 장 넘기기도 전에 이런 구절이 눈에 들어온다. "그 누구의 동정과 도움도 받을 수 없다는 것. 이것 또한 가혹한 시련이다. 그녀는 장애인이지만 그것이 겉으로는 뚜렷이 나타나지 않는다. 그녀는 시각장애인도 아니고 신체가 마비되지도 않았다. 겉으로 나타나는 장애는 아무것도 없다. 따라서 종종 거짓말쟁이나 얼간이로 취급된다. 우리 사회에서는 밖으로 드러나지 않은 숨은 감각에 장애가 있는 사람들은 누구나 같은 취급을 받는다."

살아오면서 숨은 장애가 있는 사람들의 괴로움에 대해 한 번도 헤아려 본 적 없다. 말과 글이 통하지 않고, 나 자신을 설명할 방법이 별로 없는 것 또한 일종의 장애일 수 있음을 상상해본 적도 없다. 머나먼 나라로 날아와 비슷한 상황에 처하고 나서야 비로소 그 괴로움을 실감한다. 경험하지 않고서도 내가 아닌 다른 누군가가 되어 본다는 것은, 이 겁 많고 협소한 자아로는 불가능한 일이었던 건가. (2017)

영리한 말
한스

일요일일 수밖에 없는 날씨였다. 아무리 심술궂은 신이라도 이런 햇빛과 이런 바람, 이런 하늘을 펼쳐 놓고, 사람들에게 일하러 나가라고 할 수는 없을 테니.

날씨 탓에 너무 긍정적이 되어 버렸나? 그럼에도 나는 혼자였다. 친구도 가족도 없이, 좋은 것은 날씨뿐. 14층 옥탑 방 창문을 열고, 빛으로 씻어낸 듯 선명해진 세상을 내려다보았다. 어디선가 미사를 알리는 종소리가 들려왔고, 바람이 불어 왔으며, 창가에 매달아 놓은 대나무 풍경이 나지막하게 울리기 시작했다. 햇빛, 음 하나하나에 방점을 찍으며 종소리는 울려 퍼지고, 바람, 대나무 조각들은 가볍게 부딪히고, 그리고 고요. 이 모든 것의 배경인 고요. 불현듯 나는 깨달았다. 혼자가 아니었다면 이 아름다움은 나에게 오지 않았으리라. 아쉬운 순간을 조금이라도 붙잡아보려고 애쓰다 생각이 엉뚱한 방향으로 흘러갔다. 의미를 알아들으려 노력하지 말고, 사람들의 말소리를 종소리 처럼, 바람소리처럼 들어볼까?

산 설고 물 설은 타국에서 한 달여를 머무르고 있으나, 낯선 이들의 언어는 날이 갈수록 나를 의기소침하게 했다. 넘을 수 없는 성벽은 높아만 갔고 건널 수 없는 해자는 깊어만 갔다. 호기심도 도전의식도 꺾이고, 머물고 있는 숙소는 또 하릴없이 편해서, 날이 갈수록 문밖으로 나갈 일이 막막했다. 그런데 그날 나는 마음먹었던 것이다. 그냥 눈을 감고 듣기만 해보자. 그러면 의미에 가려져 있던 무엇이 들릴지도 모르지. '영리한 말 한스' 가 되어 보는 거야.

백여 년 전 독일에는 사람 말을 알아듣고 날짜 계산까지 할 수 있는 말이 있었다고 한다. 영리한 말 한스는 발굽으로 땅 을 두드려 사람들이 낸 문제의 답을 알아맞히곤 했다. 학자들은 의심을 품고 실험을 거듭했고, 그 결과, 한스가 정말로 사람 말 을 알아듣거나 숫자 계산을 하는 게 아님을 밝혀냈다. 한스는 질문하는 사람의 표정이나 말투, 몸의 긴장 상태 같은 것을 감 지해 반응했을 뿐이라는 것. 믿거나 말거나 소동은 그렇게 막을 내렸다.

동네 카페로 들어가 구석자리에 앉는다. 젊은 어머니와 초등학생 아들이 아이스크림과 케이크를 먹고 있다. 서너 명의 중년 사내들이 모여 앉아 맥주잔을 기울이고 있다. 백포도주 한 잔을 앞에 놓고 홀로 앉아 있는 할머니도 눈에 띈다. 커피 한 모금을 마시고 나는 눈을 감는다. 귀를 기울인다. 무엇이든 감지해 보려 애쓴다. 신경이 쫑긋 곤두선다. 나를 향해 의아한 눈길들이 쏟아지는 것 같다. 아니야, 이게 아니야. 나는 고개를 젓는다. '영리한 말 한스' 같은 건 잊어버리자. 의미를 알아들으려는 노력도, 단서를 감지하려는 노력도, 모두 그만 두자. 재미없다. 굳이 정답을 알아야 할 필요도 없고.

주위가 소란해진다. 맥주를 마시고 있던 아저씨들이 일제히 일어선다. 서빙을 하던 웨이트리스가 손님 바지에 맥주를 쏟았나 보다. 연신 미안해하는 웨이트리스를 향해 아저씨들은 고개를 끄덕인다. 엎질러진 맥주를 분주히 닦다가 알 수 없는 말을 쏟아내며 웃음을 터뜨린다. 나도 모르게 따라 웃는다. 카페 안은 금세 시큼한 맥주 냄새로 가득 차고, 사람들은 다시 새처럼 지저귀기 시작한다.

나도 홀로 중얼거린다. 말이란 게 뭔데? 유창한 우리말로 내가 내뱉은 말들은 고작 변명이거나 해명 아니면 핑계였다. 허세와 험담과 인사치레였다. 새삼 코를 벌름거리며 맥주 냄새를 맡는다. 말을 안 하고 있으니 이렇게 좋다. 네가 좋아한다고 말해서 나도 좋아한다고 말하지 않아도 되고, 네가 싫어한다고 말해서 나도 싫어한다고 말하지 않아도 된다. 도리 없이 침묵하기 전까지는 알지 못했던 좋음. 이제 그만 중얼거리고 갓 구운 빵처럼 신선한 맥주 냄새나 실컷 맡아야겠다. (2017)

우연의
목적

　　고속도로에 접어들자 관광객들은 제각기 낯선 나라에
대한 소감을 쏟아내기 시작했다. 자연은 우리나라와 크게 다르
지 않잖아? 집들이 깔끔하고 예뻐서 달라 보이는 거지. 그런데
고속도로가 꽤 한적하네. 도로가 막히기는커녕 오고가는 차도
거의 없어. 여행안내 책자에는 이 나라 사람들을 한 마디로 표현
하면 '근면'이라고 씌어 있어. 근면한 사람들이 평일에 놀러 다
니겠어?

　　관광객들은 들떠 있었다. 자기가 하는 말이 정확한 사실
이거나 아니거나 이치에 닿거나 말거나 개의치 않았다. 다른 사
람의 말에 제대로 귀를 기울이지도 않았다. 그 때문이었을 것이
다. 고속도로에서 빠져나가야 할 출구를 놓치고 말았다. 내비게
이션은 목적지에 닿으려면 한참 멀리 갔다가 또 그만큼 되돌아

와야 한다고 친절하게 알려주었다.

그냥 쭉 가볼까? 트리글라브 산 주위를 한 바퀴 빙 돌면 우리가 가려던 호수로 갈 수 있다고 지도에 나와 있어. 뒷좌석에서 지도를 펼쳐 들여다보던 이가 제안했다. 그렇지만 내비게이션은 왔던 길로 되돌아가라고 하는데? 조수석에 앉아 있던 이가 이의를 제기했으나, 결국은 운전대를 잡은 이가 방향을 정했다. 구경삼아 그냥 가 보자. 경상북도보다 좁은 나라라고 하니, 어떻게 가도 두 시간 안에 호수에 도착할 수 있을 거야.

고속도로가 끝나고 마을길로 접어들었다. 하얀 앞치마를 두르고 머리를 양 갈래로 땋은 소녀가 현관에서 곧 튀어나올 것 같은 집들과 푸른 들판에서 풀을 뜯고 있는 얼룩소들을 지나쳤다. 캠핑장 표지판이 나타나자 차를 멈췄다. 잠시 쉬어갈 요량이었다. 차에서 내린 관광객들은 눈앞에 펼쳐진 광경에 탄성을 내질렀다. 이곳 자연이 우리나라랑 비슷하다고? 저런 산들은 태어나서 처음 보았어!

율리안알프스의 산길을 달리는 동안 그들 눈앞에는 태어나서 처음 보는 것들이 끊임없이 나타났다. 아직 장년기의 산들답게 가파르고 각진 능선과 굵고 깊게 주름진 산자락들. 빙하 녹은 물이 흘러내려 만들어진 창백하고 푸른 호수. 그늘 아래로 머리를 들이밀며 모여 드는 양떼. 산사태로 흙더미가 뒤덮인 도로를 간신히 통과하는 일조차 설레었다. 마침내 가장 높은 고개

의 정상에 이르렀을 때는 내려가는 일만 남았다고 믿었다.

그런데 내비게이션은 왜 자꾸 되돌아가라고 하지? 낯선 아름다움에 홀려 있던 관광객들은 원래 가려던 목적지가 있음을 떠올렸다. 지도상으로는 블레드 호수까지 길이 연결되어 있어. 뒷좌석에서 지도를 들여다보던 이가 알려주었다.

내리막길 다음에는 평지로 이어지리라 예상했던 길이 다시 산 위로 향했다. 산중턱 갈림길에서 표지판을 만났고, 그들은 기계가 되돌아가라고 재촉한 이유를 깨달았다. 목적지로 향하는 넓은 도로를 가로막고 있는 표지판에는 도로가 폐쇄되었으니 왼쪽에 있는 좁은 산길로 우회하라고 지시하고 있었다. 되돌아갈 것인가 그냥 갈 것인가 한참 의논 끝에 그들은 우회로인 좁은 산길로 들어섰다. 자칫 방향을 잘못 틀면 벼랑 아래로 떨어질 것만 같은 좁고 가파른 길이었다. 낯선 아름다움을 탐닉하던 마음은 어느덧 사라졌다. 조마조마한 마음으로 길이 갑자기 끊어지지 않기를, 맞은편에서 불쑥 다른 차가 나타나지 않기를, 너무 일찍 어둠이 내리지 않기를 바랄 뿐이었다. 이제라도 돌아갈까? 누군가가 속삭였다. 망설임 끝에 누군가가 대답했다. 이제는 끝까지 갈 수밖에 없어.

숲이 끝나면서 갑자기 시야가 열렸다. 분홍빛 저녁놀이 번진 절벽 끝에 하얀 건물 하나가 서 있었다. 지나온 마을마다 하나씩 보이던, 특별할 것 없는 예배당이었다. 하루를 마감하는 햇살이 지붕 위의 십자가와 멀리 병풍처럼 늘어서 있는 회백색 봉우리들을 비추었다. 그러자 그 순간 반드시 드러나야 할 특별한 의미를 품은 듯, 풍경은 황금빛으로 빛나기 시작했다. 저것 봐. 우리가 저걸 보려고 여기까지 온 건가. 그런데 우리가 지금 살아 있기는 한 거야? 그럴 의도도 없이, 관광객들은 신심 깊은 순례자가 되어 버린 것 같았다. 우연과 실수가 이끌고 온 목적지에 도착한 바로 그 순간. (2017)

멀리,
더 멀리

모로코의 탕헤르에서 지브롤터 해협을 건넌 적이 있다. 스페인, 포르투갈, 모로코를 관광하는 단체여행에 참여했을 때의 일이다.

스페인에서부터 관광버스를 탄 채 페리로 지브롤터를 건너서 모로코에 입국했다가 며칠의 여정을 끝내고 다시 스페인으로 돌아가는 길이었다. 리무진 버스가 페리 선착장으로 들어가기 직전에 모로코 경찰들이 갑자기 버스를 세웠다. 버스기사는 별로 놀라지도 않고 차에서 내리더니, 어디선가 가져온 장대로 차 밑바닥을 마구 휘저었다. 그러자 놀랍게도 작고 마른 아이 한 명이 튀어 나왔다. 언제 어떻게, 그리고 버스 밑바닥 어느 공간에 그 아이가 들어가 앉아 있었는지 상상조차 하기 힘들었다. 어쨌든 아이는 튀어 나왔고, 경찰들은 요란하게 호루라기를 불었고, 버스기사는 장대로 차 밑바닥을 다시 여러 번 휘저었다. 버스 안에 있던 한국인 관광객들은 기사가 있는 쪽 창문에 붙어 밖을 내다보고 있었다. 곧이어 또 다른 아이 하나가 차 밑에서 튀어 나왔다. 구경하던 사람들이 술렁거렸다.

아이들은 스페인으로 밀입국하기 위해 버스 밑바닥에 숨는다고 한다. 대부분 에티오피아나 소말리아, 팔레스타인에서부터 탕헤르까지 온 아이들이다. 내전 혹은 강대국의 대리전이 지속되고 있는 전쟁터로부터, 기아와 학살과 고문으로부터 탈출해서 유럽대륙으로 건너가려는 것이다. 리비아 사막을 거쳐 튀니지, 모로코까지 온 아이들의 마지막 관문은 지브롤터 해협이다. 버스 밑바닥에 숨거나 배나 뗏목을 타고, 심지어는 헤엄을 쳐서라도 건널 시도를 한다. 그러나 운이 좋아 간신히 유럽으로 들어간다고 해도, 어느 곳에서도 제대로 자리를 잡기는 힘들다. 스페인에서 프랑스로, 영국 혹은 독일로, 좀 더 형편이 낫다는 북쪽의 어느 나라로 떠밀려간다. 다시 출발점으로 돌려보내지는 경우도 종종 있다.

나는 창문 밖으로 몸을 내밀어 사진을 찍거나, 혀를 끌끌 차며 가엾어 하거나, 우리도 예전에는 일본이나 미국으로 기를 쓰고 밀항하려 했다는 이야기를 하는 관광객들 가운데 하나였다. 창문 밖에는 살아남기 위해 위험과 미지의 세계로 제 몸을 던지는 인류로 여전히 존재하는 열 살 남짓한 아이 둘이 서 있었다. 아이들의 작고 민첩한 몸, 제거해야 할 오류나 장애물로 취급되는 몸, 이유도 모르는 채 굶주림과 고통 속에서 죽어간 사람들의 피가 여전히 흐르고 있는 몸을 지켜보면서, 나는 중얼거렸다.

달아나라. 멀리, 더 멀리. 막대기에 걸리지도 말고, 바다에 빠지지도 말고, 경계를 넘어서서, 군인이나 경찰, 관광객의 시선이 닿지 않는 곳으로 가서, 살아남아라, 부디. (2015)

3부
기억에 대하여

모든 곰은
자신이 주인이다

곰을 하늘의 신이 사슬로 묶어 땅으로 내려 보낸 존재로 여기는 이들이 있었다. 그리 멀지 않은 옛날의 일이다. 밤마다 모닥불을 피우고 둘러앉아 바람과 나무, 단단한 땅과 출렁이는 물의 노래에 귀를 기울이던 이들은 밤하늘에 나타난 별자리가 타이가의 주인인 곰의 넋이라고 믿었다. 아버지의 아버지가, 어머니의 어머니가, 그리고 그들 자신이 성대한 의식을 치러 고향으로 돌려보낸 곰의 넋이 아직 길을 찾지 못해 헤매고 있는 중이라고.

숲에서 어미를 잃은 새끼 곰을 데려온다. 새끼 곰은 자녀가 없는 가정이나 최근에 아이를 잃은 어머니에게 맡겨진다. 새끼 곰은 딸이나 아들이라고 불리며 아이 잃은 어머니의 젖을 먹고 자라기도 한다. 사람이 사는 집에 살면서 사람이 먹는 것을 먹는다. 사람들은 어디를 가든 곰을 데리고 가고 다정하게 말을 걸기도 한다. 사랑하고 보호한다. 몸집이 커지면 특별한 우리에 가두고 좋은 음식을 먹여 키운다. 곰이 두세 살이 되면 마을 사람 모두가 참가해서 곰의 넋을 돌려보낼 의례를 치를 준비를 한다. 겨울이 막바지에 이르렀을 무렵의 어느 날, 곰은 가장 맛있는 음식을 대접받으며 흥겨운 분위기 속에서 마을 밖 공터인 의례 장소로 끌려간다. 슬픔과 흥분이 뒤섞인 긴장감 속에서 곰은 나무에 묶여 마을 사람들 모두가 한 발씩 쏘는 화살에 맞아 죽는다. 사람들은 경건한 마음으로 세심하게 죽은 곰의 몸을 해체하고, 특별한 절차에 따라 요리를 만들어 잔치를 벌인다. 의례가 모두 끝나면 사람들은 곰의 넋이 사람에 대한 우애를 간직한 채 고향으로 돌아갔을 것이라고 믿는다.

곰은 연해주에서 시베리아를 거쳐 우랄산맥 너머까지, 그리고 베링해협을 건너 북아메리카까지 널리 숭배를 받았다. 타이가에는 곰을 대적할 천적이 없을 뿐더러 숲 언저리에 모여 사는 사람들도 혼자 힘으로는 죽이거나 잡을 수 없었다. 겨울에는 잠들었다가 봄에 다시 살아나는 신비한 존재였으며, 곰이 자주 출몰하는 시기의 타이가에는 열매, 짐승, 먹을 수 있는 풀이 넘쳐났으므로 풍요를 담보하는 존재이기도 했다. 수렵과 채취로 살아가는 사람들에게 곰은 타이가의 주인이자 털가죽을 입은 또 다른 사람이었다. 곰은 친구이자 경외의 대상이었다.

그러나 곰은 사냥의 대상이기도 했다. 사람들은 털가죽과 고기를 얻으려 곰을 사냥했을 뿐 아니라, 능숙한 사냥꾼으로 거듭 나는 절차로 타이가에서 가장 강력한 존재를 사냥했다. 사람 또한 자연의 일부이기에 생존을 위해 다른 생명체를 잡아먹을 수밖에 없다. 잡아먹으면서 사랑하고 보호했고 사랑하고 보호하면서 잡아먹었다. 사람은 그렇게 자연에 의존하고 그렇게 자연의 일부로 살아갔다. 곰을 숭배하는 사람들이 치르던 '곰의 넋을 돌려보내는' 의식은 사람과 곰 사이의 대결과 모순을 해소하려는 장치였을 것이고, 그것이 바로 문명의 시작이었을 것이다.

나는 곰 고기의 맛을 알지 못한다. 내가 먹은 고기들은 모두 청결한 냉장고 속에서 차갑고 붉게 빛나고 있던 것들이다. 내 눈에 보이지 않는 곳에서 동물들은 효율적으로 사육되고 효율적으로 도살된다. 언젠가 사람들이 사용하는 기계들이 소와 말, 기린이나 코끼리 같은 동물들의 형태 혹은 기능과 매우 비슷하다는 생각을 한 적이 있었다. 어쩌면 기계란 사람이 동물들과 나누던 관계의 복잡성과 모순을 삭제하고 효용만 극대화한 존재일지도 모르겠다. 동물들도 이제 의지나 감정이 삭제되고 효용만 남은 존재가 되었다. 그리하여 우리는 곰과 사슴과 고래 대신 기계의 차갑고 효율적인 영혼을 흠모하는 문명 속에서 살게 되었으나, 단 한 가지 문제는 우리가 기계를 먹고살 수 없다는 것이다.

살아 있는 곰들을 동물원에서만 볼 수 있는 도시의 밤하늘에서는 방황하는 곰의 넋도 보이지 않게 되었다. 이따금 밤하늘을 바라보며 사라진 별자리를 찾아보고 있노라면, 스스로를 위로하듯 떠오르는 말이 있다. 모든 곰은 자신이 주인이다. (2018)

우리 집에 살던
백구

　처음 보았을 때 하얀 털이 복슬복슬하던 너는 코끝이 검고 촉촉했다. 아직 어렸지만 앞발이 큼직한 것이 덩치가 우람해질 조짐이 보였다. 사람들은 너를 쓱 훑어보고 나서 순종 진돗개가 아니라는 말을 툭 던지곤 했다. 네가 어릴 때는 목줄을 채우지 않았다. 우리 집은 동네와는 뚝 떨어진 산기슭에 있었고, 천방지축 뛰어노는 네가 귀엽고 좋아 보였기 때문이다. 사람으로 치면 사춘기에 이를 때까지 너는 그렇게 자랐다. 그러던 어느 날 꼬리를 말고 절룩거리며 집에 돌아온 너는 뒷마당 덤불 속에 몸을 숨기고 나올 생각을 하지 않았다. 자기네 집 닭장을 넘보는 너를 막대기로 흠씬 두들겨 팼다고, 아랫동네 사는 아저씨가 개 단속을 잘 하라며 우리 집에 올라와 호통을 쳤다.

　네 목에 목걸이와 쇠사슬이 채워졌다. 아무에게나 친근

하게 굴던 너는 사람을 보면 무섭게 짖어대기 시작했다. 고통에 대한 기억과 두려움이, 목에 채워진 쇠사슬의 억압이 너를 사납게 만들었다. 거짓말 보태서 송아지만큼 자란 너는 달 밝은 밤에는 늑대처럼 울었다. 너는 몸집이 큰 만큼 힘도 셌다. 어떻게 했는지 모르지만, 몇 번이나 목줄을 풀고 산으로 달아났다. 며칠 사라졌다가 산토끼를 입에 물고 나타나기도 했다. 줄에 묶여 있는 채로 잠든 척 누워 있다가 방심하고 지나가는 거위 세 마리를 차례로 모두 잡아먹기도 했다. 우리가 마당에 풀어 놓고 애지중지 기르던 거위들이었다.

어느 날 밤 양계장 주인이 전화를 해서 화난 목소리로 추궁을 했다. 도대체 왜 개를 묶어 놓지 않느냐는 거였다. 네가 닭장 주위를 맴돌고 있다는 거였다. 혼비백산해서 손전등을 들고 아랫동네로 달려갔다. 혹시라도 사람을 공격할까봐. 잘못하면 육계로 키우는 병아리 값 수백만 원을 물어내게 될까봐. 그러나 닭장 주위에 네 모습은 보이지 않았다. 손전등을 들고 한밤중에 산과 들을 돌아다녔다. 유령처럼 서 있는 나무들과 산기슭 무덤들 사이를 헤맸다. 네 이름을 목 놓아 부르면서.

지쳐서 집에 돌아와 보니 네가 현관 앞에 앉아 있었다. 반가운 듯 꼬리를 흔들었다. 그렇다고 해도 다음날 너를 개장수에게 팔아넘긴 건 우리 잘못이었다. 생각날 때마다 가슴이 아프다. 거위를 잡아먹고 닭장을 습격한 너보다 우리가 훨씬 나빴다.

처음부터 너를 방치하지 말았어야 했다. 너는 개고 우리는 사람이니까. 다른 방법이 있었을까. 사랑이나 책임을 생각해야 했을까. 모르겠다. 우리는 사람이고 너는 개라서. (2016)

오리 웃다

내 방 창문은 벽의 반 정도를 차지하는 통유리로 되어 있다. 그 아래에 벚나무 몇 그루가 서 있다. 벚꽃이 활짝 피다 못해 방만하게 흐드러진 봄날에는 꽃잎들이 하늘로 하늘하늘 올라가는 광경을 볼 수 있다. 벚나무들 옆에는 개천이 흐르고 있다. 물이 맑고 깨끗하지도 않고 콸콸 힘차게 흐르지도 않는 개천에는 웬일인지 이따금 오리 떼가 놀러 온다. 그리고 시도 때도 없이 큰 소리로 꽥꽥 울어댄다. 잠 안 오는 밤에 이런저런 생각에 골몰하다가 오리들 소리에 정신이 번쩍 들 때가 있다. 오리들은 다른 새들처럼 울거나 노래하는 게 아니라 웃는다. 그냥 웃는 것도 아니고 심지어 비웃는 것 같다. 왜 그렇게 어리석은 생각을 골똘히 하는 거야! 잠이나 자라고! 꽥꽥! 오리들의 진짜 마음은 알 수 없지만, 내 귀에는 그렇게 들린다.

이사 갈 준비를 하고 있다. 준비라고 해봤자 버릴 것들을 추려서 버리는 일이다. 버릴 것들이란 다시는 읽지 않을 책들, 다시는 입지 않을 옷들, 다시는 손에 닿지 않을 물건들이다. 이것저것 하나하나 살펴보면서 판정을 내린다. 판정은 쉽지 않다. 다시는 읽지 않고, 다시는 입지 않고, 다시는 손을 내밀지 않으리라는 확신은 도대체 어디에서 오는가. 가져가고 싶은 물건을 고르다 보면 여러 번 읽었던 책, 여러 번 입었던 옷, 자주 쓰던 물건을 선택한다. 이제껏 펴보지 않았던 책이나 입지 않던 옷, 손이 가지 않던 물건들이 결국 다시는 돌아보지 않을 것들이라는 판정을 받게 된다. 무엇이 좋고 무엇이 나쁜지, 무엇이 옳고 무엇이 그른지에 대한 판단은 쉽게 달라지지 않는다. 어떤 나쁨은 다른 나쁨으로 대체되고, 어떤 좋음은 다른 좋음을 대신한다. 좋음과 나쁨이 자리를 바꾸는 일은 좀처럼 일어나지 않는다.

벚꽃은 어떻게 할 것인가? 버리고 가고 싶지 않은 것 하나만 고르라면, 어느 화창한 봄날 축제라도 벌이듯 창문 너머로 휘발하던 꽃잎들이다. 솔직히 말해서 창문을 떼어서라도 메고 가고 싶은 심정이다. 꽃잎들은 따라와 줄 것인가. 갑자기 저 아래 개천에서 오리들이 일제히 폭소를 터뜨린다. 꽃잎이라니, 역시 어떤 아름다움 아니면 다른 아름다움일 뿐인 거냐. 밤은 깊어가고 생각은 바람에 날리는 오리 솜털처럼 부유한다. (2016)

하얀 새
검은 고양이

산동네 사는 친구가 아침 일찍 전한 소식. 친구네 옆집에 사는 할머니가 가을 날씨가 청명해서 집안에 있던 새장을 마당에 내놓았다. 겨울 오기 전에 새도 햇볕도 쐬고 햇볕 쐬고 바람도 좀 쐬라고. 그런데 할머니가 집안으로 들어와 잠시 볼일을 보고 나와 보니 새장 문이 열려 있고 새는 감쪽같이 사라졌다. 어떻게 이럴 수가 있지? 넋이 나간 할머니에게 할아버지는 왜 물어보지도 않고 새장을 제 마음대로 밖에 내놓았냐고 지청구를 했다. 할머니는 주말에 놀러오기로 한 손녀가 새를 정말 예뻐하는데 이 일을 어떡하느냐고 울상이 되었고, 옆집에 사는 친구는 아침 일찍부터 불려나와 그 집에서 키우는 커다란 검은 고양이가 새를 먹어치운 것 아니냐는 취조를 받아야 했다. 친구는 길고양이들에게 꼬박꼬박 먹이를 주었을 뿐, 늘 문 앞에 지키고 앉아 있는 그 살찐 검은 고양이가 자기 고양이는 아니라고 여러 번 변명했다. 그렇잖아도 그놈이 심술을 부리는 통에 다른 고양이들이 못 오고 있어서 속상하다는 말도 덧붙였다. 하지만 할머니는 덩치 큰 검은 고양이와 친구가 공모하여 새를 잡아먹기라도 한 것인 양 의심의 눈초리를 거두지 않았다. 고요하던 산동네가 한바탕 소란스러웠던 사연이다.

며칠 지난 뒤 친구에게 물었다. 할머니네 새가 돌아왔어? 아니. 멀리 날아갔거나 얼어 죽었을지도 모르지. 날씨가 갑자기 추워졌잖아. 친구는 심드렁하게 대답했다. 어떻게 생긴 새였어? 그냥 하얀색. 나는 몸집이 작은 하얀 새가 하늘 끝까지 날아가다가 아득히 사라지는 모습을 상상해 보았다. 비어있는 새장은 여전히 마당에 있어? 궁금하지도 않으면서 나는 덧붙였다. 새장 문을 열어 놓아야 해. 그러면 새가 돌아올지도 몰라.

그날 밤 친구 집 담장 위에 올라가 앉아있는 꿈을 꾸었다. 그 위에 화분을 늘어놓고 노란색 보라색 꽃들을 심을 작정이었다. 화분들이 마음대로 움직여지지 않아 조바심이 났다. 화분과 흙과 씨앗들이 마구 흐트러져 있었고, 정돈이 안 된 상태였다. 무엇을 어떻게 해야 할지 몰랐을 뿐 아니라 내 손이 잘 움직여지지도 않았다. 그러다가 갑자기 혼란의 이유를 깨달았다. 내가 사람이 아니라서 꽃을 심을 수 없는 것이었다. 꿈속에서 나는 몸집이 크고 심술궂은 고양이였다. 문을 닫아 걸은 새장 속으로

새를 돌아오게 할 수 없는 것처럼, 고양이는 담장 위에 꽃을 심을 수 없다. 잠에서 깨어나 꿈을 되짚어 보는 동안, 옆집 할머니의 하얀 새를 잡아먹은 것은 검은 고양이가 틀림없다는 생각이 들었다. 이유는 잘 모르겠다. (2016)

뜨거운 물을 붓고 거름종이 속에서 커피가 부풀어 오르
는 모습을 지켜본다. 포장지에 적혀 있던 콜롬비아 수프리모 혹
은 케냐AA라는 이름을 떠올려 보지만, 고백하건대 나는 콜롬비
아에서 왔든 케냐에서 왔든, 그 맛과 향의 미세한 차이를 구별할
미각은 가지고 있지 못하다.

커피를 내리듯 사람에게서 무엇인가를 추출해낼 수 있
다면, 흘러나오는 것은 무엇일까. 기억일까, 감정일까, 욕망일까.
그 모든 것을 합쳐도 설명이 안 되는 무엇일까. '가발공장 옆 좁
은 골목으로 불어오던 겨울바람'이나 '대전역 앞 횡단보도를 달
려가던 발걸음', '설악면의 어느 날 밤 영원히 꺼지지 않을 것 같
던 모닥불' 같은 이름을 붙일 수 있는 걸까.

얼마 전 내가 졸업한 초등학교가 있는 동네에 갈 일이 있었다. 이제는 낯설어진 곳. 아침저녁으로 들락거리던 문구점이 있던 거리. 직장에 다니는 어머니가 퇴근하기 전까지 혼자 있기 싫다며 날마다 내 손을 잡아끌던 친구의 집이 있는 동네. 우리 집은 그곳에서 버스를 타고 열 정거장쯤 가야만 했다. 거리를 이리저리 걷다가, 이제는 사라졌으나 예전에는 버스 정류장이 있던 자리를 가만히 바라보았다. 기다리지 않을 때는 자주 오지만, 막상 기다리기 시작하면 잘 오지 않는 버스를 원망하면서 서 있던 여자아이가 떠올랐다.

한때 몸을 의탁했던 장소는 그 모습이 변했든 변하지 않았든 여전히 그 시간을 품고 있다. 기억은 사람의 머릿속에만 있는 게 아니라 바람이 지나가는 길, 햇살이 꺾어지는 골목 어귀에 남아 있다. 누군가를 이해하고 싶다면, 그 사람이 어린 시절을 보낸 고향이나 예전에 살던 동네에 가 볼 일이다.

겁에 질려 달려갔을 어두운 골목길을 걷다가, 떠나는 사람을 배웅하며 서 있었을 역전을 지나치다가, 초등학교 운동장에서 놀고 있는 아이들의 얼굴을 보다가, 그 사람조차 알 수 없던 두려움이나 망설임, 즐거움과 맞닥뜨릴지도 모른다. 그래서 마침내 '가발공장 옆 좁은 골목으로 불어오던 겨울바람'이나 '대전역 앞 횡단보도를 달려가던 발걸음', '설악면의 어느 날 밤 영

원히 꺼지지 않을 것 같던 모닥불'의 그 미세한 맛과 향의 차이를 감지할 수 있게 될지도. (2015)

며칠 전 실수로 스마트폰에 저장되어 있던 사진들을 모두 지워버렸다. 늘 그렇듯이 도저히 헷갈릴 수 없는 상황에서 착각을 일으켰다. '삭제할까요?'라는 물음에 무심코 '확인'을 눌렀고, 그러자 1초도 안 되는 짧은 순간에 삼백여 장이 넘는 사진이 사라졌다. 어떤 거리의 풍경, 어떤 날씨의 상태, 어떤 사람들의 표정이 말끔히 지워지고 깔끔한 검은색 공간이 남았다. 내가 무슨 짓을 한 거지? 잠시 어리둥절했다. 스마트폰 속에 사진이 저장되어 있을 때는 내 머릿속에도 사진을 찍었을 때의 느낌이나 잔상 같은 것이 남아 있는 듯하더니, 사진이 지워지자 홀연 그 흔적들도 말끔히 사라졌다.

19세기 영국의 작가 토마스 드퀸시는 아편에 취한 상태에서 자신이 기억하고 있는지조차 몰랐던 어린 시절의 기억이 되살아난 체험을 했고, 그것을 기록으로 남겼다. 이방인을 처음으로 보았을 때의 장면이었다. 어느 날 자기 집 뒷문에서 마주친 구걸하는 인도인과 그의 옷차림을 세밀하게 묘사했으며, 그때 느꼈던 자신의 공포심까지 생생하게 되살아났다고 고백한다. 그리고 드퀸시는 덧붙인다. 사람은 평생 보고 듣고 경험한 모든 것을 고스란히 잊지 않고 있는 게 틀림없다고. 뇌는 시각 청각 후각 촉각 등으로 경험한 모든 감각정보를 저장하고 있지만, 그것을 의식의 표면으로 끄집어내 재생할 방법을 찾지 못하는 상황을 '기억하지 못한다,' 라고 표현할 뿐이라고. 심리학에서는 언어로는 되살리지 못하지만 시각적으로는 되살릴 수 있는 기억이 따로 있다고 하는데, 그렇다면 드퀸시의 주장은 어느 정도 일리가 있다.

어쩌면 우리는 한 번 만났던 사람들 모두의 얼굴을, 지나쳐 온 모든 거리의 풍경을, 경험한 모든 시간의 정황을 마음 깊숙한 곳에 쌓아두고 있는지도 모른다. 차곡차곡이 아니라 아무렇게나 뒤죽박죽 집어넣어 제때 찾아내지 못하는 것일 뿐. 겹치는 시간과 공간 속에서 자주 마주친 얼굴들을 유리창 저편에 있는 그림자처럼 머릿속에 흐릿하게 띄워 놓고 있다가, 어느 날 거리에서 우연히 마주치게 되면 마치 오랫동안 알던 사람처럼 느껴져 다시 한 번 뒤돌아보게 되는 게 아닐까. 그래서 그 뒷모습이 완전히 시야에서 사라질 때까지 오래도록 바라보는 게 아닐까.

깔끔한 검정색의 무(無)로 변한 스마트폰 화면을 바라보면서 기계에 저장되었던 사진들은 뒷모습조차 남기지 않는다는 것을 실감한다. 기계의 기억에는 모호하다가도 선명해지고, 아득하다가도 덧없어지는 회색 지대가 없다. 흔적과 망설임이 없다. 어느 날 거리를 걷다가 돌연 데자뷔의 신비한 느낌에 사로잡히면, 과거의 어느 날 혹은 미래의 어느 날, 내가 스마트폰 속에 저장했다가 지워버린 사진의 뒷모습을 만났다고 우겨야겠다. (2016)

'책은 자주 분실되니까 등기로 부쳐야 해.' 언젠가 내가 보낸 책을 끝내 받지 못한 선배가 했던 말이다. 우체국에 갈 때마다 되뇌는 말이기도 하다. 그러나 등기가 아닌 소포는 연락처를 기입하는 것 같은 몇 가지 절차를 생략할 수 있다. 큰 차이는 아니지만 요금도 싸다. 결국 보통 소포로 책을 보낸다. 우체국에서 나오면서 뒤늦게 불안해진다. 이번에도 책이 제대로 가지 않으면 어떡하지? 문득 궁금하다. 받을 사람이 받지 못한 책들은 어디로 가는가.

　　오래 전 아들이 유치원에 다닐 무렵 일이다. 달리는 자동차 뒷좌석에 혼자 앉아 있다가, 심심해서, 양말 한 짝을 벗어 창밖으로 내밀어 봤던 모양이다. 아이가 갑자기 비명을 질러서 뒤돌아보니, 양말이 바람에 날아갔다고 했다. 아이는 오랫동안 울음을 그치지 않았다. 좋아하는 공룡 캐릭터가 그려져 있는 양말이었을 것이다. 그날 밤 잠들기 전, 양말은 어디로 날아갔을까, 아이는 잠꼬대처럼 중얼거렸다.

무엇인가를 잃어버리는 것은 목적과 의도 없이 일어나는 일이다. 잃어버린 줄도 모르고 잃어버리는 것들도 많다. 바람 속으로 휘발해버린 봄날의 분홍들, 간절히 하고 싶었지만 꾹 참았던 고백들, 영원히 변하지 않으리라 기침처럼 내뱉었던 맹세들. 잃어버린 모든 것들은 원래 그 자리에 있지 않았는지도 모른다. 그들의 탄생과 소멸은 목격되지 않는다. 나는 상상한다. 받을 사람이 받지 못한 책은 붉은 매니큐어를 바르고 있는 어느 여인의 손가락 아래 놓여 있을지도 모른다고. 공룡이 그려진 귀여운 양말은 새끼를 낳기 위해 분주히 집을 짓고 있는 제비들의 뾰족한 부리에 물려 있을 것이라고.

부끄럽게도 평생 지갑을 잃어버린 적이 없다. 이름과 나이를 잃어버린 적도 없다. 그러나 나의 탄생과 소멸에 대한 기억은 잃었다. 내가 언제부터 시작되었고 어디까지 지속될 것인지 알지 못한다. 언젠가 나는 나를 잃어버릴 것이다. 잃어버린 것들은 어디로 어떻게 가는가. 시작과 끝을 알 수 없는 모든 것들은 영원하다. (2016)

물건들

　　한밤중에 고속도로 휴게소에서 커피를 마시고 있었다. 평일 밤 늦은 시각이라 휴게소에는 사람이 거의 없었고, 특유의 시끄러운 음악 소리도 들리지 않았다. 불이 꺼져 있는 구역도 있었다. 무심코 주위를 둘러보는데 인형 뽑는 기계가 눈에 띄었다. 투명한 통 밑바닥에 인형들이 겹겹이 깔려 있고, 그 위에는 움직이는 갈고리 손이 대롱대롱 매달려 있어서, 바깥에 있는 버튼과 손잡이로 갈고리를 조종해서 인형을 뽑는 기계였다. 나는 좀 난데없다는 생각이 들어 인형들을 멍하니 바라보았다. 모난 부분이 전혀 없는 둥글둥글한 형태인 노랑, 분홍, 파랑 봉제인형들은 동그란 눈에 펑퍼짐한 코를 지녔다. 입이 없는 인형들이 대부분이었고, 입이 있는 것들은 모두 입 꼬리를 끌어 올린 채 영혼 없이도 행복한 미소를 짓고 있었다.

그때 어둠 속에서 소풍이라도 갔다 온 것처럼 들떠 보이는 두 사람이 나타났다. 부스럭거리며 지폐 한 장을 기계에 집어넣었다. 두 사람은 어느 인형을 뽑을 것인지 갈고리를 어느 방향으로 움직일 것인지 의논하면서, 깔깔거리기도 하고 짧은 탄성을 내지르기도 하면서, 한동안 기계에 매달려 있었다. 인형을 잡거나 떨어뜨릴 때마다 나도 마음을 졸이며 지켜보았다. 마침내 두 사람의 환호성과 함께 인형 하나가 출구로 굴러 나왔다. 커피를 다 마신 구경꾼도 자리에서 일어났다.

화장실에 들렀다가 주차장으로 걸어가는데 인형 기계 근처 탁자 위에 놓여 있는 곰인지 토끼인지 혹은 고양이인지 알 수 없는 분홍색 물건이 눈에 띄었다. 아까 환호성과 함께 기계에서 뽑혀 나온 인형이 틀림없었다. 왜 두고 갔을까? 화장실 가는 길에 웃음 섞인 말소리를 얼핏 들었던 것도 같다. 너무 못 생겼어… 짝퉁이잖아…. 그래도 적지 않은 돈을 투자해서 애쓰며 뽑은 건데 설마 두고 갔을까. 혹시 잊어버린 건 아닐까? 손을 뻗어 인형을 만져보려다 그만두었다. 가져갈 생각도 없는 사람의 손을 타봤자 인형으로서는 두 번 버림받는 꼴이다. 몇 발자국 더 걷다가 인형 뽑는 기계를 돌아보았다. 투명한 벽 너머 환한 불빛 아래 앉아 있고 누워 있고 고꾸라져 있는 인형들. 하. 세상에는 물건들이 너무 많다.

그날 방문했던 집에서 본 물건이 떠올랐다. 집 주인의 어머니가 쓰던 낡은 반닫이였는데, 장식이 거의 없고 나뭇결이 그대로 드러나 있는 소박한 물건이었다. 집 주인이 어렸을 때 반닫이에 자꾸 낙서를 해서 어머니에게 꾸중을 자주 들었다고 했다. 그런데 지금도 들여다보면 낙서를 지운 흔적이 여전히 희미하게 남아 있어 이따금 손으로 만져보기도 하고 쓰다듬어보기도 한다고 그는 덧붙였다. 그 말을 듣는 순간 잠시 어지러웠다. 먼 옛날 누군가가 어떤 물건에 남긴 흔적이, 그 속에 영혼처럼 스며든 이야기가, 겹겹이 쌓인 시간의 결이 해일처럼 내게 밀어 닥쳤다. "저 속에는 우리 집에서 가장 소중한 것들만 넣어두었어요. 어머니께 소중한 것, 나에게 소중한 것. 그런 것들만 저 속에 들어갈 자격이 있어요." 왜 아니겠는가. 물건에도 자격이라는 게 있을 것이다. 나는 고개를 끄덕였다.

　　사람과 사람 사이에 오고 가는 것이 사람과 다른 생물 사이에, 사람과 물건 사이에도 오고 가고 있다고, 나는 믿는다. 사람들뿐만 아니라 다른 생물과 물건 또한 나와 시간과 공간을 나누고 있으니까. 나를 품은 채 버려진 물건들이 어디로 가서 무엇이 될 것인지 생각해 본다면, 함부로 소유하거나 버리는 일이 두려워진다.

　　커다란 양팔 저울의 한쪽 끝에 내 삶을 올려놓고, 반대편에는 내 손을 거쳐 갔고, 거쳐 갈 물건들을 쌓아놓는다고 상상해

본다. 저울이 기울어 자꾸 미끄러지고 무너져 내린다. 아, 세상에는 물건들이 너무 많다. 쓰레기더미 속에 묻혀버린 균형을, 대칭을, 존중을 되찾고 싶다. (2017)

　　지하철역을 빠져나와 사방을 둘러보며 잠시 머뭇거린
다. 사람들이 너무 많다. 물론 내가 타고 온 열차 안에도, 승강장
에도, 지상으로 올라가는 계단에도 사람들은 많았다. 서울 중심
가 어디에 가도 마찬가지일 것이다. 그런데 이 거리가 유난히 더
북적이는 느낌이 드는 것은 지나다니는 사람들의 나이나 국적
그리고 외모나 옷차림이 서로 너무 달라서일지도 모른다. 딱히
주류라고 할 만한 흐름이 없다. 어쩌면 대로변이나 이면도로에
줄지어 늘어선 가게들, 가게 밖 인도까지 진출한 매대 위에 쌓인
물건들 때문일지도 모르겠다. 사람도 많고 물건도 많다. 나는 걸
음을 멈추고 유리벽 너머 마네킹들이 입고 있는 드레스를 들여
다본다. 잠자리 날개 같은 천에 밤하늘의 별들을 뭉텅뭉텅 흩뿌
려 놓은 듯한 옷들. 어렸을 때 TV에 나오는 여가수들이 입고 있

던 옷들. 그 시절에는 언젠가 나도 한번 입고 싶다고 생각했던 옷들.

이태원에서는 물건을 사는 법도 좀 다르다고 한다. 오랜만에 만난 친구들과 차를 마시다가 나온 이야기다. 별로 살 게 없는 나도 쇼핑하러 가는 친구들 뒤를 따른다. 대로변과 이면도로를 연결하는 좁은 골목으로 들어선다. 골목 어딘가에 홀연 입구가 나타나고, 입구를 통과해서 계단을 내려가니 사방 벽에 온통 가방들이 걸려 있다. 그게 다가 아니다. 가게 한 구석의 유리문을 열고 들어가면 비밀스런 장소가 나온다. 손님이 취향을 말하면 주인이 물건들을 꺼내 보여준다. 흔히 명품이라 불리는 것의 디자인을 베꼈으나 정교하게 잘 만든 물건들이다. 가능한 한 아무것도 사지 않는 게 삶의 목표인 나도 어깨 너머로 구경하고 있다 보니 슬그머니 욕심이 동할 지경이다.

또 다른 한 무리의 손님들이 유리문을 열고 들어선다. 좁은 공간에 구경꾼이 서 있을 자리가 마땅치 않아 먼저 밖으로 나온다. 골목마다 빼곡하게 들어선 가게들을 구경한다. 원피스와 블라우스들, 요즘 유행하는 얇고 치렁치렁한 겉옷들, 그리고 운동화, 샌들, 구두. 바다거품 같은 푸른색 로퍼가 나의 시선을 사로잡는다. 너무 뾰족하지도 너무 무난하지도 않은 구두코의 날렵한 곡선을 바라보며 감탄한다. 저렇게 아름다운 물건은 누가 만들었을까. 붙어 있는 가격표를 보고 또 한 번 놀란다. 예상보다 너무 헐한 값이다. 30만 원짜리 구두 한 켤레를 만들면 6,500원에서 7,000원을 받는다는 제화공들 사연이 떠오른다. 백화점에 들어가지 못한 저 신발을 만든 사람은 얼마를 받았을까. 그때 가게 문을 열고 주인이 밖을 내다본다. 내가 진열장 앞에 너무 오래 서 있었나.

친구들과 헤어져 다시 지하철역을 향해 걷는다. 이태원(異胎院)*이라는 이름 때문인가, 문득 여기가 아닌 다른 차원의 시공간, 평행우주 같은 단어들을 떠올린다. 시작점은 같았으나 어느 시점에서 다른 가능성으로 갈라져 나간 세계, 결코 만날 수 없어서 평행하다고 부르는 세상. 혹시라도 저 먼 과거의 어느 시점에 대량생산이 가능한 기계들을 발명하지 못한 또 다른 세계가 존재하지 않았을까? 그래서 누가 더 많이 만들고, 더 많이 쌓아두고, 더 많이 빼앗느냐의 경주가 시작되지 않은 시공간이 어느 우주엔가는 있지 않을까? 그 세상에 살고 있을 또 다른 나는 지금 화려한 드레스를 입고 노래를 부르고 있을까? 아니다. 사람도 물건도 너무 많아 서로가 서로를 함부로 헐하게 대하는 세상이 아니라면, 나는 아름답고 쓸모 있는 물건을 직접 손으로 만드는 사람으로 살고 싶다. 그리고 내가 만든 물건을 누군가가 평생 닦고 고치고 쓰다듬으면서 소중하게 다뤄줬으면 좋겠다. 무

---

* 이태원의 정식 한자는 '梨泰院'이지만 '異胎院'으로도 곧잘 쓴다.

한한 우주 한 구석에 정말로 그런 세상이 존재하리라는 즐거운 믿음을 품고, 나는 지하철 승강장을 향해 내려간다. (2018)

앗, 나의 실수!

기계에서 가라는 대로 따라갔을 뿐인데, 같은 건물 주위를 맴돌고 있다. 내비가 미쳤나, 투덜거리다가 내 실수임을 알아차린다. 기계는 300미터 앞 모퉁이에서 우회전하라고 했는데, 그냥 바로 우회전한 거다. 사람이 무슨 짓을 하든 오로지 길만 찾고자 하는 기계는 당연히 건물 주위를 돌아서 다시 큰 길로 나가라고 했고, 내가 무슨 짓을 했는지 나도 관심이 없었으므로 그 말을 따라 큰 길로 나갔다. 그리고 또 다시 같은 곳에서 우회전 했으니, 기계는 또 다시 돌아나가라고 지시할 수밖에. 며칠 전 새로 이사 온 동네의 대형 마트로 가는 길이었다. 처음도 아니고 두 번째 가는 길.

"나, 길 잘 찾아요!" 친구나 지인들에게 당당하게 자주 하는 말이다. 길 안내해 주는 기계를 사용하기 전에는, 지도를

보면서 한 번도 안 가 본 곳을 찾아가곤 했다. 그렇게 더듬더듬 찾아간 길은 두 번째, 세 번째도 큰 어려움 없이 찾아갈 수 있었다. 그 시절의 성취감이 남아 있어서인지 스스로 길을 잘 찾는다고 주장한다. 하지만 요즘은 자신감이 많이 줄었다. 기계가 가라는 대로 따라가면 어디든 갈 수 있지만, 두 번째 세 번째 가는 길도 기계의 힘을 빌리지 않고 찾아가기 버겁다. 인지 능력이 노화된 탓인가 싶기도 하지만, 그 사실을 인정하기 싫어서 이런저런 핑계를 궁리해 본다. 이쪽으로 가라 저쪽으로 가라 알려주는 기계 없이 스스로 길을 찾아가다 보면, 위에서 내려다 본 조망이라 할 수 있는 '지도'를 눈앞에 보이는 현실에 여러 차례 적용하는 경험을 한다. 시행착오도 거듭한다. 그러다 보면 지표가 되는 주위 환경이나 사물을 저절로 기억하기 마련이다. 그래서 지식이 몸에 새겨지는 경지가 되려면 뼈아픈 실수가 필요하다고들 하나 보다.

마침내 목적지인 대형마트로 들어선다. 건물 총면적이 축구장 아홉 배 넓이라는 이곳이야말로 한 번 들어서면 헤매기 십상이다. 네모반듯하게 나뉜 각 구역마다 어떤 물건들이 있는지 이름표가 친절히 달려 있을 뿐 아니라 직원에게 물어보기만 하면 목표물이 있는 지점으로 갈 수 있건만, 어느새 정신을 차려보면 원래 사려던 물건이 아닌 다른 물건들 앞에서 서성이고 있다. 오늘도 목표물을 향해 가는 길에 은빛으로 빛나는 스텐 냄비들 앞에 멈춰 서고 만다. 부엌 수납장 속에 쌓아 놓은 기름때 긴 나의 냄비들과 비교해 본다. 삼중바닥, 오중바닥, 열효율 같은 단어들이 머릿속에서 왔다 갔다 한다. 냄비를 새로 살 수 있는 그럴 듯한 이유를 생각해내려 애쓴다. 이미 오래 전부터 많은 이들이 집이나 옷을 직접 만들지 않게 되었으나, 음식을 직접 만드는 일만큼은 쉽게 포기하지 않는 것으로 보아… 아, 몰라, 어쨌든 냄비는 매우 중요한 것이다!

쇼핑을 마치고, 다시 기계의 안내에 따라 아직 며칠 밖에 머무르지 않아 우리집 같지 않은 우리집으로 돌아간다. 집에 와서 사온 물건들을 정리하고 나서 갑자기 깨닫는다. 정작 내가 사려고 했던 물건을 안 샀다는 사실을. 욕실 청소를 하려다가 세제와 청소 도구가 필요해서 어제 갔던 마트에 또 갔었다는 사실을. 그렇다면 축구장 아홉 배 넓이인 그곳에 또 가야 하는 건가. 한눈팔지 않고 목표물을 향해 돌진하려면 경주마처럼 눈 양옆을 가려야 하는 건가. 왜 안 되겠는가? 거듭되는 실수 덕분에 이제는 내비를 안 켜고도 잘 찾아갈 수 있을 것 같다. 내가 원래 길을 잘 찾는 편이기도 하니까. 차 열쇠를 집어 들면서 식탁 위에 얌전히 놓여 있는 새 냄비를 바라본다. 몇 십만 원씩 한다는 유명한 무쇠 주물 냄비는 아니지만, 내가 저지른 실수와 산만함의 증거인 그것. 참 예쁘다, 반짝반짝. (2018)

귀가

어릴 때 살던 동네에 우연히 들렀다가 옛집이 사라졌다
는 사실을 알게 되었다. 70년대 초반에 지어진 이층 양옥이었다.
쓸데없이 베란다가 넓고 슬래브 지붕이라고 불리는 평평하고
네모반듯한 옥상이 있는 집. 지금은 마당도 없는 4층 연립주택
으로 바뀌었다.

옛집 마당에는 커다란 감나무 두 그루와 앵두나무, 박하
나무가 있었다. 늦봄에서 초여름으로 넘어갈 무렵이면, 바람이
불 때마다 감나무에서 감꽃이 후드득 떨어졌다. 학교에서 돌아
오면 마당에 감꽃이 수북이 쌓여 있었다. 나는 나무줄기를 타고
올라가는 것을 좋아했다. 자랑삼아 높은 가지에서 뛰어내리곤
했다. 줄기가 두 갈래로 갈라지는 부분에 걸터앉아 책을 읽으려
애쓰기도 했다. 물론 책을 읽기에 적당한 자리는 아니었다.

이따금 옛집으로 돌아가는 꿈을 꾸곤 한다. 꿈속에서 나는 여전히 어린아이인데도 집은 너무 낡고 허물어져 안으로 들어갈 수 없다. 벽에는 가망 없는 균열들이 기어오르고, 기둥의 페인트칠은 까칠하게 곤두서 있다. 경첩이 떨어져 흔들리는 문을 조심스럽게 열고 방으로 들어간다. 빗물로 얼룩진 벽지에 손바닥을 대어본다. 차갑다. 집을 지탱하고 있던 생기가 사라졌다. 이럴 수가 있나. 집이라는 건, 언제나 굳건하게 그 자리에 서 있어야 하는 것 아닌가. 어린아이인 나는 어른의 목소리로 중얼거린다.

집은 언제든지 돌아갈 수 있는 공간, 세상을 향해 무장해제를 할 수 있는 유일한 자리이기도 하다. 자아의 거주지인 신체를 상징하기도 하고. 아직 어렸던 내가 살던 집이 낡고 허물어져 안으로 들어갈 수도 없는 지경에 이르렀음을 보여주는 꿈은 어쩌면, 이제는 쇠락한 몸과 아직 어린 마음이 서로 어긋나고 있음을 스스로에게 일깨워주는 것일지도 모른다.

우리 집이 사라졌다. 커다란 감나무 두 그루와 앵두나무 그리고 박하나무도. 감나무 위에 올라가 책을 읽어보겠다고 앉아 있던 어린아이도 사라졌다. 바람이 불면 쏟아지던 감꽃들의 기억도, 언젠가는. (2016)

들려도
들리지 않는

그날 나는 이모네 집 대청마루 모서리에 걸터앉아, 섬돌 위에 놓인 내 빨강색 쓰레빠 밑으로 개미들이 줄지어 들어가는 것을 바라보고 있었다. 마당으로 내려가서 놀고 싶은데 차마 쓰레빠를 신을 수 없었다. 개미들이 으스러지고 뭉개질 것 같아서. 섬돌 위에 찍혀 있는 검은 점과 붉은 얼룩들이 무심히 밟혀 사라진 개미들의 흔적일지도 모른다고 생각했다. 한쪽 구석에 걸려 있는 괘종시계가 울리기 시작했다. 쇳덩어리로 가슴을 짓누르는 것 같은 소리였다.

초등학교에 입학하기 전까지 나는 자동차를 타지 못했다. 버스나 기차는 타본 적도 없었고, 탈 엄두도 내지 못했다. 군용 지프를 개조한 아버지 차에 올라타 언니들 사이에 끼어 앉아 있을 때까지만 해도 괜찮았다. 막상 자동차가 움직이기 시작하

3부 기억에 대하여 177

면 세상이 무너지는 것 같았다. 비명을 지르면서 울었다. 결국 식구들끼리 차를 타고 나들이를 가거나 멀리 가야 할 일이 생기면, 어머니는 큰 이모에게 나를 맡겼다. 이모네 집은 바로 옆 동네였다. 동네에서 가장 큰 병원 앞 횡단보도를 건너 기차가 다니는 건널목을 지나면 개천이 나왔다. 개천을 따라 걷다가 '생사탕'이라는 간판이 달려있는 가게 옆 골목으로 쭉 들어가면 이모네 집이었다. 생사탕은 사탕이 아니라 뱀을 끓인 것이라고 언니들은 말했다. 진짜인지 거짓말인지 알 수 없었지만, 가게 앞에서 김을 뿜어내며 끓고 있는 큰 솥에서는 늘 역겨운 누린내가 났다.

어느 날 어머니가 나를 데리고 이모에게 가서 내일까지 맡아달라고 부탁했다. 문득 걱정스러웠다. 이모네 집이 또 물에 잠기면 어떡하지? 이모네 집은 길에서 계단을 서너 개 내려가면 마당이 있는 작은 한옥이었다. 어느 해 여름에 비가 많이 와서 개천이 넘쳤을 때, 이모네 집이 물에 잠겼다. 그때 어머니와 나는 길에 서서 이모네 식구들이 물을 퍼내는 것을 구경했다. 양동이와 대야와 냄비까지 동원되었다. 마당에는 책들이 둥둥 떠다니고 있었다. 얘는 차만 타면 멀미를 해서, 데리고 다닐 수가 없어. 어머니는 정말 아무것도 모르고 있었다. 나는 멀미를 하는 게 아니었다. 나는 움직이는 쇳덩이들이 무서웠고, 빨리 움직이는 쇳덩이들은 더 무서웠다. 기차는 타본 적도 없지만, 건널목 차단기 뒤에서 쏜살같이 달려가는 쇳덩이를 보기만 해도 온몸에 소름이 돋았다.

어머니와 이야기를 나누던 이모가 갑자기 목소리를 낮추었다. 나는 귀를 쫑긋 세웠다. 저 건널목에서 며칠 전에 사람이 죽었어. 달리는 기차를 향해 어떤 남자가 뛰어들었대. 아니, 왜? 어머니의 목소리에는 옅은 노란색 호기심이 담겨 있었다. 나는 고개를 돌려 어머니의 얼굴을 살폈다. 오랫동안 폐병을 앓았고, 늙은 어머니가 시장에서 장사를 해서 먹고살았는데, 낙상을 해서 일어나지도 못하게 됐대. 그런데 말이야. 갑자기 이모의 목소리가 괘종 소리처럼 무겁게 가라앉았다. 나는 겁이 나서 개미들을 노려보았다. 그 장면을 본 사람들이 그러는데, 오래 앓아서 뼈만 남은 청년이 엄청나게 큰 고함을 지르며 기차를 향해 뛰어 들었단다…. 쯧쯧. 어머니가 양미간을 찡그리며 혀를 찼다.

그게 바로 내가 들은 그 소리였을까. 건널목에서 기차가 지나갈 때 났던 소리. 짐승의 울부짖음 같은, 세상의 모든 억울함과 슬픔이 담겨있는 것 같은 소리. 왜 그 사람이 살아있을 때는 아무도 그 소리를 듣지 못했을까. 왜 그 사람이 죽고 난 뒤에 나에게 그 소리가 들렸을까. 하필이면 개미들이 밟혀 죽을까봐 섬돌 위에 놓인 신발을 신지도 못하는 나에게? 나는 마음을 굳게 다지며 쓰레빠를 신었다. 다시는 건널목 앞에 서 있지 말아야지. 두 손으로 귀를 막고 아무 소리도 듣지 말아야지.

한동안 잊고 있던 소리의 기억을 떠올린다. 어쩌면 지금도 세상의 모든 기차들은 잘 들리지 않는 소리와 함께 빨리, 더 빨리 달려가고 있을지도 모른다. 여전히 마음 여린 누군가는 그 소리를 듣고 있을지도 모르고. (2016)

빗방울이
부딪친다

빗방울은 유리창이든, 나뭇잎이든, 아스팔트 도로든, 어딘가에 자꾸 부딪혀야 존재가 증명되는 것은 아닐까. 창밖에 쏟아지는 비를 바라보며 허랑한 생각에 잠긴다. 태어나서 처음으로 비를 맞았을 때, 하늘에서 물방울 같은 것들이 마구 쏟아지기도 한다는 것을 알고 깜짝 놀랐을 것 같다. 난데없이 하늘에서 후드득 떨어지는 물방울들을 향해 손바닥을 펴서 내밀었을 것이고, 낯선 서늘함이 온몸을 훑고 지나가는 것이 느껴졌을 것이다.

하필이면 수업이 끝나는 시각에 딱 맞춰 소나기가 쏟아지던 날이 떠오른다. 신발주머니를 들고 학교 현관에 멍하니 서 있었다. 일기예보를 들었거나 비가 올 것 같은 하늘을 미리 살피고 우산을 챙겨온 아이들이 가장 먼저 떠난다. 그리고 서둘러 달

려온 어머니나 삼촌 이모들의 손에 이끌려 몇몇 아이들이 다음 차례로 사라진다. 이윽고 용감한 아이들이 책가방을 머리에 이고 달려가고, 데리러 올 사람은 물론 없지만, 그래도 막연히 무엇인가를 기다리던 아이들 한두 명이 남는다. 맨 마지막으로 남는 사람이 되기 싫어서 마침내 나도 빗속으로 달려 나간다.

빗방울이 팔뚝과 어깨에 부딪치고, 얼굴을 때리고, 머리카락이 젖고, 옷이 몸에 달라붙는다. 등허리로 빗물이 흐르고, 코끝에서 흙냄새와 물비린내가 나고, 입속으로 빗물이 흘러들어오고, 속옷이 젖고, 양말이 젖고, 드디어 내 몸에서도 빗물이 뚝뚝 떨어지기 시작한다. 그러자 웬일인지 잔뜩 움츠리고 있던 등이 쭉 펴진다. 나는 멈춰 선다. 이제 달리지 않아도 될 것 같다. 눈을 깜빡이지도 않아도 되고, 물이 고여 있는 웅덩이를 피하지 않아도 될 것만 같다. 차갑고 침착한 마음이 되어 주위를 둘러본다. 내 또래의 아무도 하지 못한 일을 해내어 더 크고 넓은 사람이 된 기분이 든다. 우리 집 현관문을 열고 들어서는 순간, 밖에서 옷도 신발도 다 벗고 들어오라는 어머니의 다급한 목소리가 들려온다. 나는 어쩐지 서럽지만, 힘든 일을 해내고도 아무도 알아주지 않는 외로운 영웅이라도 된 듯, 서러워서 더 자랑스럽다.

어릴 때처럼 흠뻑 젖을 때까지 비를 맞고 달려가 보고 싶다. 그냥 잠시 해보는 생각이다. 이제는 일부러 우산 없이 빗속을 달린다 해도, 남의 우산 속으로 뛰어 들어가거나 어디서 잠시 비를 피할 주변머리조차 없던 그 아이로 돌아갈 수 없다. 더 큰 사람이 된 듯 서럽고도 자랑스러웠던 순간도 이제 다시 오지 않을 것이다. (2016)

여름방학이
끝나가고 있다

밤새 몰아치던 비바람이 더위를 몰아냈나. 아침부터 선선한 바람이 분다. 순도 높은 우유 크림을 휘휘 저어놓은 듯한 구름이 하늘의 반을 차지하고 있다. 매미 울음소리가 요란하다. 일하지 않으면 죄책감을 느낄 것 같던 사람들이 놀지 않으면 죄책감을 느낄 것처럼 산과 바다로 휴가를 떠났다가 돌아오고, 태극기 휘날리던 광복절이 지나고 나면, 어김없이 이런 바람, 이런 하늘, 이런 햇빛의 시공간이 펼쳐진다. 이즈음 혼자 중얼거리곤 한다. 여름방학이 끝나가고 있구나.

대부분 그렇듯 어린 시절에는 더위를 몰랐다. 뜨겁게 달궈진 날씨가 좋았고, 방학이 있어 더 좋았다. 그러나 벼르기만 하다가 몇 번 가보지도 못한 수영장이 어느 날 문을 닫아버리고, 여전히 달콤하기만 한 늦잠은 뿌리치기가 힘든데, 쏜살같이 흘러가는 아까운 하루 끝에 저녁놀이 짙은 선홍으로 물들어가는 날들이 오고야 만다. 폭염이 지속되어 여름이 끝나지 않기를, 임시휴교령이라도 내려져 개학이 지연되기를 기대하지만, 그런 일은 좀처럼 일어나지 않는다. 친구들에게 방학 숙제를 수소문하고 밀린 일기를 써야 하는 시점이 된 것이다.

써 본 사람은 알 것이다. 밀린 일기는 기억이 아니라 상상으로 쓰는 것임을. 모아둔 신문 뭉치를 찾아 몇 월 며칠에 비가 왔는지 확인하던 순진함을 포기한 뒤에는, 그저 적당한 주기로 맑음, 흐림, 비를 기록하는 꼼수를 썼다. 어머니를 조르고 졸라 수영장에 갔던 날이 두어 번 있었을 뿐, 방학 내내 아침 먹고 만화책 보고 점심 먹고 낮잠 자고 저녁 먹고 티브이 보다가 잤던 하루들의 연속이었는데, 일기란 도대체 왜, 뭘 써야 하는 건가.

일상이 단조로워 일기 쓰기가 고역인 것만은 아니었다. 선생님에게 검사를 받아야 하는 일기에 언니들과 온종일 고스톱을 쳤다든가, 화장실이 너무 더러워서 수영장 물속에 몰래 오줌을 눠버렸든가, 수영장에서 표도 받고 핫도그도 파는 사람은 겨울에는 동네 버스정류장에서 군고구마를 파는데, 우리끼리 그 사람을 '바보 형'이라고 부른다든가, 그런 이야기는 쓸 수 없었다. 언니들과 대청소를 하며 유리창을 닦았고, 광복절에는 아침 일찍 일어나 태극기를 달았으며, 하나밖에 없는 아이스크림을 동생에게 양보했다는, 믿기 힘든 거짓말이나 일부러 저지른

선행을 기록했다. 누군가가 가르쳐준 것도 아닌데, 일기에 쓰면 안 되는 것과 써야 하는 것을 나름 구분할 줄 알았다. 그러면서 단조로운 일상은 딱히 거짓이라기보다는 진짜가 아닌 무엇처럼 느껴졌다.

일기에 쓸 거리조차 없이 흘려보낸 나날이 무에 그리 아까워, 여름방학이 끝나는 게 아쉽고 분했을까. 언젠가는 4차원의 문이 열려 진짜 같은 세상으로 날아갈 수 있을 것이라 믿었나. 그건 꼭 빈둥거릴 수 있는 방학에만 가능한 일이었나.

여름방학이 끝나가고 있다. 마침내 지구가 망가져 버려 폭염이 끝없이 지속될까 걱정했으나, 그런 일은 일어나지 않았다. 일기를 검사하는 사람은 어디에도 없음에도, 밀린 일기 쓰듯 꾸역꾸역 삶을 전시하는 것도 여전하다. 언젠가는 정말로 방학이 끝나버려, 그건 내가 아니라고 부인하던 것들이 오갈 데 없는 나임을 인정할 시간이 올 것인가. (2019)

P.S. 수영장에서 핫도그 팔던 동네 '바보 형'을 20대의 어느 날 용산역 승강장에서 마주친 적이 있다. 그는 당연히 나를 몰랐으나 나는 그를 알아보았다. 그는 커다란 트렁크를 낑낑 떠메고 장항선 열차에 올랐다. 활기차게 껌을 딱딱 씹고 있던, 황갈색 긴 퍼머 머리 여자의 트렁크였다. 여자가 좌석을 찾아 앉자, 그는 고향에 가서 잘 살라고 민망할 정도로 큰 목소리로 어

눌하게 말했다. 그리고 느릿느릿 열차에서 내렸다. 거짓말 같은
기억의 한 장면이다.

4부
세상에 없는 집

'아라비아의 로렌스'를
보러 가다

통장에 딱 오만 원 밖에 안 남았던 때가 있었다. 흔히 사람들이 IMF 환란이라고 부르는 시기였다. 나는 그때 경기도와 강원도의 경계에 자리 잡은 오지의 어느 마을에 살고 있었다. 그곳에서 조그만 텃밭을 일구고 동네 아이들을 가르치고 이따금 번역을 하면서 생계를 이어갔다. 겨울이 시작될 무렵, 과외일과 번역일이 동시에 끊겼다. 도시가스가 들어오지 않던 곳이라 집의 난방을 기름보일러로 하고 있었는데, 마침 그날 기름도 떨어지고 말았다. 낭떠러지 끝에 선 기분이었다.

그곳에 살 때는 하루 종일 라디오를 틀어놓고 살았다. 내가 살던 마을은 면사무소가 있는 읍내에서 좀 떨어진 산중턱에 자리 잡고 있었고, 마을 전체가 TV 난시청 지역이었다. 케이블 방송도 들어오기 전이었고. 지붕에 설치한 안테나가 바람이 거

세게 불어 방향이 틀어지면 TV를 못 보는 날도 있었다. 그럴 때
는 오직 라디오만이 세상과 연결된 통로였고, 그게 꽤 위로가 됐
다. 그러나 기름통이 텅텅 비어 집 안에서 찬바람이 불던 그날은
라디오 소리도 듣기 싫었다. 마음도 차가운 돌덩이로 변해버린
것 같았다. 내가 느낄 수 있는 감정은 오직 사람들이 밉고 세상
이 싫고 짜증난다는 것뿐이었다.

멍하니 앉아 있다가 라디오를 끄려고 일어섰는데, 좋아
하는 노래가 흘러나왔다. 그 순간 '얼마 전에 저 노래를 들었을
때는 이렇지 않았는데,' 라는 생각이 떠올랐다. 저 노래 하나를
듣는 것만으로도 잔뜩 쌓인 설거지 하는 일조차 재밌었는데. 그
때와 지금은 뭐가 다르지? 달라진 건 별로 없었다. 쪼들리지 않
고 생활한 적은 거의 없었으니까. 달라진 것은 내 마음이었다.
이제 손 쓸 도리 없이 까마득한 밑바닥으로 떨어질 거라는 두려
움으로 황폐해져 있었다.

그날 통장에서 오만 원을 찾아서 손에 들고 서울에 올라
갔다. 초등학생이던 아들과 대형스크린이 있던 옛 대한극장에
서 〈아라비아의 로렌스〉를 보았다. 대한극장을 헐고 새 극장을
짓기 전에 70밀리로 찍은 옛 영화를 재상영하는 이벤트 같은 것
이었다. 영화를 보고 남은 돈으로 피자도 사먹었다. 그리고 어머
니에게 전화를 걸어서 기름이 떨어졌으니 돈을 빌려달라고 호
소했다. 주위 사람 여럿에게 도움을 받아 그해 겨울을 난 뒤, 봄

에 일거리를 구했다.

그로부터 한참 후, 대학생이 된 아들이 국가 장학금을 신청하는 과정에서 나의 연소득이 우리나라 하위 30퍼센트에 속한다는 사실을 알았다. 이따금 주위 사람들이 나에게 무슨 방도를 강구해야 하지 않느냐고, 어떻게 그렇게 태연하게 살 수 있느냐고 묻는다. 나의 게으름을 탓하는 것이겠지. 물론 나는 명품이나 호텔 뷔페 같은 건 누리지 못한다. 그렇다고 그것이 내가 행복하지 못하다는 증거는 아니다. 가난은 힘든 것이지만 가난에 대한 두려움이나 경멸보다 더 끔찍하지는 않다. 어쨌든 〈아라비아의 로렌스〉를 보러 간 그날 이후, 마음을 옥죄고 있던 매듭 하나가 풀린 느낌이 들었다. 이제는 내가 가난하다는 생각을 거의 하지 않는다. (2015)

폭설

옛날 영화 속으로 걸어 들어온 것처럼 세상이 온통 모서리가 둥근 무채색으로 변해간다. 눈물 콧물 흘리면서 실컷 울고 난 뒤 기분 같아서, 문득 고개를 들어 주위를 둘러보니 하나 둘 눈송이가 흩날리고 있다. 과연 땅에 가 닿을 수 있을지 싶은, 가만한 움직임이다. 하지만 나는 안다. 폭설은 눈이 내릴 것 같은 기미에서 이미 시작되는 것임을. 오지 않는 마을버스를 기다리다가, 전봇대 아래 버려진 택배 상자가 눈에 젖어 짙은 갈색으로 물들어가는 것을 지켜보면서 옛 기억을 되살린다.

경기도 어느 외진 산속 마을에서 과외를 하면서 생계를 이어가던 시절이었다. 그날따라 차로 2,30분 거리에 있는 학생 집으로 내가 직접 가야 할 사정이 생겼다. 늦은 오후부터 하늘은 잔뜩 흐렸고, 폭설이 내릴 것이라는 일기예보도 있었다. 그래도 아직 내리지 않은 눈 때문에 수업을 취소할 수는 없었다. 눈 걱정보다는, 초등학생인 아들이 저녁시간에 혼자 집에 있어야 하는 게 마음에 걸렸다. 이른 저녁을 먹이고 아들이 즐겨보는 만화가 시작될 무렵 TV를 틀어주고 집에서 나왔다. 그날만은 만화에서 무서운 장면이 나오지 않기를 바라면서.

학생 집에 도착할 무렵 오는 둥 마는 둥 눈발이 가볍게 흩날렸다. 일기예보에서는 늦은 밤부터 다음날 아침까지 눈이 내릴 것이라 했으므로, 미리 걱정하지 않았다. 두 시간쯤 뒤에 밖으로 나와 보니 함박눈이 쏟아지고 있었다. 눈은 이미 발목까지 쌓인 상태였다. 다른 방법이 없었으므로, 조심스럽게 차를 움직여 집으로 향했다. 눈이 아니더라도 오가는 차들이 거의 없는 도로였다. 눈발은 점점 더 거세졌다. 가로등도 없고 집도 없는 허허벌판이라 어디가 도로이고 어디가 논과 밭인지 전혀 구분할 수 없었다. 갓길이라고 생각되는 지점에 차를 세웠다. 하얀 눈이 뭉텅뭉텅 쏟아지는 하얀 세상이 끝없이 이어져 있을 뿐이었다. 집에 혼자 있는 아들이 떠올랐다. 무슨 일이 있어도 집으로 돌아가야 한다. 이대로 눈 속에 갇혀 있을 수는 없다. 내가 이 길을 걸어갈 수 있을까.

그 순간 주술처럼 쏟아지는 눈발 속에서 언젠가 똑같은 말을 중얼거렸던 기억이 떠올랐다. 집에서 기다리고 있는 아들만큼 내가 어렸을 때였다. 날이 어두워진 것도 모르고 친구 집에서 놀다가 허둥지둥 집으로 돌아오는 길에 동네 어귀에서 걸음을 멈췄다. 함박눈이 쏟아지는 것 말고도 뭔가 이상했다. 공사를 하느라 그날 아침까지도 가려져 있던 차단막이 걷혀 있었는데 그 자리에 보여야 할 풍경이 보이지 않았다. 여름마다 앵두나무 덤불을 헤치고 내려가 가재를 잡던 개천이 거짓말처럼 사라지고 넓고 밋밋한 낯선 공간이 펼쳐져 있었다. 개천을 덮고 새로 낸 도로였다.

저 길로 걸어갈 수 있을까. 호기심과 두려움이 동시에 밀려왔다. 눈앞에 열려있는 아무도 지나가지 않은 길, 한 발을 내딛으면 자칫 사라진 개천 속으로 푹 꺼져 버릴 것 같은 길. 나는 용기를 내서 눈발이 휘날리는 하얀 길로 들어섰다. 희뿌옇게 빛나는 어둠을 헤치고 걸어가는 내내 어린 나는 이상한 기분에 사로잡혀 있었다. 나중에 이 순간을 기억할 수 있을까. 오랜 시간이 흘러 어른이 되고 또 할머니가 되었을 때, 그때의 내가 지금의 나를 기억할 수 있을까.

마침내 시간의 어지럽고 긴 터널을 빠져나온 과거의 내가 미래의 나를 바라보고 있다. 기억처럼 고요히 눈이 내리기 시작하고, 버려진 택배 상자를 적시던 차가운 눈송이들이 구겨지고 찢어진 상자를 하얗게 덮어가는 순간, 이미 약속시간을 놓친

내 앞에 영영 오지 않을 것 같던 마을버스가 눈발을 헤치고 나타
나는 순간. (2017)

귀농 실패기

　처음 시골에 내려가서 살 결심을 했을 때는 사과나무를 심고 열매를 따서 먹고살 계획이었다. 벌써 십오륙 년 전 일이다. 나는 도시에서 태어나 도시에서 자랐으므로, 나무를 심고 키우는 일이 어떤 것인지 전혀 모르면서 대책 없는 몽상에 빠져 있었다. 사람은 몸을 쓰는 노동과 정신을 쓰는 노동을 반반 하면서 살아야 이상적이라고 여겼고, 마음만 먹으면 그렇게 살 수 있을 거라고 믿었다.

　막상 귀농이라는 것을 해보니 모든 것이 예상과 달랐다. 낮에는 농사를 짓고, 밤에는 정신의 노동을 한다는 게 불가능했다. 한 달에 한 번 이상 나무에 약을 치고 가지치기를 하고 꽃을 따주고 열매를 보살피는 일, 수확을 해서 상품으로 내놓는 일, 판로를 개척하는 일 모두 때를 놓치지 말고 해야 할 일들이라, 낮과 밤으로 나눠서 일을 한다는 게 불가능했다. 해야 할 일이 산더미처럼 쌓일 때가 있었고, 한겨울처럼 할 일이 전혀 없는 때도 있었다. 게다가 낮에 농사일을 하고 나면 저녁에는 아무것도 하고 싶지 않았다. 책을 읽거나 글을 쓸 힘이 남아 있지 않았다. 더 큰 문제는 그렇게 해도 먹고살 만큼 돈을 벌 수 없었다는 것. 오죽하면 농사지을 때 들어가는 비용을 은행에 넣어두고 이자만 챙기는 게 더 이익이라는 우스갯소리도 있었을까. 우여곡절 끝에 정신을 차려 보니, 나는 농사를 접고 동네 아이들을 모아 과외를 하면서 생계를 이어가고 있었다.

가르치던 학생들 대부분은 그 동네에서 민박집을 하거나 장사를 하는 집 아이들이었다. 어느 날 민박집 딸 하나가 우울한 목소리로 이런 이야기를 했다. "서울에서 엠티 온 대학생 언니오빠들이 이장님이 방송하는 소리를 듣고 막 웃었어요. 와, 이 동네는 완전히 전원일기네, 라고 하면서요. 그 말을 들으니 너무 창피해서 그 언니오빠들 앞을 지나갈 수가 없었어요." 나는 그게 무슨 말인지 이해할 수 없었다. 도대체 뭐가 창피한 거지?

그때만 해도 시골에 사는 사람들은 문화생활을 할 기회가 거의 없기 때문에 텔레비전을 열심히 봤다. 텔레비전에서 보여주는 그림들 대부분은 도시 생활이었다. 아이들은 모두 언젠가는 아파트에서 살아보겠다는 꿈을 갖고 있었고, 휴일이면 직행버스를 타고 가까운 도시의 백화점이나 극장을 향해 몰려 나갔다. 동네 주민들 대부분은 노인들이었고, 초등학생들은 부모가 도시에서 맞벌이를 하거나 이혼을 해서 시골의 조부모에게 떠맡겨진 경우가 많았다. 가까운 호숫가에는 모텔들이 즐비했고, 마을을 둘러싸고 있는 산중턱에는 골프장이 두 개나 있었다.

아들이 중학생이 되던 해에 나는 그곳을 떠나 도시로 돌아왔다. 흔히 하는 말로 교육 환경이 좋지 않아서였고, 아들을 대학에 진학시키려면 일찌감치 도시로 나가야 한다는 것을 깨달았기 때문이다. 내가 이사를 간다고 하자, 가르치던 학생들은 왠지 화가 난 것 같았다. 떠나는 나에게 학생들이 마지막으로 했던 말이 기억난다. "선생님은 정말로 안 떠나실 줄 알았어요." (2015)

미원의
잣나무 숲

나무들은 바람을 좋아해요. 나무에게는 볕이 잘 드는 것도 중요하지만 바람이 잘 통하는 곳에 있는 것도 중요해요. 집안에 있는 화분에 심은 오렌지재스민 나무를 천장 높이까지 무성하게 잘 키운 사람에게 비결을 묻자 돌아온 대답이었다. 왜요? 과학에 근거한 설명을 기대하며 이유를 물었으나 뜻밖의 대답이 돌아왔다. 나무들은 발이 땅에 묶여 있잖아요. 바람이 불 때만 그나마 몸을 움직일 수 있거든요.

십여 년을 살았던 시골 동네의 옛 이름은 '미원'(迷原)이었다. 막 이사 갔을 무렵의 어느 날 새벽, 정체를 알 수 없는 웅성거림에 잠이 깼다. 한참 동안 귀를 기울이다가 그것이 새들의 울음소리임을 깨달았다. 새들은 해뜨기 바로 직전, 또는 해가 지고 난 바로 직후의 어스름 속에서 가장 시끄럽게 운다. 둥지에서 나가고 들어올 때의 부산함 때문일까. 시골에 살면서 알게 된 새들의 습성이다. 창문을 열고 새벽 들판을 내다보았지만, 새들은 보이지 않고 안개만 자욱했다.

높은 산자락에 자리 잡은 동네에는 아침마다 골짜기와 아랫녘 호수로부터 짙은 안개가 올라왔다. 여름 한 철을 제외하고는 정오 가까운 시각이 되어서야 안개가 걷히고 햇살이 비치곤 했다. 아침 산책은 한 발자국 앞이 보이지 않는 미로를 따라 끝없이 걷는 일이었다. 걷다 보면 내가 왜 이 자리에 서 있는지, 이제까지 걸어온 길은 어디로 사라졌고 또 어디로 향하는지 알 수 없게 되어 버린다. 그럴 때마다 나는 그 동네의 옛 이름이 미원이라는 사실을 떠올렸고, 그건 미혹의 근원이라는 뜻일지도 모른다고 추측했다. 미혹. 무엇에 홀려 넋이 나감. 정신을 차리지 못하고 갈팡질팡 헤매게 됨.

안개 자욱한 숲속에는 사계절 푸른 잣나무들이 묵언 중인 수도사들처럼 서 있었다. 나무들은 땅에 발이 묶였으니, 걸어온 길도, 앞으로 걸어갈 길도 없을 것이다. 아니 그게 아닐지도 모른다. 나무들의 길은 시간의 길. 땅속의 시간에서부터 저 높은 우듬지의 시간에 이르기까지, 중력을 거슬러 솟아오르던 시간의 길이 있다. 바람이 불면 나무들은, 들을 귀가 있는 자는 들으라는 듯, 그들이 지켜 본 시간의 켜에 대해 탄식과 허밍으로 고요히 말하기 시작한다. 숲에서 자주 길을 잃었던 나는 미혹의 근

원을 뚫고 솟아오른 수직의 이야기에 오래 귀 기울이며 내 삶에
앞으로 쌓일 시간의 켜들을 가늠해 보곤 했다. (2016)

산 정상에서는 호수가 보였다. 산을 오르는 일은 힘들고 지루했다. 보기 드문 야생화들이 군데군데 피어 있는 호젓한 오솔길을 따라 피톤치드를 호흡하며 걷는 산행이 아니었으니까. 흔히 산판길이라고 부르는, 솎아낸 나무들을 실어 나르기 위해 거칠게 닦아놓은 흙길을 따라 걸어야 했다. 육중한 트럭의 거침없는 바퀴들이 파헤쳐 놓은 산길에는 그늘 한 점 없었고, 잠시 앉아 쉴 수 있는 바위조차 눈에 띄지 않았다. 한숨 돌릴 때는 키 크고 무뚝뚝한 침엽수들이 서 있는 숲속으로 몇 발짝 들어가야 했다. 쓰러져 있는 나무 등걸에 걸터앉으려 다가가면 이끼 낀 돌 틈으로 화려한 넥타이 무늬의 뱀이 구겨져 있던 몸을 길게 펼치며 나타났다.

시골에 살면서 나는 일주일에 한 번은 뒷산에 올랐다. 그

때는 이유를 잘 몰랐는데 지금 생각해 보면 산 너머에 있는 호수를 내려다보려고 기어이 꼭대기까지 올라갔던 것 같다. 물론 아스팔트 도로를 따라 차를 타고 십 분만 이동하면 코앞에 호수가 나타났다. 그러나 그 호수는 그 호수가 아니었다. 산 위에서 내려다보이는 호수에는 사람 손을 탄 탁한 기운이 없었다. 둥둥 떠다니는 스티로폼 조각이나 페트병들도 보이지 않았고, 악취에 가까운 물비린내도 나지 않았다. 멀리 있는 연인처럼 땀구멍도 주름살도 체취도 없는 아름다운 이미지뿐이었다. 황량한 길을 따라 한 시간 반쯤 땀 흘리며 올라가야, 그 정도의 진정성으로 확보된 거리가 있어야, 숨겨둔 미덕처럼 호수는 적요한 물빛으로 홀연히 나타났다. 깊은 물빛을 함께 나눌 친구가 없어 나는 조금 외로웠으나, 외로워서 더 좋은 외로움이었다.

지금 살고 있는 동네의 뒷산에 오르면 서울 강북의 한 자락이 펼쳐진다. 저렇게 많아도 내가 들어갈 수 있는 곳이 없다는 사실이 볼 때마다 새삼스러운 아파트들, 산비탈을 따라 나란히 늘어서 있지만 사는 규모가 확연히 차이가 나는 주택들. 하루에 만나는 사람들 숫자가 다섯 손가락 안쪽이던 산골에서 살 때 그토록 그리워하던, 사람들이 모여 사는 풍경이다. 즐비한 지붕들과 창문들은 와글와글 땀구멍과 주름살과 체취를 드러내며 저마다의 사연을 호소하고 있다. 그렇구나. 집들은 너무 말이 많구나.

푸른 침묵으로 가라앉아 있던 호수는 어디에 있나. 예전에 본 영화 제목이 머릿속에 떠오른다. 내 친구의 집은 어디인가. 나는 여전히 외로운 건가. 이것은 외로워서 더 좋은 외로움인가. (2016)

월식

서쪽을 바라보고 있는 집에서 살았던 적이 있다. 산으로
둘러싸인 시골집이었다. 한 군데 확 트인 정면으로 듬성듬성 흩
어져 있는 마을 집들의 푸르고 붉은 지붕이 내려다보였다. 아침
저녁으로 골짜기에서 올라오는 안개가 유독 짙은 날에는 지붕
들이 희뿌옇게 지워지기도 했다. 도시 사람들이 놀러와 "이 집이
서향이지요?"라고 물어보면, 나는 괜한 트집이라도 잡은 듯, "아
니에요, 남서쪽이에요."라고 대답하곤 했다. 그러면 집은 남쪽으
로 조금 몸을 틀어주었다.

밤늦도록 텔레비전을 보다가 마루에서 잠들었던 날, 서
늘한 기운에 눈을 떴다. 창문 너머에, 굳이 고개를 들거나 돌리
지 않아도 되는 편안한 각도에, 달이 둥실 떠 있었다. 눈을 감고
다시 잠들기 안타까울 정도로 가까이 대면한 달빛이었다. 달은

잠시 머뭇거리는 듯하더니 스르륵 움직여 산 너머로 사라졌다. 달이 움직이는 것을 보다니! 의외로 그리 길지 않은 시간이었다. 달이 사라진 하늘을 바라보며 꿈을 꾼 것인가 의아해하다 뒤늦게 마음이 설레었다.

시골을 떠나 도시로 이사 온 뒤 나는 집 없는 사람이 되었다. 서울 주변부 신도시들 이곳저곳으로 옮겨 다녔고, 태어나서 처음으로 아파트에서도 살아보았다. 대부분은 내 소유가 아닌 곳들이었고, 한동안 내 소유인 곳도 있었다. 그러나 그 어느 곳도 우리 집이라는 느낌이 들지 않았다. 부엌 유리창이 얼어붙어 열리지 않는 일도 없었고, 축사에서 올라온 쇠파리 떼가 천장을 점령하는 일도 없었다. 생필품을 사러 한참 차를 타고 나갈 필요도 물론 없었다. 그러나 춥지도 않고 사는 데 큰 불편함이 없는 그 주거 공간들이 집처럼 느껴지지 않았다. 창문 밖을 가로막은 수직과 수평의 선들이, 견고한 붉은 벽돌담이 눈앞을 막아설 때마다 나는 집에 가고 싶었다. 집에 가고 싶다. 집에 가서 마루에 낡은 이부자리 펴고 눕고 싶다. 누웠다가 눈을 뜨면 나를 내려다보던 달이, 고요히 산 너머로 모습을 감추는 집으로 돌아가고 싶다. 나의 우울은 없는 집을 그리워하는 증상으로 나타나곤 했다.

"집이 있었으면 좋겠어요. 나이가 드니까 부쩍 더 그래요." 며칠 전에 만난 선배에게 하소연했다. "요즘 제가 책에서 읽은 건데, 우리나라에서는 집을 사는 게 돈을 버는 거래요. 그것도 서울에 아파트를 사야 한대요." 선배는 어이없다는 듯 나를 바라보았다. "누가 그걸 모르니? 돈이 없어서 집을 못 사는 거지. 그런데 넌 그걸 이제야 책을 읽고 알았다는 말이냐?" 할 말이 없어진 나는 또 칭얼거렸다. "어쨌든 집이 없으니까 쓸쓸해요." 선배는 싱긋 웃었다. "난 안 그래. 아직은 이집 저집 돌아다니는 게 재밌어." 생각해 보니 선배는 한 군데에서 2, 3년 이상 살아본 적이 없는 사람이다. 나처럼 서울을 중심으로 빙빙 돌았던 것도 아니다. 아무 연고도 없는 바닷가 도시로 이사했다는 소식이 들렸는가 하면 어느새 다른 도시로 홀쩍 떠나곤 했다. 냉동 창고들 사이 파랗게 토막 난 바다가 보이던, 선배의 예전 집 창밖 풍경이 떠올랐다. 그 순간 갑자기 깨달았다. 내가 그리워하는 집은, 집 안에 있는 게 아니라 집 밖에 있는 것이로구나.

그날 선배를 포함한 우리 일행은 낡은 한옥을 개조한 음식점 마당에 앉아 있었다. 처마와 출입문 사이를 천막과 비닐로 얼기설기 막아놓은 하늘이 보였고, 그 좁은 하늘로 보름달이 언뜻 보였다. 분명히 보름달이었다. 그런데 이따금 한 번씩 올려다볼 때마다 달의 모양이 바뀌어 갔다. 점점 작아졌다. 빌딩 그림자가 달을 가리는 것인가. 사람들 대화에 한참 귀 기울이고 있다가 문득 궁금해져 다시 올려다보았다. 달은 이미 사라지고 없었다. 그것, 참 허랑한 일이었다. (2018)

달에게
주문을 걸다

지붕 위로 올라가 하늘을 바라볼 수 있던 시절이 있었다. 내가 살던 시골집에는 낮은 2층 같은 구조의 다락방이 있었고, 그곳에서 창문을 통해 지붕 위로 올라갈 수 있었다. 지붕의 경사는 완만해서 걸어 다니거나 걸터앉거나 누워있어도 불편하지 않았다. 밤이든 낮이든 지붕에 올라가면 세상이나 다른 사람들로부터 잠시 벗어나 한가하고 편안한 거리를 확보한 느낌이 들었다.

아무래도 볕이 쨍쨍 내리쬐는 낮보다는, 달이나 별을 지켜볼 수 있는 밤에 지붕 위에서 자주 올라가게 되었다. 지붕에서 가장 골똘히 바라본 것은 달이었다. 맨눈으로 볼 수 있는 가장 크고 환하게 빛나는 존재니까. 달의 실제 크기는 태양의 400분의 1밖에 안 되지만, 지구에서 태양까지의 거리 또한 우연히도 지구와 달 사이 거리의 400배이기 때문에 우리 눈에는 달과 태양이 같은 크기로 보인다고 한다. 어떤 이들이 그것을 '우주적 우연'이라고 부른단다. 달이 하나가 아니라 둘이었더라면, 우주적 우연 덕분에 태양만큼 크게 보이지 않았더라면, 사람들은 달을 보며 무엇인가를 빌거나 사랑하는 이의 얼굴을 떠올리거나 하지 않았을지도 모르는 일이다.

지붕 위를 비추는 달빛은 돈을 많이 벌거나 건강하게 해 달라는 현실적인 소원을 말하기에는 너무 맑고 은밀했다. 달이나 별은 사람이 상상할 수 있는 아름다움의 극치가 아닐까, 신비한 빛에 압도된 나머지 몽상에 빠져들기도 했다. 밤하늘에는 몇백 광년이나 떨어진 별들이 수두룩하므로, 몇백 년 전 출발했을 별빛을 바라보며 누워있노라면 시간여행을 하는 기분이 되었다. 내가 바라보고 있는 것은 별들의 과거일 테니까. 밤하늘이라는 타임머신 속을 움직여가던 달은 나에게 '여기가 아닌 다른 곳'을 끊임없이 속삭였다.

며칠 전 지붕 위가 아니라 아파트 창문 너머로 보름달을 바라보았다. 이미 시골을 떠나 도시로 이사한 지 오래되었으니까. 비슷비슷하게 생긴 각진 건물들 사이에 둥근 달이 덩실하니 떠 있는 모습은 편안했다. 올해 보름달은 불그스름한 빛을 띠고 있었으나, 고대 사람들의 믿음처럼 전쟁을 일으키거나 사람을 미치게 하는 힘은 잃어버린 듯 보였다. 어쩌면 고작 아버지에서 아들로, 다시 그 아들로 이어지는 혈연을 확인하고 다지는 명절의 상징으로 붙박여버린 탓일지도 모르겠다. 오래전 세상과 동떨어져 지붕 위에서 홀로 바라보던 마법 같은 달을 그리워하며, 이번에는 내가 달에게 주문을 걸어 본다. '여기가 아닌 다른 곳, 지금이 아닌 다른 시간', 이라고. (2015)

응답하라

추운 날. 화재경보기가 울린다. 현관문을 열고 밖으로 나간다. 복도에 늘어서 있는 문들이 하나둘 열린다. 사람들이 멀뚱멀뚱 서로를 바라보거나 주위를 둘러본다. 연기나 불꽃의 징후는 보이지 않는다. 집안으로 들어온다. 다시 경보음이 울린다. 오전 내내 벌써 세 번째다. 하필이면 이런 날, 내가 살고 있는 도시가 모스크바보다 더 춥다는 날, 화재경보기는 왜 자꾸 저 혼자 울리는가.

늑대와 양치기 소년 이야기가 떠오른다. 처음 그 이야기를 읽었을 때, 아직 어린아이였던 나는 좀 슬펐다. 아무리 여러 번 거짓말을 했다고 해도, 홀로 있는 소년 앞에 늑대가 나타났다는데, 그래도 마을사람들은 끝내 달려와야 할 것 같았다. 외로워서 거짓말을 했는데, 그 때문에 모든 것을 잃어버리는 치명적 외로움에 이르게 되다니. 교훈이란 차갑고 단단하다. 변주도 반전도 예외도 쉽게 허락하지 않는다.

거짓말이 아니라 반복되는 상황의 상투성이 문제였는지도 모른다. 늑대가 나타났다는 외침이 당연한 일상이 되어버리는 순간, 그 속에 담긴 진정성은 사라진다. 마음을 사로잡는 위험의 매혹도 사라진다. 사람뿐 아니라 살아있는 동물은 모두 새롭고 낯선 자극에 쉽게 반응한다. 위험신호이기 때문이다. 여러 번 반복되어 안전하다는 판단이 내려진 자극은 종종 무시된다. 뒤집어 생각하면 우리가 안전하다고 여기는 어떤 상황이나 말들은 그저 화석으로 굳어진 거짓말에 불과할지도 모른다. 유효한 정보도, 현실에 균열을 일으킬 진실도 사라진.

날카로운 벨소리가 울려 퍼진다. 화재경보기가 오작동하고 있다는 방송이 흘러나온다. 그래도 문을 열고 밖으로 나가고 싶지만, 심장도 얼어붙게 만들 추위가 발목을 잡는다. 나도 모르는 내 마음이 화재경보기를 자꾸 건드리고 있다는 거짓말이 떠오른다. 안전한 일상 한 구석에 늑대 한 마리가 털을 부풀리며 숨어있다는 또 다른 거짓말도. 어떻게 할 것인가. 피 흘리지 않는 따뜻한 일상에 응답할 것인가. 순한 양떼를 흩뜨리며 나타날 늑대에게 응답할 것인가. (2016)

TV와
아파트

오래된 집들이 다닥다닥 붙어 있는 서울 강북의 좁은 골목길을 누비며 어린 시절을 보낸 나는 한강변에 늘어서 있는 번듯한 아파트들과 그 안의 삶에 대해 막연한 동경을 품고 있었다. 오랜 세월 동안.

산골에서 십오 년여를 살다가 서울의 주변부로 돌아왔을 무렵 마침내 아파트라는 공간에서 살아볼 기회를 얻었다. 태어나서 처음 경험하는 일이었다. 집을 얻기 위해 이집 저집 구경하고 다니다가 아파트라는 공간이 이제 어린 시절 상상했던 것처럼 화려하고 편안한 곳이 아니라는 사실을 깨닫게 되었다. 복도에 내놓은 잡동사니와 쓰레기봉투 때문에 걸어 다니기 힘들 정도로 복잡한 복도식 아파트라는 곳도 보았고, 식구가 너무 많아서 어르신이나 아이들이 거실을 방으로 사용하는 곳도 목격했다. 그럼에도 흥미로웠던 것은 허름하든 말끔하든 화려하든, 아파트에서 차지하는 TV의 위상이 동일하다는 것이었다. TV는 대부분 거실에 놓여 있는 길고 푹신한 의자의 맞은편, 누구에게나 잘 보이는 자리에 놓여 있었다.

드디어 나도 들어가 살아보니, 아파트라는 공간은 TV 없이 견디기 힘든 곳이었다. 창문 밖이나 베란다 밖으로 눈에 보이는 풍경은 똑같이 생긴 건물들 아니면 놀이터 주변의 녹색 공간뿐이었다. 밀폐되고 격리된 곳이라는 느낌이 너무 강했다. 안으로 들어갈 때나 밖으로 나올 때도 현관에 버티고 서 있는 철문을 통과하는 방법밖에는 없다. 그 옛날 골목에 늘어서 있던 집들처럼 부엌으로 난 쪽문으로 나가거나 창문으로 몰래 숨어들어오는 편법이라는 게 없다. 세상을 향해 열려 있는 TV라는 가상의 통로가 없다면 너무 답답하고 지루해서, 자칫 베란다로 달려가 뛰어내리고 싶어질 것만 같다.

동경하고 선망하던 아파트에 살면서 나는 아침저녁으로 TV 앞에 앉는 게 습관이 되었다. 어디 다른 곳에 눈을 둘 곳이 없었다. TV에 나오는 사람들의 얼굴을 익히고, TV에 나오는 물건들을 사고, TV에 나오는 이야기들과 그것들이 퍼뜨리는 가치를 습득했다. TV가 없으면 무엇에 대해 이야기하고 무엇을 즐거워해야 할지 몰랐을 것이고, 무엇을 욕망해야 할지도 몰랐을 것이다. TV가 놓여있는 자리는 내 집의 제단이고, TV에 나오는 사람들은 내가 숭배하는 여신과 남신들이었다. 올림포스의 신들처럼 여신과 남신들은 거침없고 화려한 욕망의 드라마를 보여주었고, 때로는 광고를 통해 내 삶에 중요한 게 무엇인지 신탁을 내려주기도 했다.

이따금 TV 속 사람들이 내가 있는 이쪽의 삶을 바라볼 수 있다면 무슨 생각을 할까 궁금하다. 늘 같은 배경, 같은 자리에 턱을 괴고 앉아 열심히 그들을 바라보고 있는 나를 보면, 햇빛 아래서 문득 뒤돌아볼 때 발밑에 붙어 있는 그림자를 발견한 느낌 아닐까. (2015)

전세 임대 기간이 끝나면서 다른 동네로 이사할 마음을 먹었고, 그래서 여기저기 집을 보러 다녔다. 몇 번이나 해본 일이지만 낯선 사람들이 살고 있는 집에 낯선 사람으로 불쑥 들어서는 것은 쉽지 않다. 남의 집에 세 들어 살고 있다가 곧 나가야 하는 사람들과 세를 살 집을 둘러보러 온 사람은 서로 비슷한 처지다. 그렇다고 해도 다시 볼 일 없을 사람에게 동병상련의 감정을 느끼지는 않는다. 부엌이며 화장실 같은 사적인 공간들을 속속들이 보여주면서도 서로 데면데면할 뿐이다.

현관문을 열고 들어서면 가장 먼저 그 집 특유의 냄새를 맡을 수 있다. 그 다음에는 손때 묻은 살림살이들이 눈에 들어온다. '사는 곳이 당신을 말해준다'고 하던 광고 카피가 떠오른다. 집을 구경하다 보면, 그 광고가 의도했던 것과는 전혀 다른 의미로, 관심도 호감도 없던 사람들에 대해 굳이 알 필요도 없고 궁금하지도 않은 것들을 알아버리고 만다. 생선 비린내가 진동하던 허름한 아파트가 기억난다. 집을 지키던 할머니는 거실에 펴놓은 이불에서 막 일어난 눈치였다. 식구가 많아서 거실을 방처럼 쓰는 것 같았다. 무심코 문을 열어 본 좁은 방바닥에는 『시계태엽오렌지』라는 제목의 책이 펼쳐진 채 놓여 있었다. 나에게 그 소설은 크고 작은 온갖 폭력에 관한 이야기로 각인되어 있었다. 그 방의 주인은 누구일까? 소설 속 주인공처럼 세상에 대한 분노로 가득 찬 십대의 청소년이었을까?

1층이었지만 뜻밖에 햇빛이 환하게 들어오던 산동네 연립주택 거실에서는 젊은 엄마가 갓난아기와 아장아장 걸어 다니는 아기, 내년에 초등학교에 입학한다는 꼬마에게 점심을 먹이는 장면과 맞닥뜨렸다. 기껏해야 이십대 후반이나 되었을까? 내 눈에는 아직 어리게만 보이는 엄마를 보면서 의아했다. 결혼을 왜 그렇게 일찍 했을까? 아이들은 왜 벌써 올망졸망 셋이나 낳았을까? 젊은 엄마는 낯선 사람들이 방문을 열어 보면서 집안을 돌아다니거나 말거나 오직 세 아이들 입에 밥을 넣어 주는 일에만 열중했다.

살아가는 일은 사물과 공간에 마모와 쇠락의 흔적을 남긴다. 낡은 벽지의 얼룩 같은 속사정들은 감추고 싶어도 감출 수 없이 여기저기서 드러나기 마련이다. 날마다 밥을 먹어야 하고 깨끗한 옷을 입어야 하고 지붕 밑에 잠자리를 펴야 한다는 건, 어떻게 생각하면 좀 쓸쓸한 일이다. 사람들이 살아가며 남긴 흔적들이 그저 지워야 할 더러움이나 갱신해야 할 허름함 정도로 취급되기 때문일까. 그럼에도 사람들은 크고 작은 집 안에서 소설책을 읽거나 아이들을 보살피면서 살아가고 있다. 아기의 살냄새, 생선 비린내, 발바닥에 달라붙는 밥알들 같은 것들을 생각하면 애틋하기도 하고 힘이 나기도 한다. 그래서 세상에서 가장하고 싶지도 듣고 싶지도 않은 말은 '돌아갈 집이 없다'는 말인가 보다. (2015)

새벽 다섯 시

새벽 다섯 시 십오 분. 며칠 전부터 이 무렵 잠이 깬다. 낮에 마시는 커피의 양이 늘어난 탓인가. 이사를 와서 잠자리를 옮긴 탓인가. 어디선가 양변기 물 내리는 소리가 들려온다. 기억을 더듬어 보니 며칠 내내 이 시각에 그 소리를 들은 것 같다. 물소리 때문에 잠에서 깨어난 것일까.

이사 온 지 일주일이 지났다. 계단을 오르내리다가 이웃일지도 모르는 두어 사람과 마주쳤다. 어색한 표정으로 황급히 자리를 피했다. 쓰레기를 버리러 나갔다가 만난 아주머니와는 가볍게 인사를 주고받기도 했다. 그러나 여전히 그들이 누구인지 모른다. 얼굴도 기억하지 못할 뿐더러 이름도 직업도 모른다. 정말 이웃인지도 모르고, 이웃이라 해도 내가 살고 있는 연립주택의 몇 층 아래 위 혹은 옆 어느 곳에 사는지, 식구가 몇 명인지도 모른다.

나는 어둠 속에서 남자인지 여자인지조차 알 수 없는 어떤 사람이 화장실에서 물을 내리는 소리를 듣고 있다. 그 사람은 새벽마다 일어나 화장실에 가는 오랜 습관을 지니고 있는지도 모른다. 아니면 우울한 일이 있어서 며칠 속이 안 좋았거나 잠을 설쳤는지도 모르고. 뜻하지 않게도 나는 그 사람에 대해 설명할 수 있는 객관적 정보는 전혀 모르는 상태에서, 친밀한 사람들만 알 수 있는 사소하지만 내밀한 사실을 알아버렸다. 몰라도 좋을, 모르면 더 좋을 사실을.

이렇게 어둠 속에 누워 얼굴도 모르는 어떤 사람에 대해 알게 되는 것은, 한 동네에 살면서 오랜 시간 들락날락 하는 가운데 그 집 숟가락이 몇 개인지, 살림이 넉넉한지 궁한지, 엊저녁에 부부싸움을 했는지 어쨌는지, 속속들이 알게 되는 것과는 좀 다르다. 얼굴도 모르는 그 사람이 어떤 날씨를 좋아하는지, 어느 정당을 지지하는지, 무슨 말을 들으면 벌컥 화를 내는지 알려주는 바가 전혀 없다. 목이 늘어진 티셔츠를 입고 자는지, 줄무늬 잠옷을 입고 자는지도 알 수 없다. 그저 빠르게 쿵쿵 울리는 발자국 소리를 들으면서 저 사람은 성미가 급할지도 모른다는 짐작을 할 뿐.

내가 누워 있는 공간과 그 사람이 존재하는 공간은 아주 가깝다. 공간적 거리는 가깝지만, 심리적 거리는 아주 멀어서 나는 그를 온전한 사람이라기보다는 하나의 소음으로 인식한다. 나 또한 이 건물에 잠들어 있는 누군가에게 정적을 깨뜨리는 성가신 소음으로 인식될 것이다. 나는 위축된 하나의 소음이 되어 화장실을 향해 살금살금 걸어간다. (2016)

101호는
어디인가

자랑할 일은 아니지만, 남의 말 엿듣는 걸 좋아한다. 친구들과 카페 같은 곳에 앉아 있다 보면 어느새 뒷자리나 옆자리에 앉아 있는 낯모르는 이들의 이야기에 귀를 기울이고 있다. 그러다가 기승전까지 진행되어 흥미가 고조된 이야기의 결말을 놓치고 자리를 떠나야 할 때면 못내 섭섭하다.

바람이 좋아 문을 열어놓고 사는 요즘, 창밖에서 들려오는 말소리에 귀 기울이곤 한다. 고만고만한 연립주택들이 모여 있는 골목 어귀 우리 집 앞은 바람이 들락날락하는 길목이다. 동네 할머니들이 건물 앞 계단에 모여 앉아 목청을 높이는 일이 잦다. 대화의 내용은 젊으나 늙으나 많이 배웠거나 적게 배웠거나 인류 공통의 관심사인 이웃 흉보기다.

오늘 가장 뜨거운 대화의 초점은 '101호는 어디인가?'이다. 사연은 이렇다. 4층짜리 연립주택이 있다. 한 층에 한 가구씩 살고 있어서, 편의상 1층은 101호, 2층은 201호 이런 식으로 부른다. 문제는 그 연립의 지하에도 한 가구가 살고 있다는 것. 그러니까 총 다섯 가구가 살고 있는 건물에 어쩐 일인지 현관에 있는 우편함은 4개. 101호에 사는 할머니가 격앙된 목소리로 토로하는 불만은, 지하에 사는 사람들이 자기네들 집주소를 101호라고 하는 바람에 우편물이 뒤섞이고 있으며, 그들이 남의 집 우편함을 마구 열어 보는 무례를 일삼고 있다는 것이다. 우편함을 하나 더 만들면 되는 거 아녀? 누군가 말참견을 한다. 그렇지. 하지만 그건 세입자가 할 일이 아닌데, 엿듣던 내가 혼잣말을 한다. 101호 할머니는 아랫집 사람들이 주차도 아무데나 하는 막 돼먹은 이들이라고 강조하며 딴청을 피우고.

알다시피 연립주택에서 가장 주거환경이 열악한 곳은 지하층이다. 지하층이 없으면 1층인 거고. 가만히 보면 사람이 사는 공간만큼 위계가 철저하게 나뉘는 곳은 없다. 혼자 상상해 본다. 1년에 한 번이나 2년에 한 번씩 세상 모든 집의 주소를 거대한 통속에 넣고 뒤섞어 사람들에게 하나씩 뽑게 한 다음, 뽑힌 주소로 가서 살라고 한다면? 그러면 어쩌다가 내가 타워팰리스에 가서 살게 되는 우연을 기대할 수도 있겠지. 행운을 기대하며 사는 재미도 있을 것이고 해마다 두근두근 설렐 것 같다.

그러다가 만약 101호 할머니 아랫집으로 가게 되면 어쩌지? 나도 B1이나 지층으로 주소를 바꾸지 않겠다고 고집을 부릴 생각이다. 우리 집이 맨 아래층이니 101호라고 우겨야지. 집주인에게 새로 우편함을 해 놓으라고 조를 것이고, 그 전까지 101호 할머니네 우편물을 겉봉이나마 슬쩍 훔쳐보는 재미를 누릴 테다. 할머니, 저를 너무 미워하지 마세요. (2016)

맛없는 딸기를
사는 법

　평소에 잘 다니지 않는 길을 걷고 있었다. 별다른 이유는 없었다. 버스를 잘못 탔다. 버스는 멀리 돌고 돌았으나 다행히도 우리 동네 근처까지 나를 실어다 주었다. 버스에서 내려 횡단보도를 건넜다. 한 블록 정도 걸으면 집 앞까지 가는 마을버스 정류장이 나온다는 것을 알고 있었다. 마을버스가 방향을 선회하는 지점이라 승객들로 북적이는 저녁시간에도 앉아서 갈 수 있는 곳이었다.

　봄밤이었다. 그러니까 미세먼지 같은 것을 떠올리지 않는다면 목적 없이 걷기에 딱 좋은 온도, 습도에 냄새, 소리를 갖춘 상황이었다. 늦은 저녁에서 밤으로 접어드는 거리에는 미묘하게 들뜬 분위기가 감돌았다. 달리는 자동차 바퀴와 아스팔트 도로의 마찰음은 영화 속 배경음처럼 몽환적으로 울렸고, 잿빛

보도블록에는 벚꽃 잎들이 생선비늘처럼 흩뿌려져 있었다. 얼마쯤 걷다보니 휘황찬란한 조명 아래 사람들이 웅성웅성 몰려 있는 상점 앞이었다.

대형 할인마트보다는 작고 웬만한 편의점보다는 규모가 큰, 흔히 슈퍼마켓이라고 부르는 상점이었다. 개업 기념 할인판매를 한다는 안내문이 붙어 있었다. 내 눈에 띈 것은 '딸기 한 팩에 천오백 원'이라는 글귀였다. 천오백 원이라니! 저렇게 윤기 흐르는 선홍색 딸기가! 딸기는 나무나 풀에서 열리는 열매 중에서 내가 가장 좋아하는 것이기도 했다. 나는 육천 원을 내고 딸기 네 팩을 챙겼다. 마을버스는 예상대로 텅 비어 있어서 편안하게 집까지 갈 수 있었다.

아침에 딸기를 냉장고에서 꺼낼 때까지는 흐뭇했다. 그런데 딸기를 씻고 있자니 뭔가 미심쩍었다. 딸기 향이 나지 않았다. 하나 집어 먹어 보았는데 아무 맛도 없었다. 두 번째 딸기도 마찬가지였다. 향도 없고 맛도 없었다. 예전에 밭에 딸기 몇 포기를 심고 키워봐서 아는데, 딸기는 따자마자가 가장 맛있다. 눈으로 보기에는 멀쩡해도 시간이 흐를수록 맛과 향이 급격하게 사라진다. 맛없는 딸기를 눈앞에 두고 나는 하릴없이 옛 생각에 빠져들었다.

딸기는 흰색 꽃의 가운데 부분인 꽃턱이 부풀어 올라 열매가 된다. 처음에 그 모습을 보면서 얼마나 신기하고 놀라웠는지. 알고 보면 이 세상에 태어난 맛있거나 맛없는 딸기들은 모두 그렇게 신기하고도 놀라운 존재들이다. 가장 맛있는 순간에 따 먹으려고 아껴둔 딸기는 다람쥐가 와서 먼저 먹어버리는 경우가 많았다. 다람쥐는 사람처럼 두 발로 서서, 매우 소중한 것을 다루듯 앞발로 딸기를 살짝 들고 먹었다. 사람이 다가가도 차마 먹고 있던 딸기를 버리고 갈 수 없어 잠시 머뭇거리곤 했다.

세상에 맛있는 딸기와 맛없는 딸기가 섞여 있다면, 늘 맛있는 딸기만 나에게 올 수 없기 마련이다. 물론 사람은 누구나 맛있는 딸기를 먹고 싶어 한다. 그러나 내가 늘 맛있는 딸기만 먹으면 다른 누군가는 늘 맛없는 딸기만 먹게 될 수 있다. 아무리 그래도 나는 늘 맛있는 딸기만 먹어야 한다는 마음은, 나는 늘 맛없는 딸기만 먹어도 괜찮다는 마음만큼이나 자연스럽지 못하다. 행복은 많은 경우에 단수가 아니라 복수다.

맛없는 딸기와 맛있는 딸기를 행복하게 나누는 법이 있을까. 물론 맛없는 딸기가 나에게 온 것은 터무니없는 가격 때문이 아니다. 버스를 잘못 탔고, 봄바람에 마음이 설레었고, 환한 조명이 딸기의 미모를 돋보이게 한 우연들이 겹쳐서이다. 나는 그렇게 우기고 싶다. 우연은 행복을 적절히 나누는 방법이기도 하니까. (2018)

세상에서
가장 맛있는 음식

　음식을 만드는 것도 좋아하고 먹는 것도 좋아한다. 우울할 때마다 요리책을 꺼내 읽기도 한다. 그러면 기분이 점점 나아진다. 감기몸살로 앓아눕는 바람에 며칠 동안 온종일 텔레비전을 보며 지냈다. 덕분에 요즘에는 어느 채널에서나 요리와 음식에 관련된 프로그램이 넘쳐흐르고 있음을 알게 되었다. 유명인들의 냉장고를 보여주고 그 안에 들어 있는 재료들로 예상치 못한 음식을 만드는 장면을 지켜보았고, 내가 보기에는 거의 신의 경지에 이른 중식 요리사들이 듣도 보도 못한 음식을 만드는 장면에서 감탄 또 감탄했다. 세계 곳곳의 독특하고 유명한 음식들을 눈으로 맛보는 호사를 누렸다.

　감기가 나은 뒤 기운을 차려 부엌에 들어가 직접 음식을 만들자니 왠지 맥이 빠졌다. 나는 원래 내가 만든 음식이 내 입맛에 꼭 맞는다고 장담하는 사람이다. 그런데 도무지 먹고 싶은 음식이 없었다. 항생제와 해열제를 오래 복용했기 때문일까? 내가 만들 수 있는 음식들을 떠올려 보았다. 김치찌개, 된장찌개, 콩나물국… 만날 먹던 그 밥에 그 나물, 그 맛이 그 맛일 게 빤하다는 생각이 들었다. 텔레비전에서 보았던 화려한 음식들이 눈앞에 어른거렸다.

　　텔레비전도 없고, 컴퓨터도 없고, 휴대폰도 없고, 자동차나 기차도 없다면, 그러니까 문명이라는 것, 매스컴과 교통의 발달이 사람들의 삶을 시간적으로나 공간적으로 이토록 확장하지 않았다면 어땠을까 상상해본다. 사람들 대부분은 예쁘다고 소문 난 우리 동네 이쁜이가 세상에서 가장 예쁜 사람인 줄 알고 살았을지도 모른다. 날마다 텔레비전을 통해 어디 하나 흠잡을 구석 없는 미모의 연예인들이 번듯하고 화려한 공간에서 살아가는 장면을 볼 수 없었을 테니, 비교의 대상도 선망의 대상도 없다. 아는 얼굴들이 모두 앞 동네 뒷동네 우리 동네에 사는 사람들일 테니, 선택의 범위도 좁아진다. 그런 시절에는 오히려 첫사랑의 설렘을 오래 간직할 수 있지 않았을까. 내 아내 내 남편이 세상에서 가장 멋지고 다정한 사람이라고 믿으면서 죽을 때까지 단순하고 심심하게 살지 않았을까. 한 번도 본 적이 없고 알지도 못하는 사람들로부터의 떠들썩한 칭송도 큰 의미가 없었을 것이다.

세상에서 가장 맛있고 화려한 음식은 무엇일까. 텔레비전을 통해 산해진미를 눈으로 맛보지 않았다면, 예전처럼 내 입맛에 맞게 내가 만든 음식에 늘 만족하며 살았을까. 그럼에도 굳이 고백하자면, 텔레비전 속에서 진기한 음식들을 맛보는 사람들이 대단히 부럽지는 않았다. 음식을 앞에 놓고 매번 다른 표정 다른 감탄사와 수식어로 맛을 표현해야 하는 게 고역일 거라는 생각도 들었다. '내 손에 닿지 않는 포도'라서 신맛일 것 같다는 말을 하는 것은 결코 아니다. (2015)

시장의
기원

　"할머니, 들어와서 좀 앉아 있다 가요." 머리카락을 노랗게 물들인 정육점 청년이 가게 밖에서 진열장을 들여다보며 서성이는 할머니를 부른다. "나 고기 안 살 거야." "글쎄, 괜찮으니까 여기 의자에 와서 좀 앉아 있어 봐요." 청년이 성화를 한다. "왜?" "가게 안에 손님이 있어야 그걸 보고 다른 손님이 들어온다니까. 할머니 다리 아프지 않아요? 여기서 쉬었다 가요." '찌개용 돼지고기 3근 만원'이라는 푯말을 들여다보고 있던 나는 슬그머니 자리를 뜬다. 그럴 리는 없겠지만 혹시나 할머니 대신 나를 붙잡고 가게에 앉았다 가라고 할까 봐.

　시장에 갔다. 슈퍼도 아니고 마트도 아니고 시장. 골목 양옆으로 늘어선 가게마다 주인이 다르고, 지나가는 사람들을 성가시게 불러 세우는 곳. 참기름 냄새와 생선 비린내가 뒤섞이

듯, 걷다보면 반드시 골목 두 개가 만나는 교차로가 나오는 곳. 이것저것 구경하다 보면 무엇을 사러 왔는지도 잊어버리게 되는 곳. "이거 나한테 어울려요?" 손수레에 잔뜩 쌓여 있는 옷들을 구경하고 있는데 옆에 있던 아주머니가 티셔츠를 몸에 대보며 나에게 묻는다. 내가 얼른 대답을 못하고 머뭇거리자, 다른 손님의 물건을 비닐봉지에 넣어 주던 주인아저씨가 소리친다. "아, 그런 건 남자에게 물어봐야지! 예뻐요, 예뻐. 뭘 입어도 예쁘겠구먼!"

결국 만원에 세 근인 돼지고기를 사가지고 돌아 나오면서, 아마도 시장이란 처음에는 심심한 사람들이 다른 사람들을 만나기 위해 모여드는 장소였을 것이라는 생각을 한다. 그곳에 모여 태어나고 병들고 죽는 일들을 이야기했을 것이고, 처음 본 여자와 남자가 눈길을 나누기도 했을 것이다. 그러다 보니 각자 키우고 재배한 동식물이나 직접 만든 물건들을 서로 자랑하고 구경했을 것이고 필요한 물건들을 맞바꾸기도 했을 것이다. 내가 생각하는 시장의 기원은 사회학자나 경제학자들이 생각하는 것과 물론 다를 것이다. 그들은 오히려 순서가 뒤바뀌었다고 생각할지도 모르겠다.

아무려나 시장은 이제 그런 곳이 아니다. 오늘날의 시장은 수요와 공급과 가격이 거론되고, '좋다, 나쁘다, 불안하다, 상당히 긍정적이다, 앞이 보이지 않는다,' 등등으로 묘사되는, 심지어 눈에 보이지도 않는 곳이다. 장사하다가 말고 쓸데없는 소리를 하면서 낄낄거리는 사람들로 시끌벅적한 시장은 이제 시장이라기보다는 보존해야 할 과거의 유적지 혹은 관광지가 되어가고 있다. 우리를 만들어준 세상 하나가 사라져가고 있다. (2016)

우체국
가는 길

어디선가 바로 그 냄새가 났다. 거리를 걷다가 물컹하고 밟히면 집까지 따라와 현관을 가득 채우는 냄새. 뒤를 돌아보니 골목 안쪽에 은행나무 한 그루가 서 있었다. 나도 모르게 몇 발자국 앞으로 다가가, 신생대 이래 가장 오래 살아남았다는 식물 앞에서 경건히 고개를 숙이고 바닥을 살펴보았다. 여전히 푸른 잎사귀들 아래 성급하게 떨어진 은행 알들이 으깨진 채 굴러다니고 있었다. 그때 어디선가 버스가 출발할 때 나는 요란한 엔진 소리가 들려왔다. 황급히 몸을 돌려 달려갔으나 마을버스는 나를 두고 가버렸다. 은행나무 그늘에서 한눈을 팔고 있다가 버스를 놓쳐버렸다.

우체국에 가는 길이었다. 한눈을 판 것은 나였지만, 눈앞에서 버스가 휑하니 떠나버리니 짜증이 치솟았다. 짜증은 별다른 이유 없는 객기를 불렀다. 버스 같은 거 안 타고 걸어갈 테다. 작정을 하고 걷기 시작했다. 산동네에서 걸어 내려와 사차선 도로에 이르렀을 때는, 그냥 다른 버스를 타고 갈까, 잠시 망설였다. 겨우 서너 정거장 거리가 남았을 뿐이라고, 운동 삼아 일부러 걷기도 하는 거리라고, 마음을 다잡고 계속 걸었다. 약국과 병원, 은행과 피자가게, 빵집, 분식집, 커피숍과 미장원 앞을 지나갔다. 다시 꽃집과 슈퍼마켓, 옷가게와 떡집, 지하철역을 지나 횡단보도를 건넜고, 레스토랑과 카페, 극장과 편의점을 지나쳤다.

마침내 우체국이 보여야 할 지점에 다다랐다. 그런데 며칠 전까지 있던 우체국 건물이 마치 거짓말처럼 사라졌다. 우체국이 있어야 할 자리에는 흰색 담장이 둘러쳐져 있었다. 어떻게 이럴 수가 있지? 너무 어이가 없으니 짜증이 씻은 듯 사라지고 웃음이 나왔다.

생각해 보면 우체국은 좀 어정쩡한 곳이다. 보낸 즉시 받아볼 수 있는 이메일과 부르면 집까지 달려오는 온갖 배달·배송 서비스들이 넘쳐나는 요즘 세상에, 갑자기 사라진다 해도 크게 이상하지 않은 곳이기도 하다. 여행지에서 부친 엽서와 몇 년 만에 보내는 크리스마스카드와 손으로 쓴 편지가 들어있는 작은 선물 꾸러미들을 위한 장소. 목적과 쓸모가 선명한 장소인 은행과 식당, 병원과 편의점들에게 밀려나도 어쩔 수 없는 곳.

흰색 담장에 붙어 있는 이전 안내문을 자세히 들여다보

왔다. 건물을 개축하는 기간 동안 다른 자리로 이전했단다. 약도를 자세히 들여다보니 어디로 옮겼는지 곧 알 것 같다. 버스를 타지 않아도 될 가까운 거리다. 나는 다시 걷기 시작했다. 한눈파는 버릇이 있는 내가 쓴 엽서와 편지들, 있어도 그만 없어도 그만인 그것들, 누군가에게 가 닿아야 비로소 목적과 쓸모가 선명해지는 그 글들을 세상으로 보내기 위해, 우체국을 향해 걸었다. (2016)

당신의
플란넬 셔츠

외출하려고 옷을 갈아입다가 낯선 향기에 잠시 멈칫 한
다. 한쪽 소매만 꿰고 있는 셔츠 자락에 코를 대어 본다. 아니, 낯
설지는 않다. 낯설지 않은데 오랜만이다. 이걸 무슨 냄새라고 해
야 하나. 낡은 플란넬 셔츠에 얼굴을 묻는다. 오래 전부터 섬유
유연제는 쓰지 않고 있으니, 화학적 향이 아닌 것은 확실하다.
기억을 더듬어 본다. 하루 종일 볕에 달궈져 바삭하고 폭신해진
목화솜 이불깃에서 나던 냄새가 코끝에 느껴진다. 잘 마른 빨래
를 빨랫줄에서 걷자마자 맡을 수 있던 바로 그 냄새.

얼마 만에 맡아 보는 냄새인가. 굳이 이름을 붙이자면 햇
빛과 바람의 냄새다. 하루 종일 햇빛이 들고 바람이 드나드는 베
란다에 빨래를 널 수 있어 경험하게 되는 작은 감동이다. 그것
말고도 이사 와서 며칠 동안 아침마다 붉고 푸른 나무들이 흩어

져 있는 공원과 장난감 같은 자동차들이 늘어서 있는 주차장을 저 아래로 내려다보면서 확연히 달라진 시야의 차이를 누렸다.

얼마 전까지 나는 서울 강북에 있는 빌라 거주자였다. 친구 하나는 내가 미련 곰탱이라서 그런 집에서 살았다는 평을 했지만, 나로서는 나쁘지 않은 집이었다. 무엇보다도 큰 장점은, 내가 가진 돈으로 구할 수 있는 가장 넓은 집이었다는 것이다. 고만고만한 빌라들이 모여 있는 동네에서 집을 보러 다니다가, 현관문을 열고 들어서는 순간 확 트인 거실에 마음이 끌렸다. 조선시대 왕후의 능이 집 바로 옆에 붙어 있어서 창문을 열면 제법 숲다운 숲이 보였고, 1층이기 때문에 뒷마당이라 할 수 있는 여유 공간이 있어서도 좋았다. 그러나 어느 집이든 살다 보면 발견하게 되는 불편들이 예상보다 좀 많았다. 장점이라고 생각했던 뒷마당에서는 쥐와 벌레가 출몰했고, 하루 종일 햇빛이 거의 들지 않았으며, 벌써 오래전에 집장사가 날림으로 지은 건물이라 어떤 해결책을 적용해도 물이 새는 것을 완전히 잡을 수 없었다.

서울을 떠나기로 결정했다. 그토록 꺼리던 전세 대출도 받았다. 물론 전세를 얻든 집을 사든 은행에서 돈을 빌리면 더 나은 환경에서 살 수 있음을 몰랐던 건 아니었지만, 그동안은 그렇게 하지 않았다. 어쩌면 그렇게 하지 못했을지도 모른다. 지금 여기에서, 가난한 이들은 대체로 어디에서도 빚을 얻지 못하고, 또한 어디에서도 빚을 내지 못하는 한 늘 가난할 수밖에 없다.

어쩌다 보니 그런 흐름이나 이치 속에서 멀리 떨어지게 되었고, 그러다 보니 그 속에 깊이 발을 담그고 싶지 않았다. 썩어가는 마루와 곰팡이가 번져가는 벽에 시달렸으나, 그런 불편들이 같은 빌라에 사는 다른 사람들과 소통을 하는 기회를 열어 주기도 했다. 그래서 이제껏 몰랐던 삶을 슬쩍 엿보기도 했고, 몇몇 사람과는 짧지만 실속 있는 교류를 나누기도 했다. 어쨌든 누구도 다른 사람의 복합적이고 미세한 불편이나 그것에서 비롯된 경험들을 '가난'이나 '거지'라는 말로 납작하게 규정할 자격은 없다. 안전하고 청결한 환경을 위해 노력하라고 가르칠 자격도, 목적이 모호한 동정과 관심의 대상으로 삼을 자격도 없다.

　　햇빛과 바람의 냄새가 밴 푸른색 플란넬 셔츠의 단추를 잠근다. 유효기간은 있으나 한동안 나는 이 냄새를 누릴 수 있을 것이다. 기쁘다. 한편으로는 마음이 무겁다. 이사 오던 날, 짐이 다 빠진 빈집 벽들을 둘러보며 일그러지던 다음번 세입자의 얼굴이 이따금 떠오른다. 그가 입을 셔츠에서 날 냄새를 상상한다. 다른 사람을 가난뱅이나 거지라고 멸시할 힘이 있다면, 우선 햇빛과 바람만은 누구나 누릴 수 있는 세상이 되도록 스스로 애써 보라고 말해주고 싶다. 왜 그래야 하느냐고 묻는 당신이라면, 나는 굳이 이유를 말해 줄 필요를 느끼지 않는다. (2019)

5부

우리들의 안녕

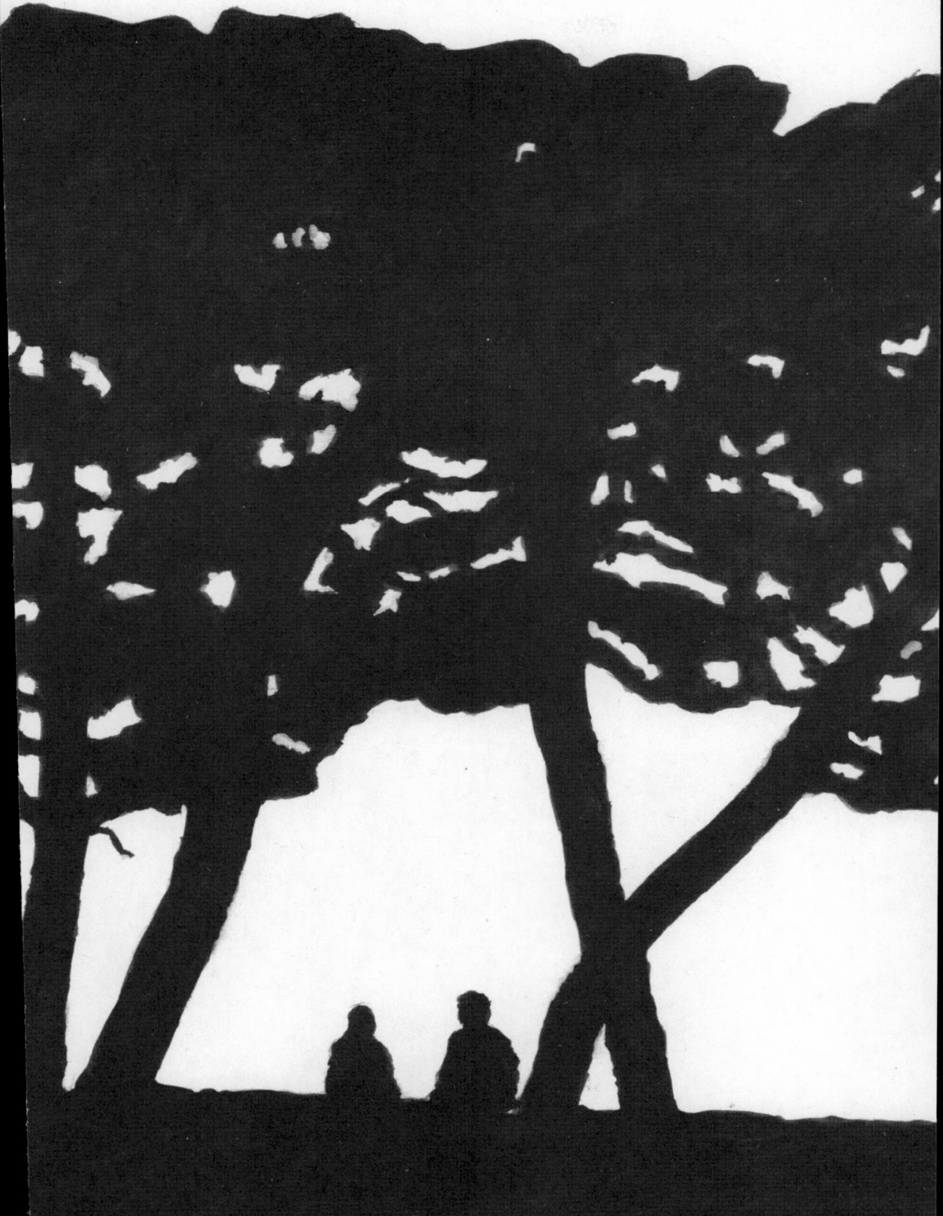

영화를 보고 나오며 그는 기억을 더듬었다. 1987년에 나는 무엇을 하고 있었나.

그해 1월에 그는 방학 동안 고향에 내려가 있던 친구로부터 편지를 받았다. 동네 공업사에서 아르바이트를 하고 있다는 사연 끝에 친구는 온종일 일하다 퇴근하는 자신의 모습을 그려 넣었다. 허름한 잠바 주머니에 손을 집어넣고 곧 쓰러질 듯 비틀거리며 걷는 모습. 손가락에 담배가 들려 있었던가? 기억나지 않았다. 편지를 받은 날 남영동에 끌려간 대학생이 취조를 받다가 죽었다는 기사가 신문에 났다. 그는 친구의 편지에 답장을 하지 않았다. 한동안 그는 많은 일들을 할 수 없었다.

그는 신문에 난 사진 속 죽은 사람의 얼굴을 알아보았다. 그가 아직 신입생이었던 어느 봄날, 사회과학 책을 읽고 공부하는 모임에 들어오라는 권유를 받은 적이 있었다. 그러겠노라 대답했으나 그는 첫 모임에 가지 않았다. 국어 수업이 있는 강의실 근처에서 누군가가 그를 기다리고 있었다. 언어학과에 다니는 한 학번 위 선배라고 했다. 그 선배와 모임에 대해 짧게 이야기를 나눴으나, 그는 결국 참여하지 않겠다고 거절했다. 국어 강의실이 있는 건물에 갈 때면 아는 사람도 아니고 모르는 사람도 아닌 그 선배를 우연히 마주칠까봐 슬그머니 걱정이 되기도 했다. 신문에 난 선배의 사진 옆에 붙은 기사를 읽으며 그는 참담했다. 나는 고작 그런 걱정이나 하고 있었구나.

　　　그는 다른 사람들보다 2년 늦게 대학에 들어갔다. 학교에 다니려면 일주일 내내 저녁 시간마다 과외를 해서 돈을 벌어야 했다. 공부 모임에 참여하지 않겠다고 말할 때 그가 주절주절 댔던 핑계들이다. 진짜 이유는 따로 있었다. 그는 늘 겁에 질려 있었다. 어린 시절 어느 정당 당사에서 농성하던 여성 노동자들이 경찰에게 얻어맞고 끌려 나오는 사진을 본 적이 있었다. 세상은 그에게 어둡고 차가운 공포 그 자체였다. 대학생이 되어서는 눈앞에서 동료 학생들이 곤봉에 얻어맞고 머리채를 잡혀 끌려가는 모습을 자주 목격했다. 청재킷을 입은 사람들이 교문 앞에 서서 그를 가로막고 도시락이 들어있는 가방을 열어 보라고 윽박지르기도 했다. 그는 자기가 알지 못하는 무엇인가가 가방 속에 들어있어 어디론가 끌려가는 꿈을 꾸기도 했다. 나는 가난하니까, 나는 의지할 사람이 없으니까, 심지어 나는 여자니까, 자꾸 변명했다. 아무리 그래도 '나는 비겁한 사람'이라는 명백한 무거움은 사라지지 않았다.

그는 폭력을 두려워하지 않을 정도로 신념이 강하거나 정의롭지 않았으며, 도서관에 틀어박혀 공부만 할 정도로 성실하거나 줏대 있지 않았다. 세상은 용감하거나 성실한 사람들에 의해 변하는 것이겠지만, 그는 둘 중 어느 쪽도 아니었다. 좋은 사람이나 성공한 사람이 될 수 없어도 그저 나쁘지만 않으면 된다고 스스로 위로했다.

1987년 봄과 여름에는 이따금 거리 시위에 나갔다. 시청 앞 광장에서 엄청난 군중 사이에 숨어 청와대 앞까지 밀고 가자는 외침을 따라한 적도 있었다. 그리고 12월에 치러진 대통령 선거일에 그는 구로구청에 있었다. 어떻게 해서 거기까지 가게 되었는지 기억나지 않는다. 문제가 있는 투표함이 발견되었고 그것을 지키기 위해 사람들이 구청에 모여들었고 그도 덩달아 그곳에 머물렀다. 밤새 끊임없이 소문이 돌았다. 백골단이 자정에 들어올 것이다, 아니 한 시에, 아니 두 시에…. 한 학번 아래인 후배가 옥상으로 올라가는 계단참에 앉아 '죽을 때까지 여기서 나가지 않을 것'이라고 다짐하는 말을 들으며 그는 식은땀을 흘렸다. 첫차가 다니기 시작할 무렵, 그는 전경들이 열어준 쇠창살문의 좁은 틈을 통과하여 그곳에서 달아났다.

영화를 보고 나와 버스 정류장까지 걷는 동안 그는 옛일을 떠올려 보려 애썼다. 그러나 그 시절 내내 그는 거기에 없었다. (2018)

특별한
졸업 선물

초등학교 졸업식을 마치고, 마지막으로 인사를 나누기 위해 교실에 돌아왔을 때였다. 담임 선생님이 맨 앞줄에 앉은 아이부터 차례로 앞으로 나오라고 했다. 선생님은 교단으로 나온 아이들의 엉덩이를 막대기로 한 대씩 세게 때리기 시작했다. 영문을 몰라 웅성거리던 아이들은 나중에는 투덜거리며 앞으로 나오지 않으려 했다. 마지막 아이까지 매를 때린 뒤 선생님은 막대기를 내려놓고 말했다. "너희들이 중학생, 고등학생이 되고, 더 자라 어른이 되어 사회에 나가게 되면, 이렇게 아무 이유 없이 매를 맞는 일을 한번쯤은 반드시 겪게 될 것이다. 그것을 미리 알려주고 싶었다. 이것이 내가 주는 졸업 선물이다."

얼마 전, 24년 동안 억울한 누명을 쓰고 살아온 사람에게 대법원이 무죄 판결을 확정했다. 스무 살 중반 무렵 그는 같은 단체에서 활동하던 동료의 자살을 부추기고 유서를 대신 써 주었다는 죄명으로 삼 년 동안 옥살이를 했다. 그 이후 오십이 넘을 때까지 그는 자신의 결백을 증명하기 위해 싸웠다. 아마도 그는 자신의 영혼을 매순간 갉아먹고 무너뜨리는 치욕과 분노와 무기력과도 싸워야 했을 것이다. 지옥과 다름없는 하루하루를 보내며, 그는 하필이면 자신에게 왜 그런 일이 일어났는지 수없이 질문했을 것이다. 무죄 판결이 확정된 뒤, 그는 해답을 찾았을까? 물론 어떤 설명이 주어진다 해도, 혹여 그에게 누명을 씌운 누군가가 백배사죄를 한다 해도, 눈부신 젊음이나 건강한 영혼, 그저 평범한 삶 어느 것도 그에게 다시 돌아오지 않는다.

졸업식 날 굳이 매를 들었던 선생님을 떠올린다. 선생님은 험한 세상으로 한 걸음 더 들어가는 아이들에게 사필귀정이나 인과응보 같은 믿음이 얼마나 허약한 것인지 알려주고 싶었는지도 모른다. 하지만 너무 허약해서 기댈 수는 없고 그저 우연히 거기 있게 된 난간에 불과한 그 믿음을 여전히 많은 사람들이 포기하지 못하는 이유는 무엇일까. 난간조차 사라지면 어디에 발을 디뎌야 할지 알 수 없기 때문일까.

한 사람의 훼손된 삶의 의미를 헤아려 본다. 역사를 돌이켜 보면 자기 뜻과 상관없이, 이유도 모르는 채, 누구도 짐작 못할 고통을 오롯이 견딘 사람들이 늘 있었다. 어떤 이들은 덧없이 죽었고 어떤 이들은 끝내 살아남았다. (2015)

안전지대

늦은 밤 친구 집에서 오는 길이었다. 인간관계에서 방치와 관조의 차이를 이야기했다. 심정적 거리와 층위를 가늠하는 척도가 같아야 한다는 말도 했던 것 같다. 그러다가 친구와 의견이 엇갈려 신경을 곤두세웠다. 그래서 지쳐 있었고, 그래서 조금 멍한 상태로 운전대를 잡고 있었다. 늘 다니는 길이었으므로, 터널을 빠져나오자 내리막길이고 곧 횡단보도가 나온다는 사실을 이미 잘 알고 있었다. 서서히 브레이크를 밟으면서 속도를 줄이는 순간이었다. 갑자기 심장이 멎는 줄 알았다. 어두운 도로 한가운데, 중앙분리대 역할을 하는 노란 빗금이 그어진 안전지대 위에, 청년 하나가 우두커니 서 있었다. 돛대처럼 깡마른 사람이었다. 전조등 불빛을 반사하며 번쩍이는 안경알 뒤로 아무 표정 없는 얼굴이 잠깐 나타났다가 사라졌다. 블랙홀처럼. 늦은 시각이라 도로 위에는 차들이 많지는 않았지만, 제법 빠른 속도로 달리고 있었다.

청년이 서 있던 곳을 지나자마자 횡단보도였다. 붉은 신호등을 보면서 멈춰 섰다. 떨리는 가슴을 진정시켰다. 대학교 정문 바로 앞이라 늦은 시각이었음에도 길을 건너는 학생들이 많았다. 떼를 지어 차 앞으로 지나가는 젊은 남녀들을 바라보고 있노라니 갑자기 화가 났다. 그 사람은 뭐지? 술 취한 사람인가? 왜 혼자 거기 서 있었을까? 길을 건너려면 바로 몇 미터 뒤에 있는 횡단보도를 이용하면 됐을 텐데. 서 있는 것을 미처 보지 못하고 그를 들이받기라도 했으면 어떤 일이 일어났을지 생각하니 소름이 돋았다. 지나가면서 흘낏 보았지만 그 사람은 길을 건너려는 것 같지 않았다. 그냥 그 자리에 서 있었다. 세상을 향해 두 팔을 내리고, 어깨를 움츠린 채, 무엇이라도, 누구라도 잠깐 멈추기를 기다리는 사람처럼. 혹시 그가 조금이라도 움직였더라면 내가 그를 죽거나 다치게 했을 것이다.

나는 왜 화가 났을까? 움직이고 있던 건 내가 운전하는 차였고, 그 사람은 가만히 서 있었을 뿐인데. 달리는 자동차야말로 달리는 흉기나 마찬가지인데. 물론 세상의 도로 대부분은 달리는 자동차나 움직이는 사람을 위한 것이다. 가만히 서 있는 사람을 위한 공간은 없다. 슬픔에 잠긴 채, 그 슬픔이 다른 무엇으로 변해가기를 기다리며 서 있는 사람을 위한 안전지대 같은 건

없는 것이다. 초록 신호등이 켜졌고 그 순간 나는 반사적으로 가속기를 밟았다. 차는 다시 달리기 시작했다. (2016)

혐오
바이러스

오랫동안 만나지 못한 친구로부터 문자가 온다. 별 일 없니? 응. 너는? 잘 지내. 너도? 나도 잘 지낸다고 답을 보내려다가 잠시 망설인다. 정말 잘 지내고 있는 건가? 그래, 그렇다고도 할 수 있겠지. 친구와 나는 안부를 주고받지만, 그 속에 구체적 정보는 없다. 시시콜콜한 이야기를 주고받는 게 귀찮은 것 같기도 하고 두려운 것 같기도 하다. 길고 투명한 촉수를 내밀어 서로를 더듬다가 그냥 미끄러지고 마는 삶.

언젠가부터 내 마음은 차갑고 뾰족해져 간다. 가족, 친구, 나와 가까운 사람, 거리에서 마주치는 사람, 눈에 띄는 모든 사람의 행동과 말이 눈에 거슬리고 귀에 거슬린다. 거리에서 담배 피우는 사람들은 잠재적 살인자다. 굶어 죽더라도 돈을 빌렸으면 반드시 갚아야 한다. 뚱뚱한 사람이 레깅스 같은 옷을 입는 건 민폐다. 전동차 문이 열리자마자 어깨를 부딪치면서 밀고 들어오는 사람들에게 살의를 느낀다. 여자들부터 군대에 보내서 정신 차리게 만들어야 한다. 끝까지 책임 질 생각 없으면 고양이 밥 주지 마라. 교통사고는 매일 일어나는데 배 한 척 침몰했다고, 사람은 누구나 죽을 운명인데 아이들이 죽었다고 슬퍼해야 하다니, 착한 척하는 거냐, 잘난 척하는 거냐.

내 입에서 나오는 말들이고 또 주위에서 떠돌아다니는 말들이다. 돌덩이가 된 마음과 얼어붙은 혈관을 비집고 나오는 말들. 당신과 나는 중동에서 처음 발견했다는 메르스 바이러스보다 더 무서운 증오와 혐오, 경멸과 조롱의 바이러스에 감염되어 있다.

치료약이 있다면, 지리멸렬할 줄 알았으나 뜻하지 않게 함박눈이 쏟아진 크리스마스에 받은 선물 같은 선의일 것이다. 내가 당신의 가족이고 친구이고 직장동료라서 얻을 수 있는 이득 말고, 언젠가는 다시 돌아올 호의나 회계장부 속에 기록해둘 친절 말고. 이따금 나의 깔끔한 합리성을 무너뜨리고 싶다. 타인의 작은 허물에 눈 감는 어수룩함. 살다보면 어느 정도 손해는 어쩔 수 없다는 체념. 햇빛이나 바람처럼 목적 없이 흩어지고 퍼져나가는 선량함. 그런 마음들 없이 내가 잘 지낼 수 있을까. (2015)

광장에서

저 앞에서 마이크를 들고 있는 사람이 외친다. "여기 모인 시민 여러분은 서로를 평등하게 대하는 사람들입니다. 나이가 많거나 적거나, 가난하거나 부자이거나, 남성이거나 여성이거나, 장애인이거나 비장애인이거나… 그렇지 않습니까, 여러분?"

깔개 없이 맨바닥에 주저앉은 것이 슬슬 후회가 되는 시점에서, 차가워진 엉덩이만큼 마음이 좀 불편해진다. 나는 과연 일상에서 만나는 사람들을 차별과 편견 없이 대해왔는가. 주위를 둘러본다. 내 주위에 촛불을 들고 앉아 있는 수많은 사람들은 내가 어떤 사람인지 알게 된다고 해도 나를 평등하게 대해 줄 것인가.

나는 어떤 사람인가. 주차 요금을 아끼려고 골목의 빈자리를 찾아다니며 불법 주차를 감행하기도 하고, 조금이라도 싼

값으로 물건을 사기 위해 하루 종일 인터넷을 뒤지며 최저가 검색을 하는 사람이다. 잘 알지도 못하면서 소문만 듣고 남의 험담을 한 적이 있으며, 착오가 생겨서 쇼핑몰에서 두 번 보내준 물건을 돌려줘야 하나 말아야 하나 망설인 적도 있다. 노숙자 행색인 사람들이 말을 걸거나 가까이 다가오는 것을 꺼려했으며, 사회적으로 중요한 위치에 있는 사람들에게 별다른 이유 없이 호감을 가지거나 더 예의바르게 대할 때도 있었다. 지금 현재 내가 가장 부러운 사람은 대한민국 어딘가에 자기 집을 갖고 있는 사람이다. 솔직히 나는 신뢰할 수 있는 사회적 성취를 이루었거나 준법정신이 강하거나, 누구나 차별과 편견 없이 대하는 올바른 사람이 아니다. 어쩌면 존중받을 만한 시민이 아닐지도 모른다.

그럼에도 나는 지금 이 순간, 시민발언대 위에 올라가 고발하고 토로하는 사람들에게 귀를 기울이고 있는 이 순간, 랩퍼와 록커들의 노래를 듣고 따라 부르는 이 순간, 촛불을 머리 위로 들어 올려 파도타기를 하는 이 순간, 국민을 기만해 온 부패한 대통령을 향해 퇴진하라는 함성을 질러대는 이 순간, 세상은 어차피 공정하지도 않고 평등하지도 않으며 항상 그래왔으므로 99퍼센트에 속하는 개돼지들은 1퍼센트의 잘난 사람들을 위해 존재할 수밖에 없다고 단언하는 그들에게 분노할 수 있는 이 순간, 이 순간만큼은 내가 존중받을 만한 시민이라는 사실을 확신하게 된다. 광장에 모여 있는 우리 모두가 서로를 존중할 수 있다는 사실을 믿을 수 있게 된다. 내 마음속에 도사리고 있는 어둡고 혼란스런 부분을 밀어낼 수 있을 것도 같다.

광장에 모여 있는 사람들은 길고 다양한 평범함의 스펙트럼을 이루고 있다. 나 또한 그 스펙트럼의 어딘가에 속해 있을 것이다. 이런저런 실수와 잘못에 자주 걸려 넘어지며 살아가고 있는 나는, 그러한 평범함 덕분에 심각하고 위중한 반인류적 범죄 같은 것을 저지르지 않을 수 있었는지도 모른다. 다른 사람보다 특별하거나 우월한 위치를 확보하려는 욕망에 깊이 휘말려들지 않을 수 있었고, 그렇게나 중독성 있다는 달콤한 권력의 맛, 타인의 삶을 디딤돌 삼아 번성한 행복으로부터도 멀어질 수 있었는지도 모른다.

여기에 불 좀 붙여 주시겠어요? 옆에 앉아 있던 젊은 여성이 머뭇거리며 나에게 불 꺼진 초를 내민다. 바람이 불었나. 나는 초를 종이컵 위로 밀어 올려 불을 붙여준다. 고맙습니다. 인사를 하는 그녀의 얼굴을 돌아보며 머리카락을 조심하라고 대답한다. 그리고 몇 살이에요, 이름이 뭐에요, 이것저것 더 물어보고 싶은 마음을 억누른다. 그냥 이것으로 됐다고 생각한다. 바람이 불어 촛불이 꺼지면 언제든지 옆 사람에게 붙여 달라고 부탁할 수 있으니까. 함께 모여서 말하고 듣고, 함성을 지르고, 행진하며 저항할 수 있으니까. 그렇게만 할 수 있으면 걷잡을 수 없을 정도로 무너지거나 황폐해지지 않을 수 있으니까. 그것을 믿으면서 오래오래 광장을 지킬 수 있으면 되는 거니까. 그렇게 만 할 수 있으면. (2017)

　　5월의 어느 날이었다. 햇빛은 찬란하고 하늘은 청명했
다. 아름다운 날씨 탓에 마음이 들떠서 물 맑은 호숫가나 푸른
숲속에서 신선한 공기를 마시며 오래오래 걷고 싶었다. 친구와
만나 맛있는 것도 먹고 수다도 떨고 싶었다. 그 모든 것을 다 하
기 위해 친구가 사는 동네에 있는 경기도 미술관에 놀러가기로
했다. 한두 시간 산책을 하고 맛있는 저녁을 먹을 작정이었다.

　　미술관 주차장으로 들어서자마자 흰색 가건물이 보였
다. 세월호 희생자합동분향소라고 했다. 친구와 나는 망설였다.
분향소를 들렀다 갈 것인가, 그냥 지나칠 것인가. 1년 전 배가 침
몰하고 얼마 지나지 않아 안산 올림픽기념관에 마련된 임시분
향소에 갔을 때의 기억이 떠올랐다.

　　비가 부슬부슬 내리는 날이었다. 사람들이 우산을 쓰고

몇 백 미터씩 줄을 서 있었다. 올림픽기념관 입구에서부터 진행 요원들이 열 명씩 혹은 스무 명씩 사람들을 일렬로 세워서 조문을 하도록 했다. 그날의 기억은 오랜 기다림 끝에 눈앞을 가득 채운 영정 사진들 앞에서 서둘러 헌화를 하고 서둘러 묵념을 하고 서둘러 빠져나왔던 장면들로 이루어져 있었다. 조문을 하고 나서 얄팍한 면죄부 한 장을 받아 쥔 듯 입맛이 씁쓸했다.

결국 호숫가를 향해 몇 걸음 걷던 친구와 나는 발걸음을 돌려 분향소로 향했다. 잠시 들렀다가 무거운 마음을 덜고 가볍게 산책을 하자는 생각이었다. 분향소 안은 한산했다. 희생자들의 영정 앞에서 헌화를 하고 이만하면 됐다는 느낌이 들 때까지 묵념을 했다. 그리고 발길을 돌려 나오는 길이었다. 나는 그만 출구 근처에 전시되어 있는 그 사진들을 보고 말았다. 일 년 내내 어떻게 해서든지 보지 않으려고 애썼던 사진들, 그래서 끝내 보지 않았던 그 모습들을 무방비 상태로 만났다.

단원고 아이들이 기울어져 가는 배 안에서 마침내 죽음을 맞이하기 직전까지, 핸드폰으로 찍었다는 동영상과 사진들. 구명조끼를 입고 줄 맞춰 앉아서 구조를 기다리고 있는 아이들, 해경이 곧 온답니다, 나 살고 싶습니다, 진짜로, 리얼리, 하나님, 죄송합니다, 라고 말하는 아이들의 모습. 무엇이 죄송하다는 것인가. 가엾은 아이들. 울음과 분노가 한꺼번에 북받쳤다. 세월호에 관한 한, 이만하면 됐다고 할 수 있는 일이란 결코 없었다.

그날 도대체 무슨 일이 일어났던 걸까? 분향소 밖으로 나와 여전히 찬란한 오월의 햇빛 속을 걷는 동안 머릿속에서는 내내 의문이 떠나지 않았다. 바다 한가운데서 배가 서서히 물속으로 가라앉았고, 304명의 사람들이 그 속에 갇힌 채 죽어갔다. 이 세상에 태어난 인간은 누구나 반드시 죽을 운명이라고 하지만, 한편으로는 이 세상에 태어난 모든 인간은 존엄하며 행복을 추구할 권리가 있다고도 한다. 그건 진실일까? 세월호에 탔던 사람들, 그들의 가족, 그리고 그날 배가 가라앉는 모습을 실시간으로 지켜보았던 우리에게, 정말 인간으로서 존엄할 권리라는 게 있었던 걸까?

질병이나 사고로 팔다리를 잃어버려도, 그것을 여전히 감각할 수 있는 현상이 있음은 잘 알려진 사실이다. 몸의 일부를 잃어버린 사람들은 사라진 몸이 움직이는 것을 느낄 뿐 아니라 때로는 심한 통증을 경험하기도 한다. 대부분은 며칠 안에 진정이 되지만 진통제를 먹어도 고통이 오래 지속되는 경우도 있다. 이유는 알려져 있지 않다. 다만 잘려 나간 몸에 대한 애착, 그로 인한 스트레스나 정서 장애 등이 통증을 심화시키는지도 모른다고 추측한다.

사랑하는 사람이 세상을 떠났을 때, 다시는 얼굴을 보거나 목소리를 듣거나 직접 만질 수 없을 때, 사람들은 자기 몸의 한 부분, 심장의 한 조각이 잘려나갔다는 비유를 쓴다. 영혼의 일부를 잃어버렸다고 표현하기도 한다. 사라진 팔다리가 한때 존재했음을 통증이 입증하듯이, 한때 존재했으나 사라져버린 사랑하는 사람의 기억은 우리 몸에 생생한 통증으로 각인된다. 그래서 사람이 완전히 죽는 순간은 그 사람을 기억하고 있는 모두에게 잊히는 순간부터라고 하나 보다. 영혼을 잘 떠나보내기 위해 장례식 같은 의식이 필요한 이유이기도 하다.

영혼이란 무엇인가? 영혼이 있는지 없는지를 묻는 게 아니라, 사람들이 무엇을 영혼이라고 일컫는지 질문해 본다. 영혼은 나를 나라고 느끼게 하는 일관되게 진실한 것일지도 모른다. 마지막 순간까지 돈이나 명예, 권력 그 무엇과도 바꿔서는 안 되는 것이고, 만약 그렇게 하면 내가 사라져버리게 되는 무엇일지도. 그런 의미에서 영혼은 내가 누군가를 사랑했던 기억, 나를 사랑했던 누군가에게 남아 있는 기억, 너와 나의 기억들이 서로 얽혀 있는 것이며, 그것을 감지하고 지키는 능력일 수도 있다.

2014년 4월 16일 세월호가 가라앉을 때, 우리 영혼의 일부도 침몰했다. 세상에서 사라져버린 304명을 사랑했던 사람들은 몸의 일부가 잘려나간 고통에 시달리고 있다. 가라앉은 우리의 영혼과 사랑하는 사람을 잃은 고통을 차가운 물속에서 건져낼 방법이 있으리라고는 생각하지 않는다. 이미 일어난 일을 돌이킬 수는 없다. 잃어버린 것들, 죽은 이들을 아름답게 존중하며 떠나보내려는 노력이 있을 뿐이다. 세월호의 진상 규명이 남김 없이 이루어지길 기원한다. 사랑하는 이들을 잃은 분들이 용기를 내어 힘껏 살아가기를 빈다. (2015)

3분이라니 너무하잖아. 3분 뒤에 이 도시로 핵폭탄이 떨어진다는 뉴스를 보자마자 떠오른 생각이다. 휴대폰을 집어 들고 아들에게 전화를 건다. 통화중이다. 사람들이 일제히 휴대폰을 움켜잡는 바람에 통신이 두절된 것일까? 뉴스에서는 생존배낭, 대피요령, 방사능 따위의 단어들이 쏟아져 나오고 있다. 인터넷은 접속이 가능하다. 포털 뉴스마다 공격지점이 정확히 어느 곳인지 예측하는 댓글들이 폭주한다.

1.

어디에 있니? 떨리는 손으로 아들에게 문자를 보낸다. 가까운 지하철역으로 들어가라. 어떻게든 살아남아. '보내기'를 누르자 두려움이 몰려온다. 어떻게 이럴 수가 있지? 대화, 협상,

동결, 폐기, 억지, 봉쇄를 떠들던 잘난 사람들은 다 어디로 간 거지? 깊은 지하의 콘크리트 벙커 안에서 여전히 예측과 전략을 논의하고 있겠지. 방사능 수치가 안전한 수준으로 낮아질 때까지 그 속에서 꼼짝도 안 할 게 분명해. 여름 내내 빗물이 들이쳐 벽지에 곰팡이 얼룩이 생긴 방안에 앉아 나는 몸을 떨며 분노한다. 다 날아가 버려. 이 도시에 있는 더러운 것들, 땅 밑으로 땅 위로 흐르고 있는 악취 나는 검푸른 구정물들, 매일매일 트럭에 산더미처럼 실어도 또 산더미처럼 쌓이는 쓰레기들. 번쩍번쩍 빛나고 반들반들 매끄러워서 썩지도 않는 것들, 얼마나 독한 화학약품이 들어가 있는지 웬만한 불꽃으로는 태울 수도 없는 것들, 이번 기회에 모두 숯덩이가 돼라. 사람이 죽든 말든 돈이면 무슨 짓이든 하는 저질들, 무능력하고 남다르다고 사람 차별하고 무시하던 냉혈한들, 너희도 곧 흔적도 없이 사라질 테지. 잠깐만, 그들이라면 이미 외국으로 피신했을 확률이 높잖아. 평범한 사람들만 이렇게 죽다니 억울하다.

2.

　　살아날 방법이 있지 않을까? 이 건물의 주차장은 지하가 아니니 아무 소용도 없다. 길 건너편 아파트 지하주차장으로 달려갈까? 가는 길에 더 고통스럽게 죽을지도 몰라. 집안에 있는 이불을 죄다 모아서 집의 정중앙, 모든 창문으로부터 가장 먼 거리에 있는 지점에 쌓고 그 속에 들어가 있으면 어떨까? 하지만 이내 포기한다. 이불을 떠메고 옮기다가 죽을 수도 있다. 아름답지 못하다. 이럴 줄 알았다면, 마트에서 늘 구경만 하던 값비싼 포도주라도 사다 놓을 것을. 유리잔에 담긴 진홍빛 액체를 마시며 우아하게 생을 마무리할 것을. 휴대폰을 노려본다. 아들에게서는 여전히 아무 소식도 없다.

3.

초침이 12라는 숫자를 지나는 순간 마음은 태풍의 눈 속으로 들어간다. 고요해진다. 체념일까. 슬픔일까. 죽기 1분 전이다. 시계바늘의 속도가 점점 느려진다. 나를 아는 사람들에게 마지막 인사라도 남겨야지. SNS에 접속한다. 내가 사라지면 많은 이들이 슬퍼하겠지. 물론 기뻐할 사람도 있을 것이다. 이미 죽었으니 가엾어 할지도 모른다. 그게 더 싫은데? 어쨌든 글을 쓰기 시작한다.

'우리는 그러지 말았어야 했다. 혐오하고 저주하고 조롱하고 비난하지 말았어야 했다. 그 모든 에너지가 모여서 핵폭탄이 되었을 것이다. 나는 이제 이 세상에서 사라지지만 남은 이들은 서로 사랑하며 살아가기를 바란다. 나는 나밖에 몰랐고, 나의 슬픔과 기쁨만 중요했다. 나는 뱀처럼 교활해도 남들은 양처럼 무구하기를 바랐다.'

이런 글을 남겨서 무엇 하리. 나는 사라지는데. 그래도 남기고 싶어 '게시' 버튼을 누른다. 잠시 기다려본다. 아무 반응도 없다. 뭐지? 타임라인에 비슷한 내용의 수많은 글들이 빠르게 올라오고 있다. 그렇다. 나만 죽는 게 아니었다. 결국 수많은 죽음들 속에 나의 죽음이 묻히는구나. 나만 죽는 거라면 관심 좀 받았을 텐데.

그 순간 창밖에 섬광이 비친다. 번쩍. 평생 그토록 바라던 스포트라이트처럼. (2017)

〈김군〉을
보았다

포스터 속 청년은 낯설지 않으나 모르는 사람이다. 얼핏 보기에 투구를 쓰고 말 위에 올라탄 고대의 전사 같다. 들판으로 달려 나가기 직전 그는 잠시 뒤돌아보고 있다. 오월 광주를 새삼 떠올리고 싶지는 않았으나, 나는 청년이 궁금했다.

_ 금남로 도청에서 700~800미터쯤 떨어진 곳인데, 아침 일곱 시 반에서 여덟 시 사이였을 거야. 차를 세우고 허락도 안 받고 사진부터 찍었지. 그러니 기분 나빠서 노려보는 거지.

사진기자의 설명과 달리, 청년이 나를 노려보고 있다는 느낌은 없다. 분노도 억울함도 보이지 않는다. 그 눈빛 속에서 읽을 수 있는 것은 오랜 세월 침묵으로 꾹꾹 다진 말, 단호한 신념이 되어버린 체념이다.

청년은 지만원 씨와 일베 회원들이 '광수 1호'로 지목한 사람이다. 그들이 1980년 5월에 광주에 침투했다고 주장하는 북한군을 자기들끼리 '광수'라고 부른다. '기하학'과 '픽셀'을 근거로 광주항쟁 기록사진 속의 사람들에게 광수 1호, 2호… 끝없이 번호를 매긴다. 실제로 화면 속 남한 사람들과 북한 사람들은 생김새가 상당히 비슷하다. 한국인이 순수 단일혈통 민족이라는 주장을 믿고 싶어질 정도다.

'광수 1호' 말고도 이미 영화의 첫 부분에서 청년을 가리키는 또 다른 호칭이 등장한다. 22일 오후부터 광주 시내에서 눈에 띄기 시작했다는 복면 부대. 선량한 시민들을 폭도로 오해받게 만든 강경파. 당시 광주를 취재했던 기자가 5·18 청문회에서 증언할 때 언급한 단어들이다.

'선량한 시민'이라는 단어에서 멈칫한다. '내가 너를 해치지 않을 테니, 너도 나를 해치지 말라'는 메시지는 평화의 토대가 될 수 있다. 그러나 이미 폭력을 휘두르고 총을 쏘기 시작한 상대에게 그런 메시지는 얼마나 설득력이 있을까. '선량한 시민'이라는 말은 때리는 대로 맞고 있을 테니 죽이지는 말아 달라, 혹은 다른 사람은 죽여도 좋으니 나는 죽이지 말아 달라는 신호나 암시 같은 거 아닐까. 어쩌면 '광수'와 '선량한 시민'은 서로 밀고 당기는 만유인력 같은 힘으로 견고한 세상 하나를 지탱

하고 있을지도 모른다.

　　_ 저기 다리 밑에서 천막 치고 살면서 넝마 주우러 다니던 청년 아닌가?

　　사진 속 청년을 본 적이 있느냐는 질문에 광주 사람들은 머릿속에 떠오르는 이야기들을 쏟아내기 시작한다. '김군'이라 불리던, 비행기 떨어뜨리는 총을 다룰 줄 알던, 우리같이 배우지 못한 놈들도 애국할 수 있다고 말하던, 눈앞에서 나 대신 총에 맞아 쓰러지던, 오월 이후 흔적도 없이 사라져 버렸으나 각자의 기억 속에 살아 있는 사람들을 이야기한다. 그리고 무심히 덧붙인다. 그때 나는 이뻤다고, 그때 나는 아직 오염되지 않았다고. 함께 다니는 게 좋았고, 시민들의 지지와 성원에 반했고, 민주주의니 전두환이니 그런 건 전혀 몰랐다고. 흩어져 있던 기억들이 모이거나 겹쳐져 만들어진 모자이크 위로 한때 세상에 존재했을 청년의 모습이 희미하게 떠오른다.

　　그러나 늘 그렇듯 상처는 기억보다 힘이 세다. 진지하게 인터뷰에 응하던 사람들은 불쑥 내뱉는다. 이런 이야기 하고 나면 오늘 저녁에 가서 잠 못 자. 가슴이 아프다. 내가 아픈 만큼 그들이 나를 아파한다냐? 영화를 보고 있던 나는 고개를 끄덕인다. 어둠 속에서 이런 이야기를 듣다가 나는 다시 훤한 대낮의 거리로 걸어 나갈 것이다. 그럴 수밖에 없지 않은가. 물론 극장을 빠져나가기 전, 청년의 얼굴을 한 번쯤 돌아보겠지. 나라면 어떻게 했을까, 수십 년 동안 스스로 묻던 질문을 떠올리면서.

다시 바라본 포스터 속 청년은 조금 달라 보인다. 꼭 하고 싶은 말이 있는 표정이다. 토해내지 못한 무엇인가가 형형한 눈빛 속에 가득하다. 하지만 그는 여전히 말이 없다. (2019)

그보다는
긴 문장으로

일주일에 한 번 하는 글쓰기 수업이 끝나면 마음이 홀가분하다. 수업하기 전 며칠 동안은 조금 긴장한 상태로 지낸다. 실제 수업에서는 거의 쓸모가 없음이 드러나게 되는 이런저런 준비를 하고, 수강생들의 과제를 첨삭하고, 그런 일들을 마치고 나서도 여전히 할 일이 남은 듯 계속 서성이는 마음으로 시간을 보낸다. 그래서일까. 수업이 끝난 직후에는 버스 정류장 몇 개를 지나치면서 밤거리를 오래 걷는다. 편한 마음으로 부질없는 질문과 대답들 속에 잠긴 채.

지난번 수업을 마치고 나서는 덕수궁 길을 따라 시청역 쪽으로 걸었다. 그러면서 그날 내가 했던 수업 내용을 되새겨 보았다. 처음 글을 쓰기 시작할 때는 사람이나 사물, 혹은 어떤 상황이나 사건을 단어 하나로 설명하려 애쓰는 실수를 저지르기

쉽다는 것. 무례한 이웃, 아름다운 여자, 외제 승용차, 이렇게. 그러나 하나의 수식어로는 이 세상에 존재하는 그 무엇도 제대로 표현하고 설명할 수 없다는 것. 단어는 그저 이름일 뿐이고, 이름을 붙이는 행위에는 나와 세상을 분리하려는 의도도 있다는 것. 예컨대 저 사람은 나쁜 사람이다, 그러니까 나는 나쁜 사람이 아니다, 저것은 예쁜 그릇이다, 그러니까 나는 예쁜 그릇이 아니고 그것을 사용하는 사람이다, 라는 식으로. 그런데 복합적이고 다층적인 세상을 더 잘 설명하고 이해하려면 단어에서 문장으로 문장에서 글로 나아갈 수밖에 없다는 것. 구체적이고 섬세한 문장을 쓰는 일은 분리시켰던 세상과 나를 다시 연결하는 과정일지도 모른다는 것.

그날 나는 시청역 앞에서 친구를 만나기로 했다. 대한문 앞 쌍용차 해고노동자 고 김주중 씨의 분향소로 함께 조문 가기로 약속했기 때문이다. 역 앞에서 친구를 기다리면서 지난 1월 이후 내가 얼마나 달라졌는지 가늠해 보았다. 그 이전의 나는 어느 날 갑자기 납득할 수 없는 이유로 해고를 당한 사람들이 있고, 그로 인한 억울함과 괴로움 때문에 죽음에 이르게 된 사람들이 있음을 알아도, 그리고 내가 그것을 안타깝게 여긴다고 해도, 굳이 직접 애도를 표하러 조문을 가는 사람은 아니었다.

1월에 무슨 일이 있었던가. 글쓰기강좌 수강생 가운데

유독 글을 잘 쓰는 사람이 있었다. 글을 풀어내는 솜씨도 솜씨려니와 글의 내용에 대해 내가 할 수 있는 말이 별로 없었다. 마음이 불편했다. 이런 사람이 왜 수업을 받으러 왔을까. 내가 배워도 시원찮을 판인데…. 실제로 그가 쌍용차 해고노동자들의 대변인 역할을 하면서 겪은 온갖 경험과 소회를 읽으면서, 오히려 가르치는 입장인 내가 배우는 게 많았다. '노동자' 라는 단어와 함께 떠오르던 생경함, 전태일 열사 같은 이미지가 깨졌을 뿐 아니라, 나는 성취한 게 없어서, 나이도 많고, 인맥도 없고, 가난해서, 라는 온갖 변명으로 가둬 놓은 소극적 삶이 부끄럽기도 했다.

분향소 정면 벽에 걸려 있는 서른 명의 영정을 바라보면서, 검게 지워진 얼굴들 아래 적혀 있는 짧은 글을 읽어 보았다. 2011.10.10 희망퇴직자. 심각한 우울증, 집안에서 목매 자살. 2012.1.21 희망퇴직자. 심장마비 사망, 회사 측에 의한 2번의 해고. 2018.6.27 복직대기자. 생계곤란, 정리해고 이후 기부간부 역임, 복직 투쟁에 적극적으로 활동, 해고자 복직 길어지자 자택 근교 야산에 목 매 자살. 얼마 되지 않는 단어들로 설명되어 있는 삶이 슬펐다. 그 삶의 주인들은 물론 그보다는 긴 문장으로 자신이 기억되기를 바랐을 것이다. 향을 피우고 절을 하면서 부디 좋은 곳으로 가시길 기원했다. 그리고 생각했다. 우리가 좀

더 일찍 서로를 알았더라면, 그토록 단순한 단어들을 남기고 세
상을 떠나지 않아도 되었을지 모른다고. (2018)

슬프고
잔혹한 역사

아직 학생이던 스무 살 무렵에 새벽 첫 버스를 타는 일이 자주 있었다. 다니던 학교가 집에서 멀리 떨어져 있었으므로, 시험기간 같은 때에 학교도서관에 자리를 잡으려면 날이 밝지 않을 무렵 집에서 나와야 했다.

그 시각에 버스를 타도 의외로 좌석은 거의 채워져 있는 경우가 많았다. 자리에 앉아 있는 승객들 대부분은 일하러 나가는 사람들로 보였다. 공사장이나 인력시장에 나가는 사람, 물건을 떼러 새벽 도매시장에 가는 사람, 그리고 이런저런 짐 보따리를 들고 어디론가 가는 사람들. 아직 새파랗게 젊은 사람이던 나는 같은 버스에 탄 승객들의 행색을 훑어보면서 꼭두새벽에 일어나 열심히 일한다고 해서 반드시 부자가 되는 건 아닐지도 모른다는 의심을 하곤 했다. 그럼에도 열심히 살다 보면 언젠가는 적절한 보답이 오리라는 믿음을 완전히 버리지는 못했지만.

　　삼십여 년 전의 기억을 소환한 것은 책꽂이에 오래 방치하고 있던 책을 며칠 전 꺼내 읽었기 때문이다. 『현대조선 잔혹사』(허환주, 후마니타스 2016). 그 책에 실린 한 청년의 짧은 삶에 대한 기록이 내 마음을 흔들었다.

　　해병대 출신인 그는 2001년 전역 직후에 비파괴검사를 전문으로 하는 회사에 입사한다. 대기업의 위탁을 받아 초음파나 자력, 방사선을 이용해서 선박의 용접 부위를 검사하는 작업을 하는 회사였다. 일은 주간과 야간으로 나눠서 했는데, 방사선 투과 검사는 주로 야간에 했다. 낮에는 선박 내에서 다른 일을 하는 노동자들이 피폭될 위험이 있기 때문이다. 작업자들도 방사선에 오래 노출되는 일을 피하기 위해 2주 동안 야간에 일을 하면 1주는 주간에 일을 하도록 했다. 그러나 건강을 자신했던 그는 주로 야간작업을 했다. 제대로 된 안전 교육을 받은 적도 없었고, 안전 장비나 보호 장비도 부실했다. 안전 수칙에 의한 하루 최대 작업량도 지키지 않았다. 2010년에 그는 골수형성이상증후군이라는 진단을 받고 항암치료를 시작했다.

　　"지금 와서 생각하면 너무나도 후회됩니다. 왜 그리 회사의 이익을 위해 죽어 가는 줄도 모르고 억척스럽고 어리석게 일했는지… 생각하면 답답하기만 할 뿐입니다. 치료라도 제때 잘 받아서 다시 건강했던 옛날로 돌아갈 수 있도록 제발 도와주십

시오."

그가 병상에서 남긴 글이다. 1년 뒤에 서른여섯 살의 청년은 삶을 마감했다. 청년의 글은 나에게 남아 있던 한 조각 믿음을 미련 없이 버리도록 만들었다. 누구나 열심히 살다 보면 언젠가는 적절한 보답이 오리라는 믿음을.

비정규직 노동자들의 임금과 노동환경, 임금을 떼먹히거나 산재 처리를 받기 힘들 수밖에 없는 구조, 즉 하청과 원청의 관계, 정규직 노조나 국가가 그것을 방조해온 방식에 대한 적나라하고 구체적인 사례들을 읽으면서, 나는 오랫동안 그 책을 기피해 온 이유를 깨달았다. 그리고 비명을 지르듯 수없이 질문할 수밖에 없었다. 사람이 정말로 이렇게까지 일해야 해? 입에서 시너 냄새가 나도록 맹독성인 페인트를 칠해야 하고, 밀폐된 탱크 안에서 질식해서 죽을 때까지 일해야 해? 3D 프린터니 4차 산업혁명을 거론하는 이 시점에서? 하지만 그건 내가 전혀 몰랐던 일들일까? 흉흉한 소문처럼 늘 주위를 희미하게 떠돌던 사실은 아니었을까?

우리는 이미 잘 알고 있다. 몇몇 사람들은 열심히 일하지 않아도 잘 산다는 것을. 또 비교적 많은 사람들이 열심히 일하면 소소한 기쁨을 누리면서 살 수 있다(고 믿는다)는 것을. 그러나 말 그대로 뼈가 부서져라 열심히 일할수록 삶이 점점 더 나빠지는 사람들이 분명히 이 세상에 있다는 것을. 그게 단순히 운이나

우연 때문은 아니라서 인류의 역사는 슬프고 잔혹하게 이어진
다는 것을. (2018)

상처받는
능력

아이는 빠른 속도로 언덕을 달려 내려오고 있었다. 나도
모르게 아아, 조심해! 소리를 지르고 말았다. 대로변은 아니었으
나 자동차가 꽤 자주 오가는 이면 도로였다. 봄 햇살 속에서 반
짝이며 구르듯 내달리는 아이는 제 속도를 조절하거나 적절한
순간에 멈추지 못할 것처럼 보였다. 아이 뒤를 따라 종종 걸음으
로 내려오던 남자가 비명을 지르는 나를 흘깃 바라보았다. 나와
눈이 마주치자, 남자는 살짝 미소를 지었다. 아버지인 내가 뒤쫓
아 가고 있으니 걱정 말라는 듯한 웃음.

괜한 오지랖으로 소란을 떨었나 싶어 머쓱해져 서둘러
언덕을 올랐다. 그런데 몇 발자국 움직이기도 전에 자동차가 급
정거하는 마찰음이 거리에 울려 퍼졌다. 뒤통수가 서늘했다. 남
자의 고함소리와 아이의 울음소리도 들려왔다. 뒤돌아보니 아

이는 아스팔트 도로 위에 넘어져 있었고, 바로 앞에 은빛 자동차 한 대가 아슬아슬하게 멈춰 서 있었다. 서둘러 달려가는 남자의 뒷모습을 눈으로 쫓았다. 그가 아이 곁에 이르러 손을 내미는 것을 보고 나는 다시 몸을 돌려 걷기 시작했다. 바람결에 아이의 울음소리가 들려왔다. 나는 속절없이 중얼거렸다. 그렇게 심하게 다치지는 않았을 거야. 무릎이나 손바닥이 조금 긁혔겠지. 놀랐겠지. 하지만 울지 마. 사소한 상처들은 치명적 상처를 미리 방지하기도 하니까. 상처는 곧 아물고 굳은살이 생길 거야. 그러니 울지 마….

혼잣말을 하던 나는 화들짝 놀란다. 왜 울지 말라고 하는 거지? 달려가는 아이를 보고 조심하라고 소리치다가, 아이가 넘어져서 다치니까 울지 말라고 다그치는 건 왜일까? 위험한 행동은 아예 하지 말라고 하고, 어쩌다 넘어져 상처를 입는다고 해도 그만한 일에 울지 말라고 하고, 울지도 말고 아무렇지도 않게 여기라고 한다. 그래야 강한 어른으로 자라는 것이라고. 물론 몸에 생긴 상처는 아물어 크고 작은 흉터로 남거나 그마저 사라지기도 할 것이다. 그러나 마음은 어떻게 되는 것일까. 문득 굳은살이 갑옷처럼 두텁게 덮인 마음을 상상해 본다. 상처를 입지 않는 마음. 상처받을 수 있는 능력을 잃어버린 마음. 이를 악물고 울음을 참다가 결국 울음 같은 것은 아예 나오지 않게 된 단단한 마음.

강하다는 것은 무엇일까. 슬픔도 두려움도, 부끄러움도 좌절도 느끼지 않는 걸까. 오래 품어 온 사랑을 거절당해도, 취직 시험에 연거푸 떨어져도, 난데없이 뺨을 맞듯 직장에서 해고를 당해도, 우리는 스스로에게, 그리고 다른 이들에게 준비된 대본을 읽듯 쉽게 말한다. 울지 마라. 징징거리지 마라. 정신력으로 극복해라. 하지만 그 모든 감정들을 마비시키고 난 뒤 무엇을 느낄 수 있을까.

감정은 편리하게 칸막이가 나뉘어 있는 게 아니다. 감수성은 말처럼 쉽게 선택적으로 작용하지 않는다. 치명적인 상처를 입지 않기 위해, 강해지기 위해, 흔히 부정적이라고 일컫는 감정을 둔하게 만들어 놓으면, 사소한 기쁨이나 틈틈이 행복을 느끼는 능력, 연민하고 공감하는 능력도 함께 사라지기 마련이다. 슬픔을 경멸하고 아픔을 회피하는 사람은 오직 자신만을 위해 눈물을 흘릴 수 있을 뿐 타인을 위해 울지 못한다.

지금 우리 사회에서 가장 쉽게 허용되고 가장 자주 표출되는 감정은 분노와 혐오다. 단단한 굳은살 아래, 결코 없을 것이라고 단언하지만 켜켜이 쌓여있을 게 틀림없는 아픔과 괴로움 때문에 우리는 잔인하게 타인을 비난하고 조롱하는 것인지도 모른다. 그것은 정말로 강한 것일까.

이제 아이의 울음소리는 들리지 않는다. 그러나 내 마음은 바뀌었다. 두려움이 씻겨나가도록 아이가 실컷 울기를, 그래서 이 세상에 갓 태어났을 때처럼 연약한 몸과 마음으로 돌아가기를, 그 몸으로 다시 한 번 봄 햇살 속으로 반짝이며 튀어 오르기를, 나는 바랐다. (2018)

나는
주인공

모자를 쓰고 현관문을 나선다. 건물 밖으로 나와, 이어폰을 끼고 음악을 들으며 걷기 시작한다. 나무들이 두 줄로 늘어서 있는 오솔길로 접어든다. 저기 나와 똑같은 분홍색 티셔츠를 입은 여자가 걸어온다. 나는 당황해서 되돌아갈까 잠시 망설인다. 그러는 동안 여자는 점점 다가와 나와 마주보고 곁을 스쳐지나간다. 나는 민망해 하며, 세상 여자들을 분홍색 티셔츠를 입은 여자와 그렇지 않은 여자로 나눈다.

걷다보니 나무로 만든 데크가 나온다. 걸음을 멈추고 난간에 기대어 저 아래 개천을 바라본다. 검은 물 위로 초록색 플라스틱 페트병이 흘러가고 있다. 반팔 와이셔츠에 감색 바지를 입은 두 남자가 다가와 담배를 꺼내 불을 붙인다. 벤치에 앉아 자판기에서 뽑아 온 커피를 마시며 쉴 새 없이 연기를 내뿜는 그들을 보면서 나는 지금이 점심시간임을 깨닫는다. 두 사람은 아마도 근처에 있는 관공서에 근무하는 공무원일 것이다. 그 자리를 떠나며, 나는 세상 사람들을 부주의하게 담배 연기를 내뿜는 불쾌한 사람들과 그렇지 않은 사람들로 나눈다.

오솔길의 막바지에 계단이 대여섯 개 나타난다. 운동복을 입은 아저씨가 계단 앞에 엉거주춤 서 있다. 가까이 가니 일그러진 표정으로 손을 내밀면서 말을 건넨다. 음악소리 때문에 말소리가 잘 들리지 않는다. 나는 아무것도 못 듣고 못 본 척 후다닥 계단을 내려간다. 아저씨는 거동이 불편한 사람인 듯 보였고 나에게 도움을 청하는 말을 했던 게 분명하다. 하지만 나는 낯선 사람의 손을 잡느니, 기꺼이 나쁜 사람이 되기로 한다. 이제 세상은 경계심 없고 순한 마음을 지닌 사람들과 방어적이며 이기적인 사람들로 나뉜다.

오솔길을 벗어나니 횡단보도가 있는 도로가 나타난다. 붉은 신호등 아래 서서 지나가는 자동차들을 바라본다. 이어폰에서 좋아하는 음악이 흘러나온다. 영화 속에 들어온 기분이다. 물론 주인공은 나다. 문득 깨닫는다, 이제껏 살아오는 동안 내가 주인공인 단 한 편의 영화가 상영되고 있었음을. 초록색 신호등이 켜지면 횡단보도 저 맞은편에서 남자 주인공이 천천히 걸어올지도 모르겠다. 주위를 둘러본다. 백화점 쇼핑백을 들고 서 있는 여자, 휴대폰을 들고 통화를 하고 있는 남자가 나란히 신호등

앞에 서 있다. 두 사람 모두 자기 자신의 삶이라는 영화의 주인공이겠지. 그러나 나에게는 지나가는 사람1, 2일 뿐이다. 나 또한 그들 삶에서는 엑스트라에 지나지 않는구나. (2015)

어떻게 이럴 수가 있지? 벌써 꽃들이 피기 시작했잖아. 가로등 불빛 아래 창백하게 그늘진 매화를 바라보며 친구는 투덜거린다. 아까부터 흘려듣고 있던 말 속에 깃든 안타까움과 서운함이 갑자기 납득이 된다. 준비도 덜 됐는데 기별 없이 활짝 피어나는 꽃들이라니. 저 멀리 언덕 아래에서 또 다른 친구가 걸어올라 오는 것이 보인다. 손에는 검정 비닐봉투가 들려 있다. 흠결 없는 순간에 아름다움을 맞이하기 바랐던 기대를 저버린 꽃들 앞에서, 친구는 검정 비닐봉투 속에서 아이스크림과 생수를 꺼낸다. 우리는 벤치에 나란히 앉아 아이스크림을 먹고 생수를 마시며 불빛이 환한 도시를 내려다본다.

아, 공기가 너무 나빠. 미세먼지 때문에 숨을 쉴 수가 없어. 저기 남산 위에 있는 서울타워의 불빛이 미세먼지 농도를 알려준다는 사실을 알고 있어? 누군가의 말에 모두들 놀란다. 파란색 조명은 서울 공기가 제주도처럼 맑다는 의미야. 연두색이나 붉은색은 가능한 한 외출을 삼가라는 신호이고. 우리는 일제히 소리친다. 이제까지 아무도 알려주지 않았어. 어떻게 그럴 수가 있지?

그것을 시작으로 우리는 왁자지껄 목소리를 높이기 시작한다. 한밤중에 이토록 높은 곳에 올랐으므로 저 아래 잠들어 있는 너희들을 향해 불만을 터뜨릴 자격이 있다는 듯이. 내 신발을 조롱하고, 내 외투를 조롱하고, 내 나이를 조롱했어. 어떻게 그럴 수가 있지? 관심이 있으면서도 관심이 없다고 하고, 싫어하지도 않으면서 싫어한다고 하고, 사랑하지도 않으면서 사랑한다고 했어. 어떻게 그럴 수가 있지? 빵집을 하려고 했더니 베이커리를 하자고 하고, 카페를 하려고 했더니 커피전문점을 하자고 했어. 구멍가게 옆에 냉큼 편의점을 차릴 것들이야. 땅도 많고 집도 많으면서, 자기 땅을 조금 침범했다고 남의 집 현관과 창문을 거대한 벽으로 막아버리는 것들이라고. 어떻게 그럴 수가 있을까? 그럴 수 없이 끔찍한 너희들에게 투덜거리며 우리는 별처럼 반짝이는 불빛들을 바라본다. 너희들은 저렇게 많은 별들을 갖고 있구나. 불을 밝힌 채 잠들어버린 너희들 같은 건 없으면 좋겠어.

약속이라도 한 듯 우리는 입을 다문다. 잠시, 너 없는 평

화가 깃든다. 누군가가 한숨을 쉰다. 너희들을 몽땅 쏟아버리고
나니 예상과 달리 당황스럽기도 하고 허전한 것 같기도 하다. 아
이스크림과 생수로 채울 수 없는 허기가 몰려온다. 라면이나 먹
으러 갈까? 치킨은 어때? 아무래도 국물이 있는 게 낫지 않겠
어? 우리는 검정 봉투 속에 아이스크림 껍질과 빈 생수통들을
주섬주섬 챙겨 넣는다. 쓰레기를 아무데나 버리면 안 돼. 우리는
문화시민이니까. 우리 중 하나가 나지막하게 중얼거린다. 그런
데 여기에 매화나무를 이렇게 많이 심은 사람은 누구일까? 푸릇
한 꽃향기와 불편한 평화를 산 위에 남겨두고 우리는 밤거리를
향해 내려간다. 오솔길을 벗어나 집들이 좁은 어깨를 맞대고 있
는 골목으로 접어든다.

　　골목 어귀에 그림자 하나가 어른거린다. 검은색 뿔테 안
경을 긴 청년이 이불을 털고 있다. 이거 드실래요? 하나가 남아
서요. 친구가 봉투에 남아 있던 아이스크림을 꺼내 불쑥 내민다.
뜻밖에도 청년은 해맑게 웃으며 아이스크림을 받아든다. 고맙
습니다. 살짝 긴장했던 마음이 풀어진다. 단정하고 착하게 생겼
잖아. 모두들 고개를 돌려 청년의 얼굴을 다시 한 번 바라본다.

　　마을버스가 다니는 도로가 나오자, 집과 집 사이의 간격
이 넓어진다. 전봇대 옆 담벼락에 낡은 서랍장과 거울이 기대어
세워져 있는 게 눈에 띈다. 저거 가져갈까? 거울은 쓸 만해 보이
는데. 안 돼, 안 돼. 아이스크림을 사들고 왔던 친구가 손사래를

친다. 남이 버린 거울은 집안에 들이는 게 아니야. 우리는 고개를 끄덕인다. 맞아. 가져가면 안 돼. 무엇인가가 따라와서 거울을 볼 때마다 쓱 나타나면 어떡해. 이를테면 '너희들'이나 '너 없는 평화' 같은 것. 우리는 거울을 그냥 지나친다. 오므라이스와 김밥이 맛있고, 24시간 문을 여는 분식집을 향해 걸어간다. (2016)

괴물이 창궐하는 세상에서
사랑은

　　세상은 몬스터들로 가득 차 있는데 그녀는 아무도 모르
게 그를 사랑하고 있다. 그녀가 사랑하는 그는 소꿉친구이자 몬
스터를 퇴치하는 일로 생계를 이어가는 전사. 그녀는 그가 자기
처럼 평범한 사람이 되어 작고 확실한 행복을 누리며 살아가기
를 소망한다. 그러나 간절한 소망에도 아랑곳없이, 그는 세상을
구할 영웅이라는 계시를 받고 전쟁터를 향해 떠난다. 그녀도 자
신의 사랑을 따른다. 만류하는 그에게 억지를 부리고, 앞질러가
길목을 지키면서 영웅의 여정을 따라 나선다. 능력도 소명도 없
는 그녀에게는 힘에 부치는 일이지만, 온힘을 다해 죽을 것 같
은 위험과 공포 속을 헤쳐 나간다. 앞으로 나아갈수록 시련은
끝이 없고 도전은 험난하다. 그녀를 버티게 하는 힘은 오직 하
나, 사랑하는 그의 발목을 잡지 말아야 한다는 다짐이다. 언젠

가는 부딪혀 부서질 것이고, 언젠가는 주저앉아 포기하게 되겠지만, 그녀는 매순간 마지막으로 내지르는 비명 같은 의지로 운명과 싸운다.

사랑에 빠진 이 소녀는 세상을 구하기 위해 사악한 존재와 맞서 싸우는 영웅들의 이야기인 〈에스트폴리스 전기 2〉라는 롤플레잉게임 속 캐릭터다. 나는 게임 속에서조차 조연에 불과한 어떤 소녀의 사랑 이야기에 마음을 빼앗겼다. 사랑은 지극히 개인적인 일이기도 하지만 세상 풍속에 따라 속절없이 변하는 것이기도 하다. 몬스터들이 출몰하는 게임 속이 아니라면 그녀는 그토록 절박하고 가망 없는 사랑을 하지 않을 것이다.

우리가 살아가는 현실에서 사랑은 그렇게 힘들고 어려운 일이 아닐 수 있다. 백화점에서 카페와 식당과 편의점에서 TV와 영화와 잡지 속에서 혹은 헬스클럽에서처럼 주어진 선택지를 향해 손을 뻗기만 하면 되는 것일지도 모른다. 아니, 아니다. 설마 사랑이 그것밖에 안 될까. 적어도 몸과 마음을 편히 쉴 수 있는 집 정도는 되겠지. 사는 집이 당신을 말해주듯 어떤 사랑을 하느냐가 당신을 말해주는 건데. 점검하고 확인해야 할 사전계약서와 품질보증서만 해도 꽤나 복잡한데. 예쁜 사랑, 품격 있는 사랑으로 이후로도 행복하게 살아야만 하는데.

그러나 사랑이란 한 순간 괴물로 변하지 않던가. 사랑이라는 단어는 보통명사가 아니라 대명사일지도 모른다. 이기심, 차별, 억압, 소유욕, 인정욕구, 억제되지 않는 충동, 그리고 지하철역 입구에서 내밀어지는 전단지 같은 호의, 바닥에 떨어져 밟힐 때마다 지뢰가 되는 그것에도 쉽사리 사랑이라는 이름이 붙는다. 사랑이라면 이래야 한다, 사랑이라면 저래야 한다, 사랑한다면서 이것도 못 해주냐, 사랑한다면서 저것도 못 해주냐, 소리높여 요구하고 외친다.

사랑은 이제 괴물이 되어버렸다. 게임 속 그녀처럼 몸을 던져 싸우려 하지 않기 때문에 괴물은 우리에게 괴물로 보이지 않는 것일지도 모른다. 문득 이런저런 의문이 떠오른다. 그녀가 사랑했던 그는 진짜 영웅이었을까? 영웅과 괴물은 동전의 양면 같은 건 아니었을까? 지옥의 불길 같은 단계들을 통과하면서 그녀가 바라본 사랑은 어떤 것이었을까? 영웅과 괴물이 창궐하는 세상, 점점 망해가는 세상 속에서, 사랑을 위해 사랑을 부르짖지 않을 용기 있는 사랑은 눈 씻고 찾아 봐도 보이지 않는데.

그녀가 사랑한 그는 마침내 자신의 천생연분, 계시를 받은 아름답고 강인한 여전사, 운명의 짝을 만난다. 한 쌍의 영웅이 세상을 구하기 위해 싸우는 동안 그녀는 원망도 눈물도 없이 고향으로 돌아와 묵묵히 일상을 이어간다. 그리고 어느 날, 운명으로 묶인 두 영웅이 사악한 존재를 무찌르고 함께 최후를 맞이

한다. 그 순간, 멀리 떨어진 고향에서 그녀는 갑자기 까닭 모를 슬픔을 느낀다. 뺨 위로 흘러내리는 눈물은 투명하다. 영웅들은 세상을 구해냈고 그녀는 홀로 자신의 사랑을 구원했다. (2016)

사소한
저항의 기록

낡은 미닫이문의 유리창 너머로 가게 안을 한참 들여다
본다. 세 벽면을 가득 차지하고 있는 선반마다 빨갛고 파란 표지
의 만화책들이 빽빽하게 꽂혀있다. 나도 모르게 침을 삼킨다. 선
반 바로 아래 아이들이 어깨를 맞대고 앉아 있다. 검고 동그란
머리통들이 펼쳐진 책 속으로 빨려 들어갈 것처럼 기울어져 있
다. 가게 안 여기저기 아무렇게나 팽개쳐 있는 책가방들을 훑어
보며, 주머니 속에 손을 넣어 백 원짜리 동전을 만져본다. 백 원
이면 만화책을 실컷 볼 수 있을 뿐 아니라, 어묵 꼬치 한 개쯤 주
전부리도 할 수 있다. 마음을 굳게 먹고 문을 밀고 들어가려다
그만둔다. 들어가고 싶기도 하고 왠지 무섭기도 하다. 두 마음이
부딪쳐 자꾸 서로를 밀어낸다. 몸을 돌려 몇 발자국 앞으로 걷다
가 다시 돌아와 가게 앞을 얼쩡거린다.

꿈속에서 늘 찾아가는 골목이 있다. 어린 시절 학교가 끝나면 터덜터덜 걸어서 돌아오던 길. 문방구와 수예점과 또 무엇을 파는지 알 수 없는 이런저런 가게들을 지나서 개천을 따라 걷는다. 저 멀리 마치 감옥처럼 보이는 가발공장이 나타나기 직전 만홧가게가 있다. 만화책은 학교 앞 문방구에서 파는 쫀드기나 아폴로 같은 불량식품만큼 나쁜 것이다. 이불 속에 숨겨두고 보아야 할 것, 어머니의 회초리를 부르는 것, 쓸데없이 돈을 낭비한다는 잔소리를 듣게 하는 것이다. 하지만 나는 금지된 것일수록 더 달콤하다는 사실을 이미 터득한 사람. 밥을 먹고 학교에 가고 숙제를 하고 양치질을 하는 것 같은 지루한 일상이 제거된 세상, 예쁘고 특별한 사람이 되어 우연과 행운과 모험을 끊임없이 경험할 수 있는 그 신나는 세상 속으로 빠져들지 않을 재주가 있을까.

1970년대 중반의 어느 겨울날. 나는 드디어 호기롭게 만홧가게 문을 밀고 들어간다. 가게 안은 생각보다 좁고 어둡다. 꾀죄죄한 옷차림에 비가 오면 책가방을 머리에 이고 달려갈 법한 더벅머리 남자애들뿐이다. 깔끔하고 순해 보이는 여자애들은 별로 없다. 공기 속을 떠도는 냄새도 수상하다. 검은색 고무줄 뒤에 세워져 있는 만화책들을 머뭇거리며 둘러본다. 긴 머리카락에 눈망울이 커다란 소녀가 나오는 순정만화를 집어 든다. 좁고 긴 나무의자에 걸터앉아 책 속으로 빠져든다. 기억상실증에 걸린 여주인공이 제분소에 들어가 하얗게 날리는 밀가루와 기계 돌아가는 소리를 들으며 기억을 되살리는 결정적 순간, 어디선가 내 이름을 부르는 소리가 들린다. 고개를 들어보니, 가게의 미닫이문이 열려 있고, 문밖 길 위에서 어머니가 얼굴을 잔뜩 찡그린 채 나를 바라보며 서 있다. 가슴이 철렁 내려앉는다. 저 문이 왜 열려 있는 거지?

그날 나는 어머니의 눈길을 외면했다. 내가 아닌 다른 아이를 보고 어머니가 착각한 것이라고 아무렇게나 생각하려 했다. 그 짧은 순간 어쩌면 정말로 나는 내가 아니라고 믿었는지 모른다. 나는 당신의 딸이 아니에요. 나를 그런 이름으로 부르거나 나무라지 마세요. 나는 당신이 아는 그 누군가가 아니라고요. 내가 어떻게 이곳에 들어왔는지, 여기서 어떤 시간을 누리고 있는지 잘 알지도 못하잖아요. 마음속으로 항변하면서 다시 고개를 숙였다. 그리고 누런 갱지 위에 잉크가 번진 듯 조악하게 인쇄된 그림을 의연하게 들여다보려 애썼다. 애, 너 거기서 뭐해? 빨리 안 나와? 어머니의 목소리가 커졌다. 옆자리에 앉아 있던 아이들 몇몇이 밖을 내다보았다. 나는 고개를 들어 집요한 눈빛으로 나를 다그치는 어머니를 멍하니 바라보았다. 가게 가운데 놓인 난로 위에서 끓고 있던 주전자 뚜껑이 들썩였다. 반쯤 열려 있는 미닫이문의 유리창에 하얗게 김이 서렸다. 그래도 나는 꼼짝하고 싶지 않았다. 내가 나라는 것이 억울하다는 느낌이 밀려

왔다. 누군가가 일어나 가게 문을 닫았다. 어머니의 목소리는 이제 들리지 않았다. (2016)

그래서
사랑한다

내가 가장 사랑한 사람은 태어나서 처음으로 사랑한 사람이기도 한 나의 어머니다. 어린 시절 나는 어머니와 떨어져 있는 것을 유난히 불안해했다. 어머니가 시장에 가면 몰래 뒤를 따르기도 했고, 학교에서 돌아왔을 때 어머니가 집에 없으면 옷장에 걸려 있는 어머니 옷에 코를 대고 냄새라도 맡아야 했다. 그래야 마음이 안정되었다. 나는 언제나 어머니의 기분을 맞추고 사랑을 받기 위해 전전긍긍했다. 여섯이나 되는 딸을 돌보면서 살림을 하느라 늘 지쳐 있던 어머니는 집에 온 손님이나 친척들에게 나를 칭찬하곤 했다. 쟤는 집에 있어도 있는 것 같지 않아. 얼마나 얌전한지 몰라. 그래서 나는 늘 얌전하고 조용한 아이로 지내려고 노력했다. 어느 날 내가 심한 독감에 걸려 학교에 가지 못했다. 아버지는 출근하고, 언니와 동생들은 모두 학교에 갔으므로, 어머니와 내가 마주 앉아서 점심을 먹었다. 나는 학교에 가지 않는 것도 좋았지만 어머니와 단 둘이 있을 수 있어서 좋았다. 너무 좋아서 상 위에 배추된장국과 꽁치조림이 올라와 있던 것도 기억하고 있다. 그러나 아무 말 없이 된장국을 떠먹고 있던 어머니는 그다지 행복해 보이지 않았다. 어머니의 돌같이 차갑고 무표정한 얼굴을 아직도 잊지 못한다.

이제껏 살아오면서 사랑하는 사람이 나를 사랑해주는 것보다 더 큰 행복은 느껴보지 못했다. 하지만 누군가를 사랑하게 되어 행복했던 기억보다 누군가를 사랑하게 되어 행복하지 않았던 기억이 더 많다. 내가 아무리 많이 사랑한다고 해도, 상대방은 나를 그만큼 사랑하지 않기도 했고, 그 사람은 나와 함께 있어도 그다지 행복해 하지 않기도 했다. 그것은 아픈 경험이었다. 내가 사랑했던 어머니, 친구, 애인, 남편 그리고 사랑하는 데 별로 어려움이 없었던 나의 아들을 떠올려 본다. 사랑은 기대하는 만큼 되돌려 받는 게 아니며, 주는 만큼 오는 것도 아니다. 어쩌면 많이 사랑할수록 진공청소기처럼 점점 더 사랑을 빨아들이고자 해서 결핍감이 더 커지는지도 모른다.

가톨릭 사제이기도 했던 리 호이나키는, "사람은 반드시 홀로 행동한다. 그것이 필연이고 궁극이다. 그래서 사랑을 한다."고 말했다. 홀로 행동하는 것이 필연이고 궁극이라는 사실을 굳이 의식하지 않더라도, 사람은 누구나 비바람 몰아치는 들판을 홀로 걸어가듯이 살아가고 있고 또 그렇게 살아야만 한다. 그래서 사랑 같은 건 하지 말고 나 혼자 나를 잘 지키고 돌봐야 한다는 게 아니다. 놀랍게도 리 호이나키는 "그래서 사랑을 한다."라고 말한다. 사람은 필연적으로 홀로 행동할 수밖에 없다는 사실을 받아들여야 진짜 사랑을 할 수 있다는 의미다.

살아오면서 내가 가족을 위해, 애인과 친구를 위해, 사랑의 이름으로 행한 많은 일들을 떠올려 본다. 그것은 그들이 원했던 일일까. 내가 원했던 일일까. 그들을 위해 하는 일이라는 핑계를 대면서, 그 대가로 나는 무엇인가를 돌려받고 싶었던 건 아닐까. 사랑하는 사람을 위해 무엇이든 하는 게 사랑이 아니라, 너무 많은 것을 하지 않는 게 사랑이었을지도 모른다. (2015)

"서울에 유학 가 있던 언니에게 보낼 떡이며 강정을 만드느라 어무니가 밤새 엿을 고았어. 그게 샘이 나서 나도 그런 거 해달라고 밤새 장작을 때서 뜨거운 방바닥 위를 구르며 떼를 쓰고 울었지." 내 어머니가 당신의 어머니를 회상하고 있다. "어무니는 나보다 언니, 오빠를 더 위했지. 아부지는 안 그랬어. 막내인 나를 유난히 사랑해서 항상 업고 다니셨어."

운전석에 앉아있는 나는 조용히 어머니의 말에 귀를 기울인다.

내 어머니의 고향은 휴전선으로 가로막혀 갈 수 없는 곳이다. 어머니는 중학생이 될 무렵 삼팔선을 넘어 남쪽으로 내려왔다. 세세한 정황은 잘 모른다. 북한에서 토지개혁을 할 즈음이었으니, 외할아버지가 식솔을 이끌고 야반도주했어야 할 사연이 있을 것이다. 어두운 강을 건널 때, 가슴까지 차오르던 차갑고 세찬 물살과 밤하늘에 울려 퍼지던 총소리를 어머니는 거듭 떠올린다. 서울로 내려와서는 가세가 기울어 야간학교에 다니며 낮에는 국회에서 사환으로 일했고, 그런 연유로 6·25가 터지자 국회의원들을 싣고 가는 열차를 타고 홀로 피난을 갔단다. 부산에서 이모와 지내다가 서울 수복 후 집에 돌아와 보니 외할머니 외할아버지는 이미 이 세상 사람이 아니었다며, 어머니는 울먹인다.

"전쟁 통에 먹을 게 하나도 없었던 거야."

사는 동안 굴곡과 역경을 겪지 않는 사람은 거의 없다. 이 세상에 똑같은 삶은 없고, 삶이란 다만 자신에게 특별할 뿐, 그 누구의 삶보다 낫거나 못하지 않다는 깨달음과 함께 평범함은 빛나기 시작한다. 타인의 처지를 이해하고 연민하는 힘도 그 지점에서 비롯된다.

손등으로 눈물을 닦던 어머니가 요즘 뉴스에 나오는 일들이 모두 사실이냐고 묻는다. 최순실이라는 여자가 정말 대통령을 좌지우지했던 거냐고. 그러더니 중얼거린다.

"그 사람도 가엾지 않니? 귀하게 태어나서 곱게 자라다가 부모를 둘 다 총탄에 잃고."

나는 아무 대꾸도 하지 않고 차가 줄줄이 늘어서 있는 고속도로 저 먼 끝을 바라본다. 평생 제 몸을 움직여 돈을 벌어본 적도 없고, 오직 자신만을 위해 울 뿐 타인을 위해 눈물을 흘린 적은 단 한 번도 없을 것 같은 사람을 가엾다고 한다. 아침마다 도시락 여섯 개를 싸면서 딸 여섯을 키운 나의 어머니가. 차 안에 오래 앉아 있어 아픈 무릎을 주무르고 있는 안타까운 나의 어머니가. (2017)

병원
복도에서

벽에는 르누아르의 그림이 걸려 있다. 좀 더 정확하게 말하면 〈뱃놀이의 점심식사〉라는 그림의 한 부분만 확대한 것이다. 한 소녀가 강아지를 품에 안은 채 입이라도 맞출 듯 다정하게 들여다보고 있는 옆모습. 그림에서 시선을 돌려 병원 복도를 둘러본다. 복도 저쪽 끝 의자들에는 진료를 기다리는 환자들이 어깨를 나란히 하고 빼곡하게 앉아 있다. 그 사람들 사이에 어깨를 움츠린 채 아버지가 앉아 있다. 어쩐지 기운이 없어 보이는 아버지를 향해 걸어가면서, 나는 그림 밑에 적혀 있던 설명을 떠올린다. 인상주의 화가들은 날고기의 붉은색을 표현하고 싶어했다는 이야기를 언뜻 본 것 같다. 날고기라니. 도대체 내가 무엇을 읽은 것일까. 그들은 빛에 따라 시시각각 변하는 색채 질감 색조를 표현하고자 했다고 학교에서 배운 내용을 떠올려본다.

머릿속이 혼란하다. 되돌아가서 확인해 볼까 하다가 그만둔다.

진료실 앞 접수대로 다가가 아버지 이름을 대고 아래층에서 검사를 받고 결과를 보러 올라왔다고 말한다. 간호사는 나에게 환자의 생년월일을 묻는다. 나는 잠시 당황한다. 아버지가 언제 태어났더라. 어느새 곁에 다가온 아버지가 간호사에게 자신의 생년월일을 일러준다.

식민지의 신민으로 태어난 아버지는 열세 살 때 아버지를 잃었다. 할아버지는 새로운 사업을 벌이려 만주에 갔다가 홀로 돌아가셨다. 맏아들인 아버지가 만주까지 기차를 타고 가서 화장한 할아버지의 뼛가루를 가지고 돌아왔다. 그 말을 들을 때마다 나는 열세 살 어린 소년이 하얀 상자를 가슴에 품고 기차 좌석에 홀로 앉아 있는 모습을 상상하곤 했다. 해방 후에는 인민의용군으로 끌려가 6·25를 겪었고, 낙동강 전선에서 탈영하여 인민군과 국군 양쪽의 눈을 피해 목숨을 걸고 태백산맥을 거슬러 올라가 고향으로 돌아갔다. 한동안 고향집 마루 밑에 숨어 있다가 유엔군이 원산에서 철수할 때 남한으로 탈출했다. 휴전선이 생긴 뒤에는 고향을 잃었다. 스무 해를 채 살기도 전에 겪은 일들이 내가 평생 살면서 겪은 일보다 더 극적이다.

아버지는 남에게 폐를 끼치기보다는 당신이 손해를 보는 편이고, 가족보다는 밖에서 만나는 타인들에게 더 많이 베푸는 사람이었다. 그 때문에 가족들을 내내 힘들게 했다. 내가 기억하는 아버지는 늘 말이 없었고, 표정도 거의 없었다. 아버지는 자식들에게 직접 자신의 삶을 이야기한 적이 없다. 아버지에 대한 모든 이야기는 어머니로부터 들었다. 나 또한 아버지에게 내 생각이나 감정을 털어놓은 적이 없다. 지금 의자에 나란히 앉아 있지만 우리는 서로에게 여전히 할 말이 없다.

진료실에서 만난 의사는 검사 결과를 알려주면서 아버지의 병명과 진행 상태, 어떤 치료를 해야 하는지 설명했다. 이야기를 모두 듣고 다시 복도로 나온다. 르누아르의 소녀 앞을 지나면서 나는 재빨리 그림 밑에 적혀있는 글자들 사이에서 날고 기라는 단어를 찾는다. 인상파 화가들은 검은색을 쓰지 않았다는 내용이 눈에 띈다. 오래 전 부모도 고향도 잃은 아버지가 나를 지나쳐 걸어간다. 이따금 방향을 잃고 어디로 가야할지 주저하는 뒷모습을 보면서, 나는 왜 손을 뻗어 늙은 아버지를 붙잡지 못하는지, 부질없이 스스로에게 묻는다. (2016)

낙화유수

"어디 갈 일 있으면 저를 부르세요. 아버지 운전하게 하
시지 말고."

어머니와 일상적 통화를 하고 끊기 전에 내가 인사말처
럼 늘 하는 말이다. 물론 어머니는 멀리 갈 일이 있거나 아버지
가 한 번도 가본 적이 없는 곳에 가야 할 때만 나를 부른다. 나도
그런 줄 이미 알고 있고 어머니도 내가 알고 있음을 안다. 어디
갈 일 있으면 꼭 나를 부르라는 말은 왠지 미안해서 하는 당부이
고 내 마음 편하자고 하는 말이다.

며칠 전 어머니가 병원에 진료를 받으러 가야 할 일이 있
었다. 그날따라 봄비가 주룩주룩 내렸다. 병원에 가기 전, 어머
니 아버지와 함께 동네 식당에서 점심을 먹었다. 어머니는 그 집
순댓국이 맛있어서 오래 전부터 나에게 꼭 사주고 싶었다고 했

다. 나는 비도 오는데 아버지가 운전 안 하셔도 되니까, 넷째 딸이 오기를 잘 하지 않았느냐고 생색을 냈다. 그러자 어머니가 복잡한 미소를 지으면서 말했다. 오늘 아침에도 네 아빠 운전 시켜서 바로 요 앞 세탁소 갔다 왔어. 이불 빨래 맡기려고. 그런데 네 아빠가 갑자기 그러는 거야. 우리 아침도 안 먹었는데 저 집에 가서 순댓국 먹고 가자고. 아침으로 과일과 빵을 먹고, 커피도 마시고 나온 길이었는데 말이야. 나는 조금 놀라서 아버지 얼굴을 바라보았다. 아버지는 아무 말도 못 들은 척 무덤덤한 표정으로 창밖을 바라보고 있었다. 나는 짐짓 큰 소리로 웃으면서 아버지를 향해 말했다. "어머나. 우리 아빠가 이제는 아침 먹은 것을 기억 못 하는 사람이 된 거예요?" 아버지는 나를 마주 보면서 빙그레 웃었다. 그리고 대답했다. "그래. 지금 네 옆에 앉아 있는 저 모자 쓴 여자는 누구냐?" 어머니가 당황해서 나를 돌아보며 말했다. "애, 네 아빠가 농담하는 거야." 나는 고개를 끄덕이면서 웃었다. 알아요, 알아요, 엄마.

　　순댓국을 먹으며 내가 기억하고 있는 예전의 아버지 모습들을 떠올려 보았다. 고만고만한 나이의 어린 딸들이 현관 앞에 나란히 서서 출근하는 아버지를 향해 큰 소리로 인사를 해도, 단 한 번도 뒤돌아보거나 고개를 끄덕인 적 없던 아버지. 길을 걸을 때도 딸들이 손을 잡거나 매달리면 질색하며 뿌리치던 아버지. 둘러앉은 저녁 밥상 앞에서 일 년에 한두 번쯤, 갑자기 생각났다는 듯 나를 바라보며, 네가 지금 몇 학년이지? 라고 묻던 아버지.

내가 자랄 때와 달리 요즘 젊은 아빠들은 아이들에게 매우 살갑게 군다. 아이들을 잘 돌보고 놀아주고 때로는 아이들을 위해 특별한 요리 정도는 해줘야 아빠 노릇을 제대로 한다는 말을 듣는 것 같다. 하지만 나의 아버지뿐만 아니라 옛날의 아버지들은 대개 근엄하다 못해 무뚝뚝했고 심지어 차갑게 느껴지기도 했던 것 같다. 어렸을 때 집 근처 골목 어귀에서 동네 친구들과 놀고 있다가, 평소보다 일찍 퇴근한 아버지와 마주친 적이 있었다. 반가운 마음에 과자나 사탕이라도 사달라고 조를 요량으로 아버지 팔에 힘껏 매달렸다가, 아버지가 너무 매정하게 뿌리치는 바람에 무안하기도 하고 부끄럽기도 했다. 하지만 언젠가 술을 많이 하시고 귀가한 날, 아버지는 잠들어 있는 딸들을 깨워 당신 뺨에 뽀뽀를 하라고 강요하면서, 열 손가락 깨물어서 안 아픈 손가락이 없다는 말을 했다. 아직 너무 어렸던 나는 그 말이 무슨 뜻인지 몰라 어리둥절했다.

"쟤는 정말로 우리 아버지를 많이 닮았어." 순댓국을 한 수저 뜨다가 아버지가 나를 가리키면서 말했다. "특히 저 매부리코 말이야." 어렸을 때부터 수백 번 들었던 이야기다. 순하고 텅 빈 눈빛으로 수줍은 듯 미소를 띠고 앉아 있는 아버지를 보고 있노라니, 그 모든 일들이 과연 정말 있었던 일인지 내 기억이 정

확한 것인지 의심스러웠다. 기대가 크면 오해도 커지는 법. 냉담
하고 이기적인 사람이라고 내가 아버지를 오해하고 있던 오랜
세월 내내, 아버지는 그저 서툴고 게을렀을 뿐, 가족을 부양하는
책임에 짓눌리고 험한 세파에 시달리던 온순하고 겁 많은 사람
이었을지도 모르는 일이다. 내 아버지가 아니었다면 그 사람을
훨씬 더 잘 이해할 수도 있었을 것이다.

봄비에 떨어지기 시작한 연분홍 꽃잎들이 순댓국 집 유
리창에 달라붙어 있는 것이 눈에 띄었다. 한때는 가지마다 환하
게 피어나던 여린 꽃송이들이 그렇게 서둘러 생을 마감하고 있
는 중이다. 이 세상에서 단 하나 변하지 않는 것은, 한 번 생겨난
것들은 반드시 사라지기 마련이라는 이치라고 들었다. 새로 태
어나는 것들이 벅차서 아름답듯, 사라지는 것들은, 떠나는 것들
은, 애달파서 아름답다. (2017)

한여름 밤의 꿈

　어둠 속에 누워 있다가 문득 여름휴가를 갈까, 라는 생각을 한다. 잠이 오지 않아 뒤척이는 중이었다. 선풍기를 틀까, 풀 먹인 듯 사각사각한 감촉의 홑이불을 마련할까, 그런데 모기가 물면 왜 부어오르고 근지러운 걸까, 방에 한 번 들어온 모기는 여름 내내 나와 같은 피를 갖고 있을지도 모르는데…. 이런저런 잡념을 이어가던 끝에 불쑥 솟아오른 상념이다. 며칠 전 정수기 점검을 하러 오신 분이 인사말처럼 여름휴가는 언제 갈 계획이냐고 물었다. 평생 출퇴근하며 일한 적이 없었기에 휴가를 쓴다거나 휴가를 간다는 말을 입에 올릴 기회가 없던 나는 그 말을 듣고 슬그머니 당황했다. 여름휴가라니. 물론 어쩌다가 시간과 돈이 나에게 너그러워지면 마음 맞는 사람들과 종종 여행을 떠나기도 했다. 그래도 여행과 휴가는 다를 뿐더러, 그런 여행조차 여름에는 가본 적이 없는 것 같다. 여름휴가라는 단어를 듣는 순간, 책장 맨 아래 칸에 먼지를 뒤집어쓴 채 방치되어 있는 옛 앨범을 새삼스레 펼쳐보는 기분이 되었다.

처음 바닷가에 갔던 날의 기억이 떠오른다. 모기장이 쳐진 민박집 평상 위 이부자리에 누워 캄캄한 어둠속 저 멀리에서 들려오는 파도소리에 귀를 기울였다. 바다의 첫인상은 경계 없이 펼쳐져 있는 푸른 물이나 하얗게 부서지는 물거품의 장면으로 남아 있지 않다. 그보다는 어둠 속에서 규칙적으로 들려오던, 결코 끊이지 않는 심장 고동처럼 힘차고 부드러운 소리로 각인되어 있다. 해가 지고 밤이 되는 것을 늘 겁내던 아이인 나는 어둠 속에서 들려오는 바다의 소리가 편안하고 좋았다. 마음속에 뿌리 없이 떠다니던 두려움을 밀어내는 것 같았다.

해마다 그랬던 건 아니지만, 아버지는 올망졸망한 딸들을 데리고 계곡이나 바닷가로 여름휴가를 가곤 했다. 여섯이나 되는 딸들을 모두 데리고 갈 수는 없었다. 어쩔 수 없이 가위 바위 보를 했고, 운 나쁜 가위나 보나 바위를 낸 몇몇은 집에 남았다. 그러니까 아버지 차를 타고 휴가를 따라가게 되는 일은 복권에 당첨되는 행운 같은 것이었다. 바닷가의 민박집 평상에 앉아 수박을 잘라 먹거나, 계곡의 넓은 바위에 돗자리를 깔고 둘러앉아 닭백숙을 끓여 먹던 부산스러움. 어머니가 참외를 깎는 동안 누구는 속을 긁어달라고 하고 누구는 속까지 먹겠다고 조르던

번거로움. 운 좋은 아이로 선택되어 설레었으나 결국 기대에 못 미친 심심한 며칠을 보내고 돌아올 때의 피로감. 나에게 여름휴가는 그런 기억들의 모음이다.

　　귓가에서 앵앵거리는 모기를 쫓으려 불을 켜는 순간, 기억은 어린 시절을 마감하는 표지판처럼 서 있는 어느 여름날의 풍경으로 거슬러 올라간다. 아버지가 사업에 실패하고 새벽마다 초인종을 눌러대는 채권자들 때문에 잠을 설칠 무렵, 커다란 방 한 칸에 온 식구가 모여 생활하던 무렵, 무슨 생각으로 그랬는지 모르지만 아버지는 곧 팔아버려야 할 낡은 자동차에 식구들을 태우고 청평 유원지로 향했다. 한때 김밥이며 통닭 같은 것을 싸들고 놀러 다니던 시절을 되살리고 싶었던 걸까. 막막한 미래를 잊고 싶었던 걸까. 그러나 1980년대 초반 즈음의 청평은 더러운 개천이 흐르는 버려진 곳으로 변해 있었다. 식구들은 난감했으나 애써 즐거운 척하면서 각다귀 떼가 날아다니는 물가에 앉아 점심을 먹었다. 부서진 낡은 보트 근처에 서서 어색하게 사진을 찍기도 했다.

　　다시 불을 끄고 누워 잠을 청하면서 생각에 잠긴다. 돌이켜 보면 나는 그날 전혀 행복하지 않았다. 그러나 꿈속에서라도 갈 수 있는 여름휴가 하루를 고르라면, 바로 그날로 돌아가고 싶다. 갈 수만 있다면 이제는 정말로 즐거워할 수 있다. 그리고 이후로도 줄곧 행복할 수 있을 것 같다. (2018)

존재의
중심

　　이십대의 마지막 일 년가량을 인도에 있는 어느 아쉬람
에서 머물며 지냈다. 명상도 하고 요가도 하고. 그곳에서 나는
눈을 읽어주는 사람에 대한 이야기를 들었다. 그는 점쟁이도 예
언가도 아니었다. 명상을 하다가 부딪치는 어려움을 해결해 주
는 일을 하는, 굳이 분류하자면 심리상담가나 치료사라고 할 수
있었다. 그저 구경삼아 그를 찾아갔다. 그는 눈을 읽는 것이 무
엇인지 설명해 주었다. 사람마다 지문이 다르듯이 사람마다 홍
채의 모양이 다르다고 한다. 태어날 때부터 다를 뿐 아니라 살아
가는 동안 경험하는 물리적, 심리적 역사가 홍채에 기록되어 끊
임없이 그 모양이 달라진단다. 예를 들어 맹장 수술을 한 사람은
홍채에서 맹장에 해당하는 부분에 그전에는 없던 흉터가 생긴
다고 했다. 그는 사진을 보여주었고 홍채에 대해 연구한 권위 있

는 논문의 목록들도 열거했다. 그런가보다 했지만, 심리적 상처까지 기록된다는 말은 좀 믿기 힘들었다.

그는 나에 대해 아무런 정보가 없었다. 그야말로 초면이었다. 그가 손전등과 커다란 돋보기로 나의 눈을 들여다보면서 물었다. "너, 남의 말 잘 안 믿지?" 나는 그냥 웃었다. 그는 말을 이었다. 너는 의심이 많다. 그건 네가 불안해서 그러는 거다. 너는 부모로부터 기본적으로 받아야 할 지지를 못 받았다. 늘 스스로 자신을 지키고 보호해야 한다고 생각한다. 모든 것을 경계하고 의심한다. 자기 자신을 놓지 못한다. 네 부모의 잘못만이라고 할 수는 없다. 그건 너의 '카르마'다. 너는 마음의 중심을 잡지 못하고, 늘 존재의 중심으로 들어가지 못하고, 주위를 빙빙 돌 것이다. 신뢰가 모자라니까.

아무 생각 없이 그의 말을 듣고 있었는데 갑자기 눈물이 났다. 슬프다는 생각을 한 것도 아니고, 그의 말이 납득이 간 것도 아니었다. 중심으로 들어가지 못한다니? 도대체 무슨 말인가. 하지만 의미를 정확히 알지 못해도 왠지 평생 고칠 수 없는 불치의 병이라는 선고를 받은 기분이었다.

나는 여섯 명의 딸 가운데 네 번째 딸로 태어났다. 아들을 기다리던 부모에게 나는 축복이나 기쁨이기는커녕 절망의 상징이었을 것이다. 그렇다고는 해도 나의 부모가 특별히 나를 구박하거나 미워한 것은 아니었다. 그들은 책임감 있는 부모였으나 대체로 나에게 무관심했다. 하지만 나는 어렸을 때부터 나이에 걸맞지 않게, 내가 왜 이 세상에 있는지, 왜 있어야 하는지 궁금했다. 알다시피 그런 질문에는 별 뾰족한 답이 없다. 우리가 세상에 태어나는 것은 부모에 의해서이니, 부모가 나의 탄생을 기뻐하지 않았다면, 부모가 나의 존재를 긍정하지 않았다면, 저절로 그런 의심을 품기 마련인 것이다.

그 뒤로 나는, 내가 들어갈 수 없다는 그 중심이란 도대체 무엇일까, 종종 생각했다. 그러다보니 나 자신에 대해 불만이 생기면 '중심으로 들어가지 못하는' 탓일지도 모른다는 핑계를 대기 시작했다. 나는 어느 집단, 어느 모임에서도 늘 겉돌았다. 내가 좋아한다고 생각했던 일이나 사람에 대해서도 완전히 몰입하거나 열광해본 적이 없다. 연애를 할 때면 연인의 모든 것이 아름다워 보이며 무슨 일이 있어도 무조건 연인의 편이 되겠다는 사람들을 이해할 수 없었고, 소설을 쓰기 시작하면서부터는 문학을 위해 목숨이라도 던지겠다는 사람들이 부러웠다. 나중에는 술을 마시고 필름이 끊기는 상태를 경험해 본 적이 없는 것조차 부끄러웠으며, 늘 생계에 대한 불안으로 전전긍긍하는 내 모습이 지겨웠다. 그렇다고 대범해질 수도 없었다. 나는 이럴 수도 저럴 수도 없었다. 소중해서인지 무서워서인지 끝까지 놓을 수 없는 무엇인가가 늘 내 안에 있었다.

스페인과 포르투갈 여행을 하면서 유럽 대륙의 서쪽 끝

이라는 '카보 다 호카'라는 곳에 간 적이 있다. 절벽 위에서 내려다 본 바다 빛깔이 푸르고 깊었다. 한참을 내려다보고 있으니 이상한 느낌이 들었다. 저렇게 요동치고 출렁이는 바다가 호흡도 번식도 하지 않는 그저 거대한 소금물 웅덩이에 지나지 않다니. 절벽 위에 세워져 있는 비석에는, "이곳에서 바다가 시작되고 땅이 끝난다."라는 포르투갈 시인의 글귀가 새겨져 있었다. 한때는 이곳이 세상의 끝이었다는 소리다. 바다의 경계선을 바라보았다. 모든 사람들이 아득한 저쪽에 우주의 낭떠러지가 있다고 믿던 때가 있었다. 그럼에도 저 살아서 꿈틀대는 것 같은 바다 위에 가랑잎 같은 배를 띄우고 낭떠러지를 향해 앞으로 나아갔던 사람들이 있었으니. 오, 참으로 대단한 사람들.

문득 내가 왜 지금 그 자리에 서 있는지에 대한 의문이 떠올랐고, 또다시 내가 도달하지 못한 중심에 대해 생각하게 되었다. 뭐가 그렇게 무섭고, 뭐가 그렇게 소중한가. 무섭지 않은 것은 또 무엇이고, 소중하지 않은 것은 또 무엇인가. 중심이라는 곳에 들어가려면 양손을 묶고 두 눈을 가린 채 저 바다 속으로 몸을 던지기라도 해야 하는 것인가. 내가 결코 도달하지 못할 중심이라니. (2012)

하얀 깃털

아버지의 얼굴에 살짝 당황한 기색이 지나간다. 앞에 서 있는 이 여자가 당신의 딸은 분명한데, 이름이 가물가물하거나, 아니면 몇째 딸인지 흐릿한 거다. 그러고 보니 어머니 아버지 얼굴 본 지도 거의 한 달이 지났다. 나는 짐짓 장난스럽게 물어본다. "아빠, 제가 몇 째게요?" 아버지는 부끄러운 듯 미소를 지으면서 대답한다. "셋째, 아니면 넷째인데…." 나도 웃으면서 맞장구를 친다. "맞아요, 저 넷째에요. 넷째 희령이." 그러자 아버지는 무거운 짐을 내려놓은 듯 만족스럽게 웃는다. "그래, 그래. 내가 알지." 문득 나는 아들이 하나밖에 없어서 다행이라고 생각한다. 자식이 여섯이나 되면 나도 아버지 나이에 그 이름과 순서를 만날 헷갈릴 것 같다.

언니들과 부모님 모시고 여행을 가는 날이다. 차를 타

고 달리면서 모두들 가족여행의 옛 기억을 되살린다. 미국에 살면서 잠시 귀국한 셋째 언니가 아버지와 튜브를 타고 경포대 앞 바위섬까지 헤엄쳐 갔던 적이 있다고 말한다. "설마, 그게 가능한 일이야? 언니가 상상한 거 아니야?" 넷째라서, 차에 탈 자리가 없어서, 그 여행에서 제외되었던 내가 되묻는다. "진짜야. 아빠가 나만 튜브에 태워줘서 기억해. 내가 아빠에게 중요한 딸이 된 기분이었거든." 중요한 딸! 차 안에 있던 딸들이 모두 웃는다. 여섯이나 되는 자매들 틈에 끼어서 자라다보면 늘 '중요한 딸'의 자리가 고프고, 목마르다. 맏딸이나 막내로 태어났으면 조금 덜 절박했을지도 모른다. 아들도 아닌 둘째 셋째 넷째 다섯째 딸은 운명적으로 덜 중요한 자식들인 것이다.

경포대에 도착한다. 언니들과 나는 바다 위에 떠 있는 바위섬들을 바라보며 고개를 끄덕인다. 오, 저 정도면 튜브 타고 갈 수 있었겠네. 우리는 또 웃음을 터뜨린다. 덩달아 함께 미소 짓던 아버지가 주춤주춤 바다를 향해 걸어간다. 아버지 고향은 원산이다. 드물게 떠났던 가족여행은 거의 동쪽 바닷가에 다녀오는 일이었다. 새벽에 일어나 졸린 눈을 비비며 어딘지도 모르는 곳을 향해 달려가던 기억이 떠오른다. 고만고만한 딸들을 차에 태우고 달리다가 어둠 속에서 희뿌옇게 길들이 밝아올 때, 아버지는 무슨 생각을 했을까. 바닷가를 거슬러 올라가면 반드시 있겠지만, 없는 것이나 마찬가지인 고향이 그리웠을까.

물 빛깔이 하도 예뻐 사진을 찍으려고 나도 아버지 뒤를 따라간다. 아버지는 바다를 한참 바라보다가 허리를 굽혀 모래밭에서 무엇인가를 줍는다. 조개껍질들인가. 카메라를 보라고 아버지를 부르자, 허리를 펴고 손을 흔든다. 다시 주춤주춤 나에게 다가온 아버지는 손에 쥐고 있던 것을 건네준다. 하얀 깃털이다.

손바닥 위에 놓인 깃털 두 개를 보면서 나는 어리둥절해진다. 이건 뭔가. 내가 이 사람의 딸인가, 어머니인가. 아니다, 그게 아니다. 이건 그냥 한 동네 사는 개구쟁이 꼬마가 바닷가에서 주운 신기한 사물을 지나가던 아주머니에게 보여주는 장면이다. 어리숙한 할아버지와 애매한 아줌마가 아무 사연도 인연도 없는 시공간에서 마주 보고 미소를 짓고 있는 장면이기도 하다. 나는 문득 깨닫는다. 이제 이 사람과 나 사이에는 아버지와 딸이라는, 끈끈하면서 동시에 이리저리 꼬이고 비틀린 인연들이 많이 걸렸구나. 좋지 않은가, 사랑에 배고프고 목마르지 않은 무덤덤함이, 누가 더 중요하지도 덜 중요하지 않지도 않은 홀가분함이, 이 무심한 선량함이.

여름을 떠나보낸 바다는 앓고 난 뒤끝처럼 청명하고 텅 빈 느낌이다. 갈매기들이 오락가락 날아다니는 바다를 뒤로 하고 떠난다. 모래밭 어딘가에 아버지가 건네 준 하얀 깃털을 두고 와야 할 것 같다. 그러나 차마 버리지 못하고, 나는 그것을 슬그머니 주머니에 넣는다. (2018)

축복

"아빠, 머리 깎으셨나 봐요. 언제 미장원 갔다 오셨어요?"

잠시 머뭇거리던 아버지가 나지막하게 대답한다.

"나는 이제 시간 개념이 없어져 버린 사람이야. 그러니 나한테 그런 건 물어보지 마."

나는 조금 놀란다. 그냥 모른다고 하거나 엉뚱한 이야기를 꺼낼 것이라고 예상하고 있었다. 거의 자기 성찰이라고까지 할 만한, 이토록 솔직한 대답이 나올 줄 몰랐다. 아버지가 원래 이런 사람이었나? 내가 아버지를 너무 과소평가하고 있었나? 솔직히 나는 아버지에 대해 잘 모른다. 아버지도 나에 대해 잘 모를 것이다. 우리는 서로를 알 기회가 별로 없었다. 아버지와 딸로 만났으나 평생 단둘이 마주 앉아 친밀한 대화를 나눈 적이 거의 없다. 이렇게 내가 먼저 아버지에게 말을 건네는 것도 아버지가 알츠하이머라는 진단을 받은 다음부터의 일이다.

"누구나 90년 넘게 살면 나처럼 돼. 그냥 기억이 안 나는 것뿐이야."

하필이면 큰언니가 해외여행 중이라 내가 보호자 자격으로 병원에 간 날이었다. 의사는 MRI로 찍은 아버지의 뇌 사진을 가리키면서 수축한 형태로 볼 때 전형적인 알츠하이머 증상 같다고 했다. 서서히 혹은 급격히 병세가 진행될 테니 마음의 준비를 해야 한다고 설명했다. 그러고 나서 두 해 가까운 세월이 흘렀다. 의사의 예측대로 아버지의 인지능력은 나날이 변해갔다. 이제는 새로운 정보를 기억하지 못할 뿐 아니라, 이미 알고 있던 사실들도 많이 잊었다. 다행히 성격은 거의 변하지 않았다. 폭력적이 되거나 망상에 시달리지 않는다. 오히려 좀 더 온순하고 조용한 사람이 되었다. 90년 넘게 살다 보니 기억이 흐릿해진 것이라는 아버지의 말이 의사의 진단보다 더 진실에 가까운 것일지도 모른다고 믿고 싶을 정도다.

아버지가 젓가락으로 초밥을 집어 들었다가 다시 내려놓는다.

"이거… 어디에 찍어 먹어야 하지?"

아버지 앞에는 튀김용 간장과 초밥용 간장이 따로 담긴 종지 두 개가 놓여 있다. 어머니와 나는 서로 눈빛을 교환하며 낙담한다. 그래, 의사 말이 옳겠지.

"내가 무릎 수술 받으러 가면 내 얼굴을 잊어 버릴까봐 걱정이란다. 네 아버지가."

어머니는 곧 인공 연골 수술을 받을 것이다. 수술과 재활 기간이 한 달쯤 걸릴 예정이라고 한다. 아버지 혼자 지낼 수 없어서 어머니가 입원해 있는 동안 나와 언니가 아버지를 돌보기로 했다.

"제가 아침마다 엄마 사진을 보여드릴게요. 제가 넷째 딸이라는 것도 매일 알려드리고."

나는 재밌는 농담이라도 하듯 소리 내어 웃는다.

"그래도 얼굴을 보면 딸이라는 느낌은 있어. 몇 째인지 몰라서 그렇지."

"그럼요, 딸이 여섯이나 있는데 어떻게 다 기억할까."

아버지는 넷째 딸에 대한 기억을 거의 모두 잊었을 것이다. 내가 스무 살 무렵, 사업에 실패한 아버지가 한동안 문 밖 출입을 안 하고 있을 때, 아침저녁으로 찾아 온 빚쟁이들과 날마다 등하교 길에 마주쳐야 했을 때, 나는 아버지에게 자주 대들고 사납게 굴었다. 너희들 눈에는 내가 쓰레기로 보이지? 어느 날 아버지가 고함을 질렀을 때, 망설이지도 않고, 네, 라고 대답했다. 나쁜 기억을 잊을 수 있다는 것은 한편으로는 축복이다. 열심히 노력하거나 소망하지 않았는데 어느 날 갑자기 눈이 펑펑 내리고 또 그러다가 봄이 와서 꽃이 활짝 피듯이.

너도 흰머리가 많아졌구나, 아버지는 손을 뻗어 내 머리를 쓰다듬는다. 내가 아주 어렸을 때도 하지 않던 행동이다. 물끄러미 내 얼굴을 바라보다가 드라마 속 대사처럼 중얼거린다. 오, 우리 예쁘고 착한 딸. 차갑고 어색해서 특별하던 내 아버지가 상상 속 모든 아버지들처럼 다정해졌구나. 어설픈 봄볕 속에서 나는 문득 슬프다. (2019)

엄마가
되는 일

    길을 걷다가, 유모차를 밀고 가거나 자기 몸에 비해 너무 커다란 아기들을 안거나 업고 가는 젊은 엄마들과 마주칠 때가 있다. 내 눈에는 그저 젊거나 아직 어리게 보이는 그들을 보면 복잡한 감정이 일어난다. 스스로에게조차 방치된 그들의 자아를 느낀다. 오래 전 죄책감과 함께 어딘가에 매장해 버렸을 사소하기도 하고 절박하기도 했던, 그들과 나의 욕망을 기억해낸다.

    나는 스물다섯 살에 아기를 낳고 엄마가 됐다. 친정어머니도 시어머니도 나의 산후조리를 해줄 수 없었다. 사정이 그러했다. 당시에는 산후조리원 같은 곳이 없었으므로, 대충 혼자 아기를 돌보고, 대충 혼자 밥을 차려 먹었다. 퇴원하고 아무도 없는 방에 아기와 둘이 남겨졌던 상황이 지금도 또렷이 기억난다. 두렵고 막막했던 느낌. 아기라는 낯선 존재에게 느꼈던 이물감.

도대체 이 생명체를 어떻게 해야 할 지 알 수 없던 당혹감. 그런 나 자신에 대한 놀라움과 죄책감. 아기가 어느 정도 자라서 남의 손에 잠시 맡길 수 있을 때까지, 외출할 때나 집에 있을 때나 짧은 시간이라도 혼자 있는 게 쉽지 않았다. 책은 엄두도 내지 못했고, 신문을 읽을 시간조차 없었다. 하루 이십사 시간 동안 아기는 잠깐 천사처럼 평온하고 지독하게 사랑스러웠다. 그 밖의 대부분은 알 수 없는 이유로 성가시게 굴었고, 계속 무엇인가를 요구했다. 밤이면 기저귀가 젖었다고 깨어나고, 배가 고프다고 깨어나고, 때로는 기저귀가 젖은 것도 배가 고픈 것도 아닌데 이유 없이 깨어나서 무작정 울었다. 낮에도 곁에 사람이 없으면 울며 보챘다. 아기는 철저히 내 책임이었고, 나는 자신보다는 늘 아기의 기분과 상태가 우선이었다.

막막하고 외로웠다. 그 무렵 나는 혼자 영화 한 번 보러 가는 게 소원이었다. 그 무렵 막 생기기 시작한 홍대 클럽이라는 곳에 춤추러 가고 싶기도 했다. 갓 태어난 엄마와 아기라는 관계는, 알고 보면 두 번째로 겪는 일이다. 다만 역할이 완전히 반대가 되어버린 상황일 뿐인데, 처음으로 나를 낳은 어머니를 온전히 이해할 수 있을 것 같았다. 아기를 돌보면서 생각하곤 했다. 이런 일들을 감당하려면, 무한한 인내심과 엄청난 체력과 뜨거운 희생정신이 필요한데, 도대체 이런 일들을 홀로, 아무런 부작용 없이 해낼 수 있는 사람이 몇이나 될까?

엄마가 되면 저절로 모성 본능과 무조건적 사랑이라는 게 생기는 걸까? 솔직히 그때 나는 아기를 놓고 떠나는 엄마들이 더 강한 사람들일지도 모른다는 생각도 했다. 아직 하고 싶은 일도 많고 해보지 못한 일도 많은 젊은 엄마를 위로하는 것은 고작 하루 30분 정도 사랑스러운 아기 천사뿐이니. (2015)

그의 어머니

_ 단추 때문에 목이 너무 아프다 ㅠㅠ

그가 보낸 문자를 유심히 들여다본다. 오늘 그는 와이셔츠를 입었고 넥타이를 맸다. 입사시험 면접을 보러 갔다. 그동안 자기 소개서를 쓰고, 이런저런 시험 점수를 기록하고, 무미건조한 정보들을 부풀려 스스로를 증명하려 애썼으나, 그의 가치와 자격을 인정받지 못해 서류전형에서 떨어지는 경우도 있었고, 그 다음 단계인 필기시험에서 떨어지는 경우도 있었다. 오늘은 자신의 능력을 저울질하는 사람들 앞에 직접 서게 되는 마지막 단계에 이르렀다.

그가 아장아장 걷기 시작하던 때가 기억난다. 아침부터 저녁까지 나를 쫓아다니며 집 밖으로 나가자고 졸라대던 그가 막상 밖으로 나가는 관문인 현관에 서면 신발을 신지 않겠다고 고집했다. 신발을 안 신으면 못 나간다고, 아직 혈기왕성한 엄마였던 내가 을러대면, 그는 울음을 터뜨렸다. 밖에 나가 놀고 싶은 마음과 신발을 신기 싫은 마음 사이에서 어쩔 줄을 몰랐다. 신발을 신으면 발이 불편한 것일까? 빨리 밖으로 나가고 싶은데 귀찮은 절차를 자꾸 요구하는 게 싫은 것일까? 나는 그 이유를 헤아릴 수 없었다. 이따금 가엾고 안타까워 공원 잔디밭 같은 곳에서는 맨발로 다니는 것을 모르는 척해주기도 했다. 그러면서 차차 신발에 익숙해진 그는 한동안 현관 앞에서 떼를 쓰거나 울음을 터뜨리지 않게 되었다.

어느 날 그와 나는 현관에서 또 한 번 실랑이를 하게 된다. 늘 그렇듯 그날도 그는 집 밖으로 나가고 싶었고 그래서 귀찮아하는 나를 오래 졸랐다. 시큰둥했던 엄마에게 심술을 부리고 싶었던지 현관에 서자 그는 왼쪽 신발과 오른쪽 신발을 다르게 신고 나가겠다고 주장했다. 그러니까 '왼쪽은 파란 신발, 오른쪽은 노란 신발'이라는 억지를 부렸던 것이다. 나는 안 된다고 했다. 그는 왜 안 되느냐고 물었다. 할 말이 금세 떠오르지 않았다. 궁색해진 나는 머릿속에 떠오르는 대로 대충 말했다. 짝이 맞지 않는 신발을 신고 나가면 사람들이 그걸 보고 웃을 거라고. 바보라고 놀릴 거라고. 그러자 그는 잠시 멍한 얼굴로 서 있더니 그 자리에 주저앉아 큰 소리로 울기 시작했다.

요즘 읽고 있는 책에서는 농업혁명을 인류 역사상 최대의 사기극이라고 선언한다. 지능이 발달하면서 인류가 자연의 비밀을 파악하여 양을 길들이고 밀을 재배하게 되었고, 마침내 수렵채집인의 궁핍하고 가혹한 삶에서 벗어나 풍요로운 농부의 삶을 누리게 되었으리라는 통념은 오해라는 것. 농업혁명 덕분에 식량의 총생산량은 늘어났지만, 인구 폭발과 지배엘리트 계급을 낳았다. 덕분에 농부들은 수렵채취인보다 더 열심히, 동이 틀 때부터 해가 질 때까지 밭에서 일해야 했고, 영양소가 결핍된 단조로운 식사를 하게 되었다. 얼마나 많은 DNA 복사본이 세상에 퍼져나갔는가를 따지는 진화의 기준에 의하면 지구 역사상 가장 성공한 식물은 밀이다. 그런 관점에서는 밀이 농부를 길들였다고 저자는 설명한다.

＿ 단추 때문에 목이 너무 아프다 ㅠㅠ

그가 보낸 문자를 다시 들여다본다. 자판을 두드려 답장을 쓴다. 단추랑 넥타이 풀고 들어가. 옷은 크게 상관없을 거야. 슬며시 불안이 엄습하여 쓰던 글씨들을 지운다. 밥을 벌고, 비바람과 햇빛을 가릴 지붕을 얻고, 가족과 친구들에게 둘러싸여 살려면, 남들에게 손가락질당하거나 바보라고 놀림 받지 않으려면, 아득한 과거의 농업혁명에서부터 시작된 이 거대하고 복잡한, 결코 돌이킬 수 없는 체제 속으로 진입하려면⋯ 나는 다시 자판을 두드린다. 조금만 참아. 전송 버튼을 누르며 생각한다. 농업혁명 이후 인류 역사상 최대의 사기극은 '그/그녀의 어머니' 들이 벌이고 있는 중인지도 모른다고. (2018)

차가운 바닥을
닦는 일

어느 추운 날 오후 나는 부엌 바닥을 닦고 있었다. 그해 겨울, 기름 값이 하늘 높은 줄 모르고 올랐다. 도시가스가 들어오지 않는 시골에 살고 있던 때였으므로, 난방비를 아끼려고 궁리 끝에 방 하나만 제외하고 보일러 배관을 거의 잠가놓고 지냈다. 그렇지 않아도 산골의 겨울은 추웠다. 부엌 창문은 얼어붙어 열리지 않았고, 거실은 바닥이 너무 차가워서 몇 발자국 내딛는 것도 힘들었다. 겨울 내내 방 하나만 난방을 했고, 유일하게 따뜻한 방 한 칸에 틀어박혀 지냈다. 부엌에서 일을 할 때만 가스 난로를 켰다. 배관을 잠가 놓은 부엌과 거실 바닥은 늘 차가웠으므로 바닥 청소를 할 엄두를 내지 못했다. 그러나 겨울이 막바지에 이르러 더 이상 청소를 미룰 수 없던 날, 드디어 걸레를 손에 들었다.

엎드려서 걸레질을 시작하자 무릎부터 냉기가 올라왔다. 조금 지나니까 다리 전체에 감각이 사라졌다. 손목도 아프고 어깨도 뻐근했다. 꾹 참았다. 이제 막 부엌바닥을 닦고 거실로 접어드는 참이었다. 당장이라도 걸레를 던져버리고 싶은 마음을 꾹 누르고 나를 격려했다. 조금만 더 닦으면 끝난다, 끝을 봐야지, 무엇인가를 이루어야지. 힘들어도 추워도 참고, 열심히 걸레질을 했다. 그러고 있노라니, 억울한 느낌이 솔솔 밀려왔다. 예전에 누군가가 나에게 했던 이러저러한 서운한 말에 대한 기억에서부터 이미 오래 전에 연락이 끊긴 사람이 했던 행동에 이르기까지, 그들이 그렇게 했던 건 나를 우습게 봤기 때문이라는 원망이 울컥 치솟았다. 그러더니 얼굴도 모르고 이름도 모르지만, 청소 같은 건 스스로 하지 않아도 되는 사람들에게, 기름 값 같은 건 걱정하지 않아도 되는 사람들에게, 따뜻한 방안에서 예능 프로를 보면서 하하하 웃고 있는 사람들에게, 아무것도 참지 않아도 되는 사람들에게 마구 화가 났다. 마음이 점점 흙탕물이 되어갔다.

'내가 지금 무슨 생각을 하는 거지?' 혼자서 화가 나서 씩씩거리다가 갑자기 정신이 번쩍 들었다. 칭찬받아야 마땅한 대단한 일을 하고 있던 것도 아니고, 그냥 오래 미뤄둔 집 청소를 하고 있는 중이었다. 애써 잊고 묻어둔 과거를 되살리거나 온 세상 사람들 모두를 원망하고 미워하면서까지 굳이 힘들고 싫은 일을 열심히, 잘 해야 할 이유는 없었다. 그러느니 차라리 걸레를 던져버리고 청소를 하지 않는 편이 나았다.

이따금 까닭 없이 세상이 지겹고 사람들이 미워질 때면 스스로 묻곤 한다. 내가 너무 오랫동안 차가운 바닥을 닦고 있는 것은 아닌가. (2016)

한 뼘 위의
세상

세상이 책과 같은 곳이라면 얼마나 좋을까.

어린 시절에는 책을 읽다가 주인공이 도저히 싸워서 이
길 수 없을 것 같은 괴물과 마주하는 장면이 나오면, 주인공이
납득할 수 없는 이유로 괴롭힘과 멸시를 당하고 억울한 누명을
쓰는 장면이 나오면, 망설임 없이 얼른 책을 덮었다. 현실과 달
리 책은 그렇게 할 수 있어서 좋았다.

그 나이에도 물론 책은 현실과 다르다는 사실을 어렴풋
이 깨닫고 있었다. 진짜 세상은 책처럼 곤란한 순간에 발을 뺄
수 있는 곳이 아니다. 책처럼 읽고 싶을 때 읽고, 읽고 싶지 않은
순간에는 멀리 던져버릴 수 있는 곳이 아니다. 어머니는 지갑 속
에 있던 동전의 행방을 따져 묻고, 선생님은 까맣게 잊고 있던
숙제를 꺼내놓으라고 다그친다. 친구들은 이미 정해져 바꿀 수

도 없는 나의 생김새나 이름을 가지고 창피하고 괴상한 별명을 지어내 놀려댄다. 눈을 감았다 떠도, 뒤를 돌아보아도, 현실은 늘 그 자리에 있었다. 살고 싶지 않은 순간에는 잠깐 멈출 수 있는 게 아니었다.

온전히 내 삶을 책임지고 타인까지 돌봐야 하는 어른이 되면서부터, '세상에 밀착되어', '현실을 직시하고', '땅에 뿌리를 내리고'… 이런 말들을 자주 되뇌었다. 정확하게 무슨 뜻인지도 모르는 채. 먹고살아야 하니까, 가족을 책임져야 하니까, 나보다 훨씬 더 힘들게 사는 사람들이 있으니까, 매일 해야 할 일들이 눈앞에 주어지니까, 되풀이되는 일상을 당연하게 받아들이고 어떻게든 살아야한다는 의미로 받아들였다. 주위를 둘러보면서, 다른 사람들이 무엇을 좋아하는지 무엇을 옳다고 하는지 살피곤 했다. 현실은 타인과 만나는 지점에서 시작되는 것이니까.

창밖에서 요란한 사이렌 소리가 들려온다. 이따금 현실이라는 게 도대체 무엇일까, 라는 의문이 고개를 든다. 그런 게 정말 있기나 한 것일까. 현실이란 가장 비현실적인 게 아닐까. 텔레비전이나 신문에서 뉴스로 보여주는 것이 현실일까. 포털 사이트에 올라오는 검색어들이 현실일까. 겹겹이 쌓여 있는 매트리스 저 밑에서 밤새도록 굴러다니던 완두콩 한 알 같은 불편함을 더 이상 견딜 수 없을 것 같다. 책속에서는 아무리 무시무시한 괴물을 만나도, 어떤 끔찍한 누명을 써도 반드시 도달하는 진실이라는 지점이 있었다. 용감하고 정직하면 요란한 행복은 아닐지라도, 겸허한 각성에는 이를 수 있었다. 하지만 내가 처해 있는 현실은 고작해야 맷집과 변명, 핑계와 거짓말로 견디고 애쓰는 게 최선일 뿐이다. 편집이 잘못된 영화, 목차가 뒤죽박죽인 이 책이 정말 나에게 주어진 현실일까.

딱 어느 시점이라고 꼬집어 말할 수는 없다. 그렇다면 이제 그만 현실과 거리를 두고 싶었다. 몇 년 전 그날, 지진이 일어난 카트만두 거리의 무너진 건물 앞에서 울부짖는 사람들 사이를 걸어가는 순간이었을 수도 있고, 몇 달 전 한낮의 지하철 전동차 안에서 허공에 대고 욕설을 퍼붓던 남자를 목격했을 때일 수도 있다. '성인의 철없음에 대항하여 언제나 패배하는 어린이의 성숙성'이라는 구절을 책에서 읽은 순간이었는지도 모른다. 먹고살아야 한다는 핑계도 신물이 나기 시작했다. 타인의 시선에 담보로 잡혀 있는 진정성 같은 건 던져버리고 싶었다.

중력을 거슬러 땅 위로 떠올라 보고 싶다. 거리를 두고 싶다. 현실과 유리되고 싶다. 내가 세상이라고 믿고 있는 장소보다 한 뼘쯤 위에 있는 곳으로 이동하고 싶다. 위로 올라가면 몸담고 있던 저 아래가 도대체 무엇인지 가늠할 수 있을 것이다. 더 이상 당연하지 않은 어떤 지점에 이르게 될 것이다. 내가 생각하는 그런 곳도 아니고, 당신이 생각하는 그런 곳도 아니고,

누군가가 생각하는 그런 곳도 아닌 곳. 아무도 알지 못하는 그 지점에 이르러야 비로소 불가능이 가능이 되는 현실이 시작되는 게 아닐까. (2016)

두 명 의 나

"필명인가요?" 이따금 받는 질문이다. 그럴 때마다 잠시 우물쭈물하게 된다. 부모님이 지어준 본명이 분명한데, 나름 독특한 이름 때문이기도 하지만 주민등록증이나 통장에 기록되어 있는 이름과 다르기 때문이다. 예전에 호적이라고 불리던 문서에는 '부희령'이라고 명백히 적혀 있었다. 도대체 언제부터 바뀌었는지 알 수 없으나, 오래 전 주민등록증을 갱신할 때 주민등록부에 한글 이름이 '부희영'으로 기재되어 있음을 발견했다. 이름 옆 괄호 속에 적혀 있는 한자는 여전히 부희령(夫希玲)이었다. 담당공무원에게 한글 이름이 잘못되었다고 말하자, 주민등록부대로 기재했으니 어쩔 수 없다고 했다. 그래도 내 이름은 분명히 부희령이며 한자도 그렇게 표기되어 있고 호적에도 그렇게 적혀 있으니 정정해 달라고 하자, 단호하게 안 된다고 했다. "개명을 하려면 재판을 해야 합니다." 재판을 해야 한다고? 왜? 머 릿속이 복잡했으나 관료와 제도에 대한 두려움 때문에 이야기 를 더 진전시키지 못했다. 만 열일곱 살에 처음 주민등록증을 만 들 때 잘못된 것일까? 그때 분명히 확인했던 것 같은데? 어쨌든 이후로 모든 공문서에 부희영이라는 이름인 사람으로 이제까지 살고 있다.

바로 위의 언니는 20년 이상 외국에 나가 살았는데, 얼마 전 귀국해서 구청에 일을 보러 갔다가 나와 똑같은 경우를 당했 다. 이름의 마지막 글자 '령'이 '영'으로 바뀌어 있었던 것. 언니 는 이름을 정정해 달라고 했고, 나와 마찬가지로 담당공무원으 로부터 재판을 해야 한다는 말을 들었다. 언니는 공무상의 착오 가 분명한데, 내가 왜 재판을 받아야 하는지 알 수 없다고 끈질 기게 항의했다. 그러자 구청장실에 가서 민원을 제기하라는 대 답이 돌아왔다. 언니는 정말로 그렇게 했고, 결국 재판 같은 것 없이 이름을 정정했다.

언니의 무용담을 들으면서 또 머릿속이 복잡해졌다. 두 번 세 번 항의하고 따져야 할 일을 쉽게 포기한 것이야말로 내 잘못인가? 언니는 절차가 별로 어렵지 않으니 이제라도 이름을 정정하라고 권했다. 하지만 그렇게 되면 모든 공문서와 은행 통 장들과 웹사이트의 회원 정보에 적혀 있는 이름들을 죄다 바꾸 어야 한다. 차라리 그냥 잘못되어 있는 상태로 두는 게 낫다는 생각도 들었다. 특히 나는 은행 통장에 적혀 있는 부희영이라는 이름이 좋다. 부희령보다 더 부자처럼 느껴진다.

솔직히 말하면 언제부터인가 이름이 둘인 상황을 재밌어하며 살았다. 공적인 문서에서는 부희영이라는 이름으로, 가족과 친구들 사이에서는 부희령이라는 이름으로 불린다. 번역한 책이나 써낸 글에는 부희령이라는 이름이 붙어 나간다. 그래서 하는 말인데, 아무도 모르고 있지만 부희영과 부희령은 정말로 다른 사람일지도 모른다. (2016)

느리게,
더 느리게

나는 왜 여기에 있나.

처음에 여러 갈래의 길이 있었다. 나는 가장 한적한 길을 골랐을 것이다. 사람들이 많이 가본 곳은 가고 싶지 않았을 것이고, 너무 북적이는 길로는 들어서기 어려웠을 것이다. 지금 돌이켜 보니 그렇다. 그게 아니었을지도 모른다. 기억은 늘 자신을 보호하고 두둔하기 위해 이유를 대고 핑계를 만든다. 어쩌면 가장 멋있어 보이는 길을 선택했을 수도 있고, 남들이 가장 쉽다고 일러준 길로 들어섰을 수도 있다. 아무 생각 없이 발길 가는 대로 갔을 가능성이 가장 크다. 사실은, 사실이라고 말할 수 있는 게 거의 없다. 여러 갈래의 길이 있었던 게 아니라, 내 눈앞에 열려 있는 단 하나의 길이었던 것인지도 모른다.

걷다 보니 길을 잃은 것 같다.

언젠가 먼 옛날 누구인지도 모르는 누군가가 나에게 무엇인가를 찾으라고 속삭였다. 그것은 아름다운 것이고, 중요한 것이고, 좋은 것이라고 했다. 모두들 그것을 찾으러 원래 자리를 떠난 것이라고 했다. 그러니까 나는 보물찾기를 하고 있었나 보다. 숲속을 헤맨다. 바람이 지나가며 나뭇잎을 흔든다. 나뭇가지들 사이로 빛과 그늘이 뒤섞인다. 풀숲과 덤불을 헤치고 걷는 동안 신발이 젖는다. 영원히 마르지 않을 듯 젖은 신발이 초조한 신음 소리를 내뱉기 시작할 즈음, 마침내 저 멀리 숲을 빠져나갈 출구가 보인다.

그럼 지금부터 가장 재밌는 부분이 시작되는 것인가. 마음이 설렌다. 볕에 잘 마른 발걸음이 가볍다. 하지만 기대와 달리 해가 지기 시작한다. 벌써? 아름답고 중요하고 좋은 것을 찾지도 못했는데, 하고 싶은 일은 하나도 하지 못했고, 보고 싶은 것도 하나도 보지 못했는데? 어두워지다니, 어떻게 된 거야. 이 영화 대본은 누가 쓴 거지? 클라이맥스에 이르기까지, 해피엔딩이 올 때까지 해가 지면 안 되는 거잖아.

지나온 숲을 뒤돌아본다. 아직 빛이 찬란할 때 냇가에 발을 담그고 앉아 바람을 느껴볼 것을. 꽃을 바라보고 나무줄기를 끌어안아 볼 것을. 길을 찾으면, 보물을 얻으면, 그때 마음껏 누릴 수 있으리라 믿으며 뒤로 미루고 지나쳐온 일들이 아섭다. 아쉬움이 시작되는 순간 미래는 더 이상 빛나지 않는다. 클라이맥스 같은 건 아예 없는지도 모른다. 남아있는 빛 속의 모든 순간을 다만 해피엔딩으로 만들어 가야 하는 것인지도. 회한은 선홍빛으로 물들지 않는다. 번지는 저녁놀 속으로 혼잣말을 하며 걷는다. 누가 쓴 대본인지는 모르나 대본대로 걸을 수밖에. 느리게, 더 느리게. (2016)

운 나쁜
사람

살아오면서 운이 좋다는 생각을 거의 하지 않았다. 오히
려 운이 나쁘다는 생각을 자주 하는 편이었다. 하지만 요즘 내가
여러 가지 면에서 운이 좋았다는 사실을 새삼 깨닫는다. 그 가운
데 하나가 평생 안경이나 콘택트렌즈를 사용하지 않았다는 것.
하루 종일 모니터를 들여다보면서 일을 해야 하는 직업이고, 책
도 끊임없이 읽어야 했는데, 그럼에도 시력은 늘 좋았다. 안경이
나 콘택트렌즈를 사용한 적이 한 번도 없었다. 몇 년 전부터 노
안이 시작되어 책을 읽을 때 돋보기가 필요하게 되자, 비로소 안
경이라는 도구가 얼마나 거추장스러운 것인지 알게 되었다. 안
경의 무게가 얼마나 중요한 것인지도 이해되었고.

주로 잠들기 직전 침대에 비스듬히 기대 앉아 책을 읽는
다. 돋보기를 쓰고 책을 읽다보면 설핏 잠이 드는데, 얼굴에 놓

인 안경의 무게가 느껴져서 곧 다시 깬다. 깨어나 보면 언제 그
랬는지 모르지만 나는 이미 안경을 벗어 놓은 상태이다. 그러니
까 없는 안경의 무게를 내 몸은 여전히 느낀다는 것이다. 내 몸의
상태가 변했고, 그래서 나도 변했고 상황도 변했는데, 몸에 남은
기억이나 관성 때문에 의식이 속는 경우다. 학도병으로 6·25를
겪은 어떤 분에게 빗소리만 들으면 아무 이유 없이 기분이 울적
해지고 몸이 괴로워진다는 이야기를 들은 적이 있다. 우비만 입
은 채 비를 맞으며 질척한 참호 속에서 웅크리고 자야 했던 소년
병의 경험을 몸이 기억하고 있기 때문이다. 전쟁은 끝났고, 빗물
고인 웅덩이 속에서 자야 할 일은 이제 없음에도, 빗소리는 여전
히 아름답지도 편안하지도 않다.

 의식을 속이며 그 자리에 남아있는 건 나인가 내가 아닌
가. 어차피 자아는 고정불변일 수 없으며, 완전히 개별적이거나
독립적일 수 없을 것이다. 시간이 흐르고 여러 조건과 상황이 변
하면서 사람의 외모나 성격도 끊임없이 달라진다. 변함없이 동
일하게 남아있는 것은 개인적 관계와 경험에서 비롯된 머릿속
의 기억 밖에 없는 것 같다. 내가 나라는 것을 믿으려면 그 기억
의 끈을 꼭 붙들고 있어야 하는 거겠지. 그렇지만 기억의 힘에
휘둘리지는 말아야 한다. 세월이 흘러 든든한 지붕 밑 안락한 잠
자리에 누워 있는 몸은 소년병의 몸이 아니다. 이제는 빗소리의
아름다움을, 편안함을 느낄 수도 있어야 한다. 사람은 고정불변

의 존재가 결코 아니다. 이렇게 저렇게 변하는 환경에 영향을 받아 끊임없이 변화하지만, 어디를 향해 나아갈지 그 지향성이나 가능성이야말로 진정한 나, 진정한 주체인지도 모른다.

그러니까 내가 하고 싶은 말은 이것이다. 나의 삶은 이제 민족중흥의 역사적 사명에서 벗어났을 뿐 아니라, 운이 나쁘다는 생각에서도 벗어났다. 평생 시력이 좋은 눈으로 살다가 남은 삶의 잠깐 동안 돋보기안경의 신세를 지기만 하면 되는, 운이 좋은 사람 쪽으로 방향을 바꿔나가고 있는 중이다. (2016)

문학이라는
코끼리

모임이 있는 장소에 도착한다. 벌써 서른 명쯤 사람들이
모여 있다. 안내하는 분이 다가와 이름을 묻는다. 내가 미처 이
름을 말하기 전에 그녀는 내 뒤에 들어온 어느 작가에게 반갑게
인사를 하며 급히 이름표를 찾아 준다. 그 사이 나는 이름표가
쌓여 있는 책상으로 다가가 직접 내 이름을 찾기 시작한다. 보이
지 않는다. 내 손은 자꾸 초조해진다. 안내하는 분이 다가와 다
시 이름을 묻는다. 나는 이름을 말하는 대신 이름표 없이 그냥
들어가면 안 되냐고 묻는다. 하지만 그녀는 상냥하고 집요하게
나의 이름을 묻고, 나는 대답하고, 내 눈에는 보이지 않던 이름
표가 드디어 어디선가 나타난다.

이름표를 목에 걸고 자리에 앉는다. 아시아의 여러 나라
에서 온 작가들과 우리나라 소설가 시인들이 어울려 앉아 있다.

사회자가 시계 방향으로 돌아가면서 각자 자신의 문학에 대한 소개를 하자고 제안한다. 간단하게 내 소개만 하면 될 줄 알았던 나는 '자신의 문학'이라는 말에 머릿속이 하얘진다. 벌써 오래 전부터 문학은 나에게 절대로 생각하지 말아야 할 코끼리가 되어 버렸으니까.

"저는 베트콩이었습니다." 베트남에서 온 작가가 말문을 연다. 오랜 전쟁으로 상처투성이가 된 베트남의 역사, 감옥소에서 고문을 당하고 죽은 아버지로부터 시작된 그녀의 문학과 삶의 이야기에 무심코 귀를 기울이다가 나는 한 마디 말에 사로잡힌다. 수풀 속에서 독사에게 물려 죽을 수도 있고, 지뢰나 폭탄이 터져 죽을 수도 있고, 고문을 당해 죽을 수도 있는, 온통 죽음에 둘러싸인 일상 속에서 "나는 죽음에 대해 오만해지지 않으면 살 수 없었다."라는 말.

인도네시아 작가가 펴낸 책의 표지 사진들이 뜨고 설명이 이어진다. 여성들의 삶과 섹슈얼리티, 카스트, 정치성, 그런 단어들이 들려오지만 바로 그 다음 순서로 나의 '문학'을 소개해야 한다는 긴장감 때문에 머릿속에서 의미가 잘 연결되지 않는다.

막상 내 차례가 되자 모든 것이 순조롭고도 빠르게 지나간다. 말을 더듬었고 사소한 이야기를 했지만 내가 진실이 아니라고 생각하는 말을 하지 않았다. 그것으로 된 것이다. 재능과 열정이 넘치는 작가들의 이야기가 이어진다.

며칠이라도 자신의 나라를 떠나 이곳에 오게 되어 행복하다는 태국 작가의 이야기에 귀를 기울이다가 나는 점점 의아함을 느낀다. 그가 설명하고 묘사하는 자신의 나라는 내가 몇 년 전 그곳 어느 도시에서 한 달쯤 머무르며 받은 인상과 전혀 달랐기 때문이다. 관광객으로서 나는, 그의 표현대로 '그림엽서'라는 평면을 들여다 본 것에 지나지 않았던가. 내가 머물던 동네의 채소가게 주인을 떠올린다. 그녀는 마사지숍이나 식당에서 만난 친절한 태국인들 같지 않았다. 무뚝뚝했다. 내가 채소들을 손가락으로 가리키면 귀찮아하며 이름을 가르쳐주곤 했다. 감자, 양파, 당근, 마늘 모두 비현실적으로 싼 가격이었으나, 당연히 영어도 한국어도 아닌 태국 이름을 가지고 있었다.

소설가가 되기 전 나는 문학을 선망했다. 간신히 소설가라는 정체성을 붙잡고 있을 때 문학은 나에게서 더 멀어졌고, 그것은 쓰라린 경험이었다. 정체성이라는 것은 시야를 좁힌다. 명확하게 밖에 있거나 혹은 한가운데 있으면 보아야 할 것으로 규정된 것만 보게 되기 쉽다. 소설가인지 아닌지 알 수 없는 상태인 채 문학의 주변부를 맴돌고 있는 사람으로 참석한 자리에서, 뜻밖에도 나의 정념이나 자의식과 상관없는 문학, 얼마든지 생각해도 되는 코끼리와 우연히 마주쳤다. 내가 아닌 존재, 내가 아닐 수밖에 없는 존재의 눈으로 세상을 바라보는 경이로움. 문학은 늘 그것을 경험하게 해주었다. 그 감각과 의미를 되살리고 일깨웠다. 오랫동안 그 사실을 잊고 있었다. (2018)

나를 사랑하고
싶어서

버스 정류장에 서서 휴대폰 액정에 적힌 숫자를 확인한 순간, 한숨이 나온다. 13:05. 벌써 시간이 이렇게 되었나. 아침에 눈을 뜨자마자, 도서관에 가야 한다는 생각부터 했다. 급히 읽어야 할 책이 있었다. 하루를 시작하면서 '반드시 해야 할 일'로 챙겼던 일을 이제야 실행에 옮기다니. 명치께가 쓰라리다. 뜨거운 건지 싸늘한 건지 종잡을 수 없는 무엇인가가 꿈틀거린다. 애써 마음을 다스리며 도서관 앞으로 가는 버스의 도착시간을 살펴본다. 12분 뒤에 도착한단다. 12분! 억눌러 놓았던 꿈틀거림이 울컥 치솟는다.

오전 내내 나는 뭘 했던 걸까.

도서관 문 여는 시각에 맞춰서 나가기 전 주섬주섬 집안일을 해치웠다. 아침 내내 흩뿌리던 비가 현관문을 나서려는 순간 장대처럼 퍼붓기 시작했다. 빗줄기가 잦아들 때까지 번역 작업을 할 요량으로 책상 앞에 앉았다. 그런데 컴퓨터를 켜자마자 뭐에 씌운 듯 SNS에 접속했다. 이런저런 말참견을 했고, 화제가 된 기사 링크를 따라가 읽었고, 그러다가 시폰 블라우스 광고에 사로잡혀 쇼핑몰로 빨려 들어갔다. 옷 사진들을 넋 놓고 구경하다 보니 몇 시간이 휘리릭 지나 버렸다.

이 게으르고 산만한 인간! 버스를 기다리며 나를 질책한다. 늘 무엇 하나 제대로 해내는 일이 없다. 의지도 박약하고. 번역 마감이 코앞에 다가왔다는 생각에 이르자, 열패감의 수위가 아슬아슬 높아진다. 건드리지 않으려 굳게 막아놓은 경계를 넘어선다. 올해는 장편을 시작이라도 해보려 했는데… 다짐만 벌써 몇 년째인가. 나를 사랑할 수 없는 마음의 끝자락이 닿는 곳은 슬픔이다.

도서관 1층 로비를 지나가는데 탁자 위에 놓인 책 한 권이 눈에 들어온다. 뾰로통한 소녀의 얼굴이 그려진 표지에 적힌 홍보 문구를 읽는다. '사랑하세요, 나를. 지금, 이 순간을.' 저자처럼 정신과 의사라면 자신을 사랑하기 쉬울 것 같은 생각이 든다. 매순간이 축복처럼 느껴질지도 몰라. 저렇게 두꺼운 책을 써낼 정도면 무척 성실할 테고, 사람을 돕는 직업이니 존경도 받을 테니까. 어떻게 자신을 안 사랑할 수 있겠어! 억지를 부리며 투덜거리다가 깨닫는다. 자신을 사랑하라고, 호소하고 가르치는 사람이 세상에 그토록 많은 이유는 변함없이 자신을 사랑하는 사람이 드물어서일지도 모르겠구나.

노력한다고 해서, 타인에게 사랑받지 못하는 자신을 사랑할 수 있을까. 아무도 나를 사랑하지 않는데, 내가 나를 싫어하지 않을 도리가 있을까. 사람은 자신을 아끼고 보호하려 하지만, 그건 본능적 생존 욕구에 가깝다. 사랑은 좀 다르지 않을까. 자신을 사랑하려면 누군가에게게라도 사랑받고 있다는 믿음이 필요하다. 자신의 미학적 혹은 윤리적 기준에도 도달해야 한다. 게으르고 산만한 자신이 속상하다 못해 슬프기까지 한 것은, 게으르고 산만해서 성취한 게 없고 아름답지도 못하고 그래서 사랑받지 못할 거라고 좌절하기 때문일 것이다.

그런데 누가 내 머릿속에 그런 평가의 기준을 심어 놓았나. 걸음을 멈추고 잠시 골똘해진다. 무엇을 위해, 누구를 위해 나는 좌절하고 괴로워하나.

필요한 책을 빌려서 창문가에 놓인 안락의자로 간다. 저쪽에서 동시에 안락의자로 다가오던 청년이 머뭇거리다가 나에게 의자를 양보한다. 연장자의 미소를 지으며 자리에 앉는다. 문득 납득할 것 같다. 타인에게 사랑받으려는 노력조차 하지 않을 때 사람은 어떤 지경까지 추락할 것인가. 3층까지 가지를 뻗은 키 큰 나무 덕분에 비에 젖은 유리창이 온통 푸른빛이다. 마침내 나는 도서관에 왔고, 책을 빌렸다. 의자도 편안하니, 다가오는 번역 마감이나 쓰고 싶은 소설은 잠시 잊기로 한다. 자책이 길지 않은 것은 산만함의 미덕이겠지. (2019)